TEA
BOOKS

Naslov originala
T. A. Williams
Murder in Florence

Za izdavača
Tea Jovanović
Nenad Mladenović

Glavni i odgovorni urednik
Tea Jovanović

Lektura / Korektura
Agencija Tekstogradnja / Agencija TEA BOOKS

Prelom
Agencija TEA BOOKS

Dizajn korica / Crteži za korice
CC Book Design / Shutterstock

Izdavač
TEA BOOKS d.o.o.
Por. Spasića i Mašere 94
11134 Beograd
Tel. 069 4001965
info@teabooks.rs
www.teabooks.rs

ISBN 978-86-6142-163-1

T. A. VILIJAMS

UBISTVO
U FIRENCI

ARMSTRONG I OSKAR 3

Sa engleskog preveo
Danko Ješić

BOOKS

Marianđeli i Kristini, s ljubavlju, kao i uvek

Prolog

Ponedeljak uveče

Jedna od prvih stvari koje sam brzo naučio o poslu privatnog detektiva jeste da nemaš posla samo s prelepim naslednicama, dijamantskim ogrlicama i bocama viskija. Prema mom skromnom iskustvu nakon prva tri meseca moje nove karijere u Firenci – Den Armstrong, privatni istražitelj – vladala je žalosna nestašica prelepih naslednica, a bilo je u izobilju nevernih bračnih drugova, kradljivih kućnih pomoćnica, gadnih suseda i nestalih osoba. Moj najuzbudljiviji slučaj dosad bio je kad su istaknutog člana firentinskog gradskog veća uhvatili na delu sa odbornicom iz opozicione partije iza besprekorno potkresanog i posebno gustog žbunja u parku Boboli. To se dogodilo u avgustu kad je sunce sijalo... tako jako, u stvari, da sam se pobojao kako će pomenuti par možda neprijatno izgoreti od sunca.

Danas sigurno nije bilo sunčano. Padala je kiša, i to toskanska kiša. Kad ovde pada kiša, retko gubi vreme na rominjanje ili slabe pljuskove; naprosto dâ sve od sebe. Iznenada postane jasno kako je reka Arno mogla da poplavi veći deo Firence 1966. i uništi toliko neprocenjivih umetničkih dela. Večeras grad neće biti poplavljen, ali moj pas i ja smo bili mokri do gole kože. Podigao sam kragnu kišnog mantila i pogledao u Oskara. Čak je i on – pas koji uživa u brčkanju u vodi – izgledao pokislo. On i ja smo lutali sporednim ulicama predgrađa Firence poslednjih nekoliko sati. Bila je to jedna neprivlačna oblast puna stambenih zgrada iz šezdesetih godina dvadesetog veka u raznim stadijumima zapuštenosti i, tokom ovakve večeri, potpuno lišena šarma.

Kružili smo oko jedne zgrade u kojoj se nalazio nimalo glamuro-zan hotel s dve zvezdice i bivali smo sve mokriji i mokriji. Iako sam na prvi pogled bio samo čovek koji šeta psa, motrio sam jedan sre-brni BMW koji je pripadao Osvaldu Danteu, bogatom industrijalcu i vlasniku OD tekstila, fabrike u obližnjem gradiću Prato. Parkirao je kola ispred zadnjeg ulaza kraj kanti za smeće, i da nije bilo kiše koja je zlikovce zadržavala unutra, ozbiljno bih se zabrinuo da bi mogao da zatekne kola na ciglama, bez točkova. To je bilo takvo mesto.

Kako sam brzo shvatio otkako sam počeo da radim kao privatni istražitelj, Firenca se ne sastoji samo od istorijskog centra, koji je deo svetske baštine, sa zgradama zadivljujuće starosti i lepote. Kao svi gradovi, ima manje prijatno podzemlje, i tu smo se obreli Oskar i ja i, kao što rekoh, bilo je vrlo mokro – a kao neko ko je navikao na engle-sko vreme, znam o čemu govorim kad se radi o kiši. Bilo je baš gadno.

Međutim, bio sam siguran da neprijatno vreme nimalo ne smeta gospodinu Danteu. Došao je ovamo da bi bio s glamuroznom Đuzepi-nom Napolitano, svojom sekretaricom i navodnom ljubavnicom. Osoba koja je iznela te navode – i plaćala me da kisnem ovde tražeći dokaz – bila je gospođa Antonija Dante, njegova supruga. Ta upe-čatljiva dama umaršírala je u moju kancelariju nekoliko dana ranije, sva ulickana i prekrivena zlatnim nakitom, da mi kaže kako joj je konačno dosta muževljeve preljube i želela je da pronađem dokaz njegovog neverstva. Malo sam istraživao i uspeo sam da ga fotogra-fišem kako večeras stiže u hotel s gospođicom Napolitano. Po na-činu na koji je pipkao svoju sekretaricu dok su brzo ulazili u hotel, ozbiljno sumnjam da se to moglo smatrati poslovnim sastankom.

Dosad sam uspeo da ih fotografišem kako ulaze zajedno i deli-mično sam uhvatio zanosnu Đuzepinu kako stoji zagrljena sa šefom kraj prozora sobe na prvom spratu. Nažalost, spustila je roletne ne-dugo zatim, tako da smo Oskar i ja čekali nadajući se da ćemo videti neki strastven rastanak koji bih mogao da fotografišem svojim vrlo skupim – i teškim – novim aparatom, koji sam očajnički pokušavao da održim suvim. Ta stvar je imala teleobjektiv koji je mogao ne samo da pronađe lice čoveka udaljenog sto metara nego verovatno i da identifikuje marku cigareta koje puši, mada bi tokom ovakve noći kiša brzo ugasila cigaretu.

Nakon još jednog kruga oko zgrade, moj nakvašeni labrador i ja vratili smo se do mog starog folksvagen kombija i otvorio sam vrata prtljažnika. Oskara nije trebalo terati da uđe. Nažalost, sasvim očekivano, onda je počeo žestoko da se otresa, pretvarajući unutrašnjost prtljažnika u močvaru. A ni ja nisam bio u mnogo boljem stanju. Kad sam seo za volan, osećao sam kako mi se voda sliva s kišnog mantila i natapa presvlake na sedištu. Kosa mi je bila sasvim mokra, a voda mi je tekla ispod okovratnika i niz leđa, sve do pantalona. Ne prvi put, zavideo sam detektivima iz crno-belih noar filmova na šeširima sa širokim obodom. Siguran sam da Filipu Marlou voda nikad nije natopila gaće. Pružio sam ruku ka svojoj nezaobilaznoj torbi i počeo da pipam po njoj; nisam tražio kolt 45, čašicu viskija ili cigaru, tražio sam termos s kafom i pakovanje keksa. Bacio sam jedan keks Oskaru i sipao sebi dobrodošlu šolju kafe. Dok sam je pijuckao, naizmenično sam gledao prozor njihove sobe i zadnji ulaz hotela, kad mi je zazvonio telefon. Bio je to Virđilio.

Otkako sam doneo veliku odluku da se preselim iz Londona u Italiju i nastanim u Toskani, izgradio sam čvrsto prijateljstvo sa inspektorom Virđiliom Pizanom iz firentinskog odeljenja za ubistva. Bio je na tako mnogo načina ono što sam ja nekad bio. Do pedeset petog rođendana prošle godine, bio sam glavni inspektor iz Metropolitan policije u centralnom Londonu. Mada je znao da sam u penziji, Virđilio me je povremeno zvao da mu pomognem sa istragama kad su bili uključeni ljudi koji govore engleski. Pogledao sam na sat i video da je prošlo deset. Nije me iznenadilo što je on i dalje u kancelariji.

– *Ciao*, Dene. *Come stai?*

Mada mu je engleski bio dobar, uvek smo razgovarali na italijanskom i odgovorio sam mu na italijanskom.

– *Ciao*, Virđilio, dobro sam. A ti? I dalje radiš?

– Upravo sam krenuo kući. Mislio sam da te pozovem i kažem ti da sam ti poslao malo posla.

– Lepo od tebe. Kakvog posla? Nije valjda još jedna preljuba? Zar vi Firentinci nemate pametnija posla?

– Video si kakav je televizijski program ovde; kako drugačije da se provodi vreme? – Požurio je da objasni. – Mada ja nemam ni vremena niti energije da razmišljam o preljubi.

On i njegova žena Lina bili su zajedno gotovo trideset godina, i to je bio jedan od najsrećnijih brakova koje sam video. Zavideo sam mu na tome. Moj nije izdržao ispit vremena ili, preciznije, zahtevnost mog posla.

– Pa, šta si mi poslao ovog puta? – Povremeno mi je slao klijente poslednjih nekoliko meseci, otkako sam prihvatio njegov savet i postao privatni istražitelj.

– Da li ti je poznato ime Selena Gardner?

– Selena Gardner... misliš na filmsku zvezdu?

– Baš na nju. Već nekoliko nedelja snima film u Firenci.

To je velika stvar. Selena Gardner je jedna od pet, možda i dve-tri najveće filmske zvezde na svetu, njeno lice – i telo – poznato je milionima ljudi širom sveta. Čak sam i ja čuo za njena uzastopna tri – ili četiri? – kratkotrajna braka i razvoda. Ulice Holivuda navodno su bile pune muškaraca koje je ona odbacila, a tabloidi bi, da nije nje, imali upola manje strana.

– Kako to da je skromni detektiv inspektor došao u kontakt s filmskom zvezdom?

– Bolje da objasnim. Dobijali su pretnje smrću. Nikad nisam upoznao Selenu Gardner, ali nekoliko puta me je posetila jedna od producentkinja filma. – Čuo sam neki prizvuk u njegovom glasu i nisam mogao da ga identifikujem: možda podsmeh? – Došla je da zamoli policiju da obezbedi zaštitu gospođici Gardner i ostatku ekipe, ali nije mogla da mi kaže koga se boje, kome se tačno pretilo, zašto im se pretilo, ili gde i kad bi te pretnje trebalo da se ostvare.

– Kako su izgledale te pretnje? Preteća pisma, trolovanje na društvenim mrežama, preteći telefonski pozivi, zapaljene vrećice s psećim izmetom na pragu?

– Preteće poruke, ali uvek su dostavljane zakačene za strelu.

– Strelu? – To dosad nisam čuo. – Misliš da je neko odapinjao strele iz luka, kao u vesternima? Zašto, zaboga?

– Ne kao u vesternima već kao u srednjovekovnim dramama. Film koji snimaju odvija se u doba renesanse, pre petsto-šeststo godina. Možda tip koji preti želi da ostane u liku.

– Ali sigurno je lako uočiti nekog ko se šeta gradom punim turista noseći luk i strele?

– Ne mora da znači. Naši balističari kažu da to nisu strele već strelice iz samostrela. Izgleda da neki samostreli mogu da se sklope u kutiju veličine one za violinu ili manju.

– A jesu li tvoji ljudi uspeli da pronađu neke dokaze na porukama ili strelama?

– Nikakve. Nema otisaka i to su standardne aluminijumske strelice za samostrel, koje mogu da se kupe preko interneta. Posedovanje samostrela u Italiji nije ilegalno tako da nije potrebna dozvola. Obavili smo uobičajene provere i nismo ništa pronašli, tako da ako nam filmska kompanija ne kaže nešto konkretnije, ne možemo mnogo da uradimo. Objasnio sam da ne možemo da istražujemo nešto što se nije dogodilo, i da nemamo dovoljno ljudi da im obezbedimo zaštitu, ali rekao sam da poznajem nekog ko to može.

– A to sam ja?

– To si ti, prijatelju, i možeš sutra ujutro da očekuješ posetu najneobičnije dame po imenu Rejčel Hindenburg, kao čuveni cepelin koji je eksplodirao i izgoreo. Ime joj sasvim pristaje. Uživaćeš u sastanku s njom.

Baš u tom trenutku otvorila su se vrata hotela, i gospodin Dante se pojavio s predivnom Đuzepinom, koja ga je spopadala. Istrtljao sam kratko izvinjenje Virđiliju i uzeo foto-aparat. Protraćio sam nekoliko sekundi paleći motor i uključujući brisače da raščistim vetrobran, ali te zaljubljene ptičice nisu žurile, i imao sam dovoljno vremena da napravim desetak fotografija, neke s toliko pojedinosti da sam mogao da vidim boju njenog karmina na njegovom licu.

Konačno su otrčali po kiši do njegovih kola i odvezli se. Vratio sam foto-aparat u torbu i pogledao u retrovizor. Oskarova njuška se nalazila na naslonu zadnjeg sedišta, i upitno me je gledao. Brzo sam ga umirio.

– To je to, kuče, idemo kući da te nahranim.

Obliznuo je usne. Znao sam kako se oseća. Nijedan od nas nije jeo večeras. Bilo je to još jedno skorašnje otkriće: propuštanje obroka takođe je deo moje nove profesije.

1.

Utorak ujutro

Filmska producentkinja trebalo je da dođe u devet i trideset sledećeg jutra, i zato sam ranije otišao u kancelariju da završim izveštaj o sinoćnjim događajima pre nego što pošaljem privremenu kopiju izveštaja gospođi Dante. Naglasio sam na kraju imejla da ću joj, tog popodneva, poslati kompletan izveštaj s nizom kompromitujućih fotografija, nakon odlaska na poslednje izviđanje do restorana u koji je njen muž često vodio svoju prijateljicu na ručak. Nakon toga bi trebalo da ima sve što joj je potrebno da podnese zahtev za razvod na osnovu preljube.

Dok sam čekao posetu producentkinje, ustao sam i pogledao kroz prozor. Moja kancelarija se nalazila na prvom spratu jedne istorijske zgrade u čuvenom firentinskom istorijskom centru, negde između stanice *Santa Marija novela* i katedrale. Zurio sam u dvorište ispod, u kojem su se nalazile stara statua Venere i srednjovekovna fontana. Jučerašnja oluja je prošla, a sunce je ponovo sijalo s vedrog neba, čineći taj jesenji dan prijatnim. Voleo sam ovo mesto; ne samo Firencu nego i svoju novu kancelariju. Toliko je mirisala na istoriju sa svojim visokim tavanicama, veličanstvenom freskom na zidu i drevnim terakota pločicama ispod mojih stopala.

Otkako sam iznajmio prostor sprijateljio sam se s Nandom, koji je živeo u prizemlju i obavljao posao vratara, upravnika, čistača i sudije za različite stanove koji su se nalazili u toj palati iz petnaestog veka. On se, osim toga, brinuo o interesima stare bogate aristokratske porodice koja je posedovala zgradu. Tokom prethodnih meseci pokazao mi je svakojaka mala blaga, kao što su vitraži na prozorima, gvozdeni prstenovi u zidu za vezivanje konja, i žlebove koje su u kamen urezali točkovi kočija tokom prohujalih vekova. Bilo je zadivljujuće živeti tako blizu istoriji u jednom od najčuvenijih svetskih gradova.

Čak je i mala staklorezačka radnja na drugoj strani dvorišta postojala vekovima, a unutrašnjost joj je izgledala kao Aladinova pećina s drevnim alatima i oruđem napravljenim u srednjem veku. Sedokosi gospodin Rufina, koji je radio tamo, izgledao je kao da je bio Mikelanđelov šegrt. Da, ovaj deo Firence znatno se razlikovao od betonskog ljubavnog gnezda Osvalda Dantea.

Zvono na vratima se oglasilo i Oskar je otvorio jedno oko. Nije bio rođen za psa čuvara, i nije se trudio da ustane iz kreveta kraj prozora. Otišao sam da otvorim vrata i zatekao se pred neočekivanim prizorom. Preda mnom je, na stepenicama iz petnaestog veka, stajala žena odevena u odeću iz petnaestog veka, s dugom i širokom haljinom i frizurom koja me je podsetila na princezu Leju iz *Ratova zvezda*. Taj izgled je bio zaprepašćujuće naglašen naočarima koje je nosila, sa svetloplavim okvirima, sasvim jasno iz dvadeset prvog veka, i malim svetlozelenim rancem prebačenim preko ramena.

– Den Armstrong? – Naglasak joj je bio pomalo američki, možda Zapadna obala?

Povrativši samouverenost, klimnuo sam glavom i pružio ruku. – Dobro jutro, da, ja sam Den Armstrong. Da vi niste kojim slučajem gospođa Hindenburg?

Na moje iznenađenje, nasmejala se. – Sigurno sam Rejčel Hindenburg. Zvučite veoma engleski.

– To je verovatno zato što *jesam* Englez. – Pomerio sam se u stranu i rukom je pozvao da uđe. – Uđite i raskomotite se. Ne obraćajte pažnju na Oskara; vrlo je srdačan, možda i previše srdačan.

Rukovali smo se. – Zdravo, Dene, i *buongiorno* tebi, Oskare. Jesi li dobra kuca? – Gospođa Hindenburg je ušla i krenula pravo ka labradoru, koji je dotad shvatio da je naša gošća žena, a on je oduvek voleo dame. Nisam se iznenadio kad je skočio na noge, nežno se stresao, i krenuo ka njoj, mašući repom. Čučnula je da ga pomazi nekoliko trenutaka pre nego što se ispravila i prešla na stvar. – Dene, potrebna nam je vaša pomoć.

Pokazao sam joj da sedne i prišla je stolu za kojim sam sedeo. Da li je to bilo zbog dugačke haljine ili nekog problema sa obućom, uspela je da se saplete baš kad je stigla do stola i pala je napred. Zaustavila se da ne padne na pod tako što je pala preko stola, razbacujući papire posvuda i gotovo mi oborivši kompjuter na pod. Glava joj je završila na pola metra od mog međunožja, i nije mi promaklo da se zacrvenela kao cvekla. Imala je lepo lice ispod tog crvenila, i inteligentne oči – koliko sam mogao da vidim iza debelih plastičnih naočara. Verovatno je imala oko trideset godina, i bio sam iznenađen. Uvek sam zamišljao da su filmski producenti debeli šezdesetogodišnjaci promuklog glasa koji puše cigare.

– Tako mi je žao. Mora da mi je haljina zapela za nešto. – Uspravila se i svalila na stolicu. – Dakle, kao što sam rekla, zovem se Rejčel i ja sam SP na *Žudnji za moći*.

– Izvinite, SP? – Taj mi je akronim bio nepoznat.

– Sekretarica produkcije. Odgovaram gospodinu Lajonsu, odnosno Gabrijelu Lajonsu, producentu. – Namestila je okovratnik svoje haljine i izvukla tešku zlatnu ogrlicu koja se zaglavila kad je pala. Izvukla ju je i namestila uz nekoliko reči izvinjenja. – Ne brinite, to je bižuterija. – Prstima je lupnula draguljima ukrašen zlatan lanac, i čuo sam da je, kao i njene naočari, plastičan. – Kopča se uvek otvara.

Sačekao sam nekoliko trenutaka da se sredi pre nego što sam je oprezno pitao: – Rekli ste da vam je potrebna moja pomoć?

– Da, zato sam ovde. Vidite, počeli smo da dobijamo preteće poruke.

– Da, inspektor Pizano me je pozvao sinoć i rekao mi je to. Kad kažete „mi“, mislite li na određene ljude, ili na celu produkcijsku kuću?

– Teško je reći. Celu kuću, rekla bih, a pretnje ne stižu poštom. Ne znam šta vam je policija rekla, ali dolaze prikačene za strele. – Podigla je glavu i pogledala me u oči. – Uvrnuto, zar ne? Tri strele su pronađene na nasumičnim mestima na setu, ali juče ujutro smo otkrili da je jedna odapeta u vrata prikolice gospođice Gardner, dovoljno jako da probije rupu. A kao da to nije bilo dovoljno loše, producent, gospodin Lajons, pronašao je jednu kako viri iz bočne strane njegove prikolice. Sve strele su imale zakačene poruke, obavijene oko strele i pričvršćene lepljivom trakom.

– Mislite li da su gospođica Gardner i producent na posebnom udaru?

– Kao što sam rekla, ne znamo. Zato smo toliko zabrinuti. Sve izgleda tako nasumično.

– A šta piše u tim porukama?

– Sve su iste. – Skinula je mali ranac s ramena i izvadila čvrstu fasciklu. Dodala mi ju je, i video sam da sadrži listiće svetlosmeđeg papira, sa istim rečima napisanim savršenim rukopisom.

Prekinite da snimate ili počnite da umirete.

Bez potpisa. Video sam mnogo otmičarskih poruka i anonimnih pretnji tokom vremena provedenog u Skotland jardu, a većina je bila napisana na pisaćoj mašini ili staromodno, zalepljenim slovima isečenim iz dnevnih novina. Preteće poruke napisane rukom bile su neuobičajene, a takvim krasnopisom još neuobičajenije, ali ni poruke dostavljene strelom nisu baš uobičajene. Ko god da je odgovoran za ovo, nije bio prosečan zlikovac.

– Koliko dugo snimate ovde?

– Snimamo? Manje od nedelju dana, mada su naši ljudi gotovo mesec dana tražili lokacije i obavljali pripreme.

– A koliko ćete još ostati?

– Mislimo da će snimanje trajati malo duže od nedelju i po. Film je triler smešten u savremeni Los Anđeles i imaće neke kadrove snimljene ovde za prelaze... znate kad reditelj želi da naglasi sličnosti između likova ili događaja u dvadeset prvom veku i stvari koje su se dogodile za vreme renesanse. Lokacija snimanja u Firenci je za više kratkih pojavljivanja, tako da ne bi trebalo da traje dugo. Krajem sledeće nedelje, producent, reditelj i glumci će se vratiti u Sjedinjene Države, a tehničari će ostati ovde da privedu stvari kraju.

– Znate li ko bi mogao da bude iza tih pretnji?

– Nemam nikakvu predstavu.

– A policija je videla sve te strele?

– Sve osim one koja je stigla jutros, ali ista je kao i ostale. Policija je proverila otiske prstiju na ostalima, ali nije ništa pronašla, tako da verujem da je i ova ista. Rekli su nam da nema nijednog otiska. Delimično zato što misle da je počinilac nosio rukavice, ali i zato što su poruke napisane na vrlo grubom papiru na kojem iz nekog razloga ne ostaju otisci.

– A šta je sa strelama?

– Isto. – Ponovo je stavila ruku u torbu i izvadila prozirnu plastičnu kesu. Unutra sam video strelu. Dok mi ju je dodavala, pogledao sam u nju.

– Da li je neko dirao ovo?

– Bojim se da jeste, svi od obezbeđenja na parkingu do gospodina Lajonsa, tako da sam sigurna da možete da radite s njom šta god želite. Kao što sam rekla, policija je pregledala ostale i rekli su da su bile obrisane.

Otvorio sam kesu i izvadio tanku strelu ne dužu od trideset centimetara s prilično otmenim plavim perima ukrašenim senf-žutim linijicama. Nemam mnogo iskustva s lukovima i strelama, ali gledao sam *Robina Huda*, i odmah sam video da je ova strela znatno kraća od uobičajene. Bila je napravljena od aluminijuma, kao što je Virđilio istakao, a vrh je bio oštar, od uglačanog čelika. Nema sumnje da ovakva strela može da nanese ozbiljne povrede, posebno izbliza. U Velikoj Britaniji smo odavno preklinjali vlast da zahteva iste provere i ograničenja za posedovanje strela kao i za vatreno oružje, ali bezuspešno. U pogrešnim rukama, ovo može da bude smrtonosno oružje. Vratio sam strelu u kesu i pogledao SP.

– Smem li da zadržim ovo? – Klimnula je glavom, a ja sam dodirnuo fasciklu s porukama. – Da li su ovo sve poruke koje ste dosad dobili? Kad su sve stigle?

– Jedna od poruka je i dalje kod policije, ali ovo su sve ostale. Prva je stigla pre četiri dana. Pronašli smo je kraj ulaza na parking, drugu kod prikolice Skota Norisa, a treću zabijenu u zemlju. A onda smo juče ujutro našli jednu zabijenu u vrata gospođice Gardner, a sinoć onu odapetu u prikolicu gospodina Lajonsa.

– Da li na prikolicama piše ime osobe koja boravi u njoj?

– Ne za najvažnije ljude, iz bezbednosnih razloga.

Shvatio sam da, ako su ove poslednje dve strele bile namenjene glavnoj zvezdi i producentu, to podrazumeva upućenost. – Gde su te prikolice?

Počela je da mi objašnjava kako je gradska uprava Firence odredila jedan privatni parking za kamione i prikolice severno od istorijskog centra, na drugoj strani *viali*, unutrašnjeg prstena koji okružuje stari deo grada. Odgovarajući na moje pitanje, potvrdila je da imaju dva čuvara kao i neke meštane koji rade za produkciju, ali niko od njih nije ništa ni video ni čuo.

– Ako imate svoje ljude, šta ću vam ja?

– Džim i Čak su iz Sjedinjenih Država. Oni su dobri momci ali su više telohranitelji nego istražitelji, sprečavaju obožavaoce da uđu. A gospodin Lajons insistira da moramo saznati šta se događa.

– Dobro, ako želite da istražim, biće mi drago da pomognem, ali moram da imam pristup setu i glumcima i ekipi, od reditelja do čistača i nosača.

Pogledala me je u oči i osmehnula se. – Mislite „od *producenta* do čistača i nosača", zar ne? Gospodin Lajons je veliki šef.

– Bojim se da ne znam mnogo o filmskom poslu. Kakva je razlika između producenta i reditelja? Mislio sam da je reditelj onaj koji vodi glavnu reč... kao Tarantino ili Spilberg.

Ponovo mi se osmehnula. – Reditelj ima kreativnu kontrolu – u izvesnoj meri – ali producent je osoba koja je odgovorna za sve, a gospodin Lajons voli da drži sve pod kontrolom. Angažovao je reditelja, a reditelji mogu da budu i otpušteni. – Osmeh joj je postao širi.

– Jeste li znali da je prvobitni reditelj *Ajkule* otpušten jer je ajkulu stalno nazivao „kit" i izluđivao producenta? To se događa. Producent angažuje sve glumce i ekipu i, pre svega, obezbeđuje novac. Bez producenta ne bi bilo filma. Razmislite o tome; na dodeli nagrada, kad film bude proglašen najboljim, producent, a ne reditelj, ide da primi *Oskara*.

– Svaki dan naučiš nešto novo. Hvala vam na tome. Moraću ubuduće pažljivije da čitam imena producenata na odjavnoj špici.

– Naravno, često poznati reditelji učestvuju u produkciji filma i tako postaju producenti ili koproducenti. To je pomalo zbunjujuće, ali kad govorimo o *Žudnji za moći*, gospodin Lajons je glavni.

– Dobro, hvala vam na upozorenju. Bolje da zapamtim to. Ako je gospodin Lajons producent, ko je reditelj?

– Emilijano Doniceti. – Kad je videla izraz na mom licu, dodala je objašnjenje. – Niste čuli za njega? Nisam iznenađena, on je relativno nepoznat.

– Italijan?

– Amerikanac italijanskog porekla. – Utišala je glas mada smo bili sami u prostoriji. – Nekad je bio momak gospođice Gardner. Raskinuli su pre mesec ili dva, i atmosfera na snimanju je ponekad napeta. – Pogledala me je u oči. – A kad kažem napeta, mislim otrovna.

Počeo sam da čitam između redova. – Dakle, možda sam u pravu kad mislim da bi to mogao da bude slučaj „voliš mene, voliš mog psa" za Selenu Gardner, ili u ovom slučaju „zaposli me, ali samo ako angažuješ mog momka kao reditelja?" Nešto slično? A onda ju je, kad je dobio posao, ostavio?

Nervozno je klimnula glavom. – Da, mislim da se tako dogodilo prema onom što sam čula, ali zaboga, nemojte nikom govoriti da sam to rekla. – Osmejak joj se vratio na lice. – Otpustili bi me dok trepnete. Ako vam nešto znači, kad ste ranije govorili o nosačima, bili ste prilično blizu mete. Uprkos mojoj zvučnoj tituli, ja sam tek potrčko... znate, donesi ovo, donesi ono, i ja radim sve od odgovaranja na poštu do donošenja kafe gospodinu Lajonsu.

Zaključio sam da mi se Rejčel Hindenburg prilično dopada. Nikad nisam voleo uobražene ljude, i cenio sam njenu gotovo anglosaksonsku skromnost. Izneo sam svoje uslove i ona se ćutke saglasila, i pristala je čak i na zahtev da dođem u pratnji psa. Oskar lično se, očigledno rad da potkrepi zahtev za svojim prisustvom, smestio kraj nje, nasloniвši joj glavu na butinu i prijateljski je gledajući. Kao što sam rekao, voli dame. A ko ih ne voli?

Pogledala ga je srdačno i pomilovala po ušima. – Naravno, ali držite ga podalje od gospodina Lajonsa i držite ga dalje od seta. Ako izađe pred kamere i pokvari neku scenu, Emi će poludeti.

– Emi je Emilijano, reditelj? Zvuči mi kao neka nagrada; nadajmo se da je njegovo ime naznaka uspeha filma. Kad bolje razmislim, možda je dobar predznak imati u blizini i psa po imenu Oskar. Uzgred, o čemu govori taj film? Otkud to da snimate u Firenci?

– To je film koji se odvija u dva vremenska plana; kao što sam rekla, uglavnom u Los Anđelesu u dvadeset prvom veku, ali uz niz prelaza na renesansnu Firencu. Jeste li čuli za porodicu Mediči?

Sad je bio red na mene da se osmehnem. – Čuo za njih? Proučavao sam ih nekoliko godina. Ja sam pisac i detektiv, a moja prva knjiga smeštena je u vreme Medičijevih. Oni su legendarni.

– Sjajno, moraćete da sednete i razgovarate sa Anom; ona nam je istorijski konsultant. Radi na Univerzitetu u Firenci, i zna sve o renesansi. Čak je i osmislila haljinu koju imam na sebi.

– I to vrlo lepu. – Uputio sam joj još jedan osmeh. – Hteo sam da vas pitam za to: da li obično idete naokolo tako odeveni?

Rezignirano je klimnula glavom. – Dok sam ovde da, makar dok radim. To je ideja našeg PR gurua, Donija Lopeza. Svi moraju da budu u kostimima, čak i nakon snimanja, kako bi ljudi pričali o nama. Da budem poštena prema Doniju, nije od onih koji pričaju jedno a rade drugo, i nosi istu odeću kao i ostali momci. Izgleda da to deluje i već smo privukli veliku pažnju medija. – Podigla je pogled s psa i zakolutala očima. – Ne znam kako su se snalazili u srednjem veku. Problem sa ovom haljinom je što je tkanina tako debela, ima sto kila. Makar je sad oktobar i nije previše toplo, ali zamislite da nosite nešto ovako usred leta.

– Ako vam pomaže, mislim da tad nisu nosili donji veš.

Podigla je obrve i osmehnula se. – Kad smo već kod odeće, da li bi vam previše smetalo ako bismo vam pronašli renesansni kostim dok ste s nama? Doni kaže da nam je potreban sav mogući publicitet, a osim toga, bićete manje upadljivi na setu. Pored toga, potrebni su nam statisti u nekim scenama, tako da će vam se lice možda naći u filmu.

– Ne brinem se za lice. Pre petsto ili šeststo godina muškarci su nosili uske pantalone. Nisam siguran da je dvadeset prvi vek spreman da vidi moje noge u helankama. – Posebno moje bivše kolege iz Skotland jarda, koje bi se verovatno upišale od smeha.

– Biće sve u redu. Napokon, svi ostali će biti u kostimima. Nema potrebe da se stidite.

Mali su izgledi za to. Ipak, ako posao to zahteva – a obećavao je da će dati dobrodošlu injekciju mom bankovnom računu – zaškrgutao sam zubima i pristao. Na zahtev SP, nažvrljao sam obim grudi, struka i butine, a ona je obećala da će reći garderoberima da potraže nešto za mene. Nisam se radovao tome.

Dogovorili smo se da dođem do parkinga malo kasnije tog jutra da razgovaram sa što više radnika dok se većina glumaca i saradnika bavi snimanjem u palati *Vekio*, gradskoj većnici. Nakon kratke pauze, kad sam otišao da napravim poslednje fotografije gospodina Dantea i njegove prijateljice, trebalo je da se sastanem sa ostatkom ekipe, rediteljem, producentom i glumcima tokom popodneva ili nakon što završe snimanje za taj dan.

Na kraju smo oboje ustali i dao sam joj svoju posetnicu. Dok ju je uzimala od mene, postavila mi je privatno pitanje. – Smem li da pitam kako to da jedan Englez radi kao privatni istražitelj ovde u Italiji?

To je bilo pošteno pitanje, tako da sam joj odgovorio nešto duže nego obično. – Prošle godine sam otišao u penziju s mesta glavnog inspektora u Skotland jardu. Žena se razvela od mene, tako da sam došao ovamo i ostao, i nisam zažalio ni na tren. Toskana mi je sad u krvi.

Klimnula je glavom. – Predivno je, zar ne? Firenca ima toliko divnih istorijskih zgrada, čovek ne zna odakle da počne. Naši organizatori su uspeli da pronađu nekoliko superpitoreknih mesta za snimanje, i bude li sunce nastavilo da sija kao danas, rezultat će biti sjajan. – Povukla je dugačak rukav od brokata i pogledala na sat iz dvadeset prvog veka. – Moram da krenem. Gospodin Lajons će uskoro početi da me traži.

Okrenula se prema vratima i uspela ponovo da se saplete. Ovoga puta sam bio blizu da je uhvatim za lakat i zadržim je dok je Oskar gledao s psećim osmehom na licu. Ponovo je pocrvenela.

– Izvinite, ja sam kriva. Verovatno ste pretpostavili koji mi je nadimak. Još od škole, ljudi me zovu Kata, što je skraćeno od

Katastrofa, zbog eksplozije vazdušnog broda Hindenburg. Bojim se da sam uvek bila nadarena za saplitanje, udaranje u stvari, obaranje stvari. – Rukovali smo se. – Možete i vi tako da me zovete. Tako me zovu svi na setu.

– Dobro, neka bude Kata. Pozdravljam vas, vidimo se kasnije.

Uhvatila je punu šaku tkanine svoje dugačke suknje i krenula niz kameno stepenište. Osluškivao sam zvuk njenih potpetica, čekajući udarac, ali mora da je uspela da siđe bez katastrofe.

2.

Utorak, sredina jutra

Parking je bio pun kuća na točkovima i karavana, a neko je podigao dva metra visoku žičanu ogradu svud naokolo. Kad sam se pojavio na ulazu, zaustavio me je jedan od najkrupnijih ljudi koje sam ikad video. Reč „Obezbeđenje" bila mu je ispisana preko moćnih grudi velikim belim slovima, koja su se isticala na crnoj pozadini majice s kratkim rukavima. Verovatno garderoberi nisu mogli da mu obezbede dovoljno veliku srednjovekovnu odeću, mada je to možda bilo zbog toga što u srednjovekovnoj Firenci nije bilo mnogo tipova s dredovima. Nije me iznenadilo što nosi naočari za sunce. Često sam se pitao zašto američki čuvari, federalni agenti i policajci obavljaju toliko svog posla iza tamnih naočara. To izgleda preteće, ali s praktične tačke gledišta – bukvalno – mora da otežava čitanje. Kad sam se približio, čuvar je podigao podlakticu veličine toskanske šunke koju sam imao u ostavi.

– Mogu li vam pomoći, gospodine? – Govorio je engleski, ne trudeći se da koristi italijanski. Zvučao je dovoljno srdačno, ali potencijalni uljez bi morao da bude hrabar da bi se probio pored njega.

– Došao sam kod Rejčel Hindenburg. Prezivam se Armstrong. Den Armstrong.

Pogledao je spisak i klimnuo glavom. – Ona je u prikolici pored drveća. Piše „Produkcija" na vratima. Želim vam prijatan dan, gospodine.

Zahvalio sam mu se i otišao do Katine prikolice, prolazeći usput pored šest osoba; sve žene bile su u dugačkim haljinama, a muškarci odeveni u drečave crveno-žute prugaste pantalone, tunike i crvene helanke. Pogledao sam ih i progutao knedlu. Deo posla privatnog detektiva je da se uklopi u okruženje, ali ideja da lutam naokolo izgledajući kao neko ko je izašao iz prilično kemp verzije *Robina Huda* nije mi se ni najmanje sviđala. Kad sam stigao do dugačke parkirane prikolice, pokucao sam na vrata. Otvorila su se trenutak kasnije i Kata je pozvala mene i psa da uđemo. Osmehnula mi se kao da se izvinjava i pokazala glavom telefon na uvetu. Uhvatio sam Oskara za ogrlicu kako bih ga sprečio da se penje po njoj i ušao sam. Morao sam da čujem ono što je govorila, i bio sam zadivljen koliko je poslovno zvučala; daleko od trapave devojke koja je dvaput gotovo pala u mojoj kancelariji.

– Sutra ujutro na železničkoj stanici. Poslaću kola po vas. Kojim vozom dolazite? Voz koji polazi iz Rima u osam i deset stiže u devet i četrdeset sedam? Nema problema... Vidimo se sutra.

Spustila je telefon na sto i prišla da pozdravi mene i mog labradora. Dok je mazila Oskara, izvinila se. – Izvinite zbog ovoga, Dene. Neki novinar iz tabloida.

– To obećava. Verovatno se vaš PR tip bavi takvim stvarima.

– Doni ili njegova lična sekretarica, Loredana. Ja samo zakazujem termine, a onda se oni bave time. To je uglavnom ono što stalno radim. Kao što sam vam rekla, ja sam potrčko i organizator. Organizujem stvari za druge ljude. Dobro, što se tiče istrage, kako nameravate da izvedete to?

– Voleo bih da nakratko porazgovaram sa svima koji su ovde i postavim im nekoliko pitanja. Pretpostavljam, na osnovu onog što ste rekli, da je većina glumaca i filmske ekipe na snimanju u gradskoj većnici. Bilo bi sjajno ako možete da mi nađete mesto gde mogu pojedinačno da razgovaram s ljudima.

– Možete da razgovarate ovde ako želite. Gospodin Lajons se neće vratiti još nekoliko sati. Dajte mi pet minuta i proveriću ko je ovde i spremiti raspored. Pet minuta po osobi, zar ne?

– Savršeno, hvala. Nadam se da ću pre ručka uspeti da razgovaram sa svima koji su ovde. Kao što sam vam rekao, moraću da odem na drugi posao na sat vremena negde oko pola jedan, ali vratiću se oko dva da nastavim.

Ostavila me je samog dok je išla da sve organizuje. Pogledom sam prešao preko iznenađujuće prostrane unutrašnjosti, uređene kao sala za sastanke s dugačkim stolom i šest stolica, okrenutim ka velikom monitoru na drugom kraju i okruženim gomilom elektronske opreme. Otmen sto od čelika i stakla – verovatno producentov – nalazio se na drugom kraju uz manji sto pored, koji je očigledno bio Katino radno mesto. Producentov sto bio je prazan, ali je Katin bio prepun papira oko laptopa i na njemu. Otišao sam tamo i nehajno prelistao račune, priznanice, različite zvanične dokumente sa zaglavljem gradske uprave Firence i spisak obaveza na kojem sam video svoje ime. Kasniji upisi kretali su se od *Kosa – gospođica G* u pet do *Pregled* u šest po podne. Pregled se, ako se dobro sećam, odnosio na pregledanje materijala snimljenog tog dana. Verovatno će nadležni sedeti za tim stolom i pažljivo gledati ono šta su postigli. Katin glas ispred vrata prekinuo je moje njuškanje.

– Dene, ovo je Veliki Džim. Pitam se da li ćete moći da pogodite zašto ga zovemo tako. Već ste ga upoznali na kapiji.

Prikolica se zaljuljala na klocnama kad je ušao krupni čuvar. Vrata su bila dobrih petnaest centimetara uža od njegovih ramena, tako da je morao da uđe postrance. Zamolio sam ga da sedne i zabrinuto sam gledao stolicu dok se spuštao na nju. Mada je zlokobno škripnula, izdržala je, ali postavio sam pitanja što sam brže mogao, za svaki slučaj. Rekao sam mu da pokušavam da otkrijem šta zna o strelama i pretećim porukama.

Zaključak mog ispitivanja bio je da zna vrlo malo, osim činjenice da je onaj ko je odapeo strele na Seleninu i producentovu prikolicu ušao u dvorište penjući se preko ograde ili je bio dovoljno dobar strelac da ih pogodi s dvadesetak metara. Podsetio sam sebe da proverim domet samostrela. Veliki Džim je takođe istakao da mora da je bio mrak kad su strele odapete, a to smanjuje verovatnoću da bi počinilac iza ograde mogao da nišani i pogodi te dve prikolice. Oba događaja odigrala su se tokom noći kad je parking trebalo da bude prazan, osim malog tima lokalnih čuvara iz poznate gradske kompanije. Policija ih je detaljno ispitala ali niko nije ništa video.

Veliki Džim mi je rekao da je ekipa raspoređena po Firenci u nizu hotela, od skromnih do luksuznih, u zavisnosti od značaja.

Uputio mi je kiseo osmeh i naglasio da je on odseo u jednom od skromnijih hotela. Na kraju sam ga pitao da li ima neku ideju ko bi mogao da stoji iza tih pretnji, i rekao je nešto što me je nateralo da se zamislim.

– To me se ne tiče, ali Čak i ja smo primetili da ima mnogo napetosti između gospodina Lajonsa i Emija, kao i između Emija i gospođice Gardner. Čak smo se zapitali da ne stoji Emi iza toga što se dogodilo; znate, samo da bi ih nervirao. – Zabrinutost mu je prešla preko lica. – Ali nemojte da kažete ljudima da sam to rekao.

Primetio sam da je, mada je producenta nazvao „gospodin Lajons", za reditelja rekao Emi. – Vaša tajna je bezbedna, obećavam. A što se tiče ostalih glumaca... Skot Noris, na primer? Niko od njih nije nezadovoljan?

– Ne više nego obično. – Pogledao je preko ogromnog ramena da proveri da li su vrata prikolice zatvorena. – Znate kakvi su glumci: stalno su napeti.

Nisam previše dobro poznavao glumce i izgledalo je kao da će ovo biti otkrovenje. Nakon još nekoliko pitanja, zahvalio sam mu se i pitao ga ko je čuvao kapiju dok je razgovarao sa mnom... možda njegov kolega Čarli?

Džim je odmahnuo glavom. – Ne, Čak je u palati, gde snimaju ovog popodneva. Pomaže mi lokalni momak, Maks. Kata je rekla da njega pošaljem sledećeg da razgovara s vama.

Pre razgovora s lokalnim čuvarom, otišao sam u kratak obilazak parkinga sa Oskarom, obraćajući posebnu pažnju na žičanu ogradu koja štiti prostor. Bila je napravljena od tabli visokih dva metra, koja je predstavljala ozbiljnu, ali ne i nepremostivu prepreku nekome ko želi da uđe. Nisam video bezbednosne kamere, tako da sam podsetio sebe da kažem Kati da ih obezbedi kako bismo mogli da snimimo i prepoznamo svakog ko pokuša da uđe i muva se naokolo. Iza žičane ograde nalazilo se zadnje dvorište obližnje stambene zgrade. Pogledao sam sve prozore, ali bio sam siguran da su predaleko da bi napadač koristio neki od njih. On ili ona mora da su prišli žici, a možda je i preskočili. Sve u svemu, izbrojao sam osam prikolica i nekoliko kombija i kamiona. Razmaci između njih su ukazivali na to da će tu biti parkirana druga vozila kad se vrate s današnjeg snimanja.

Nakon pet minuta, vratio sam se u prikolicu da se sastanem s Maksom, lokalno angažovanim čuvarom. Maks je bio Masimo Fornače, student istorije na Univerzitetu u Firenci, koji je honorarno radio za lokalnu firmu za obezbeđenje odgovornu za ovaj parking. Pitao sam ga da li je bio na dužnosti kad su strele odapete, ali odmahnuo je glavom i rekao mi da je noćni tim došao na dužnost u dvadeset sati, a on je svake večeri odlazio u to vreme. Postavio sam mu isto pitanje zna li ko bi mogao da stoji iza tih pretnji, a on je prvo odmahnuo glavom ali onda je rekao nešto što se poklapalo s Džimovim rečima.

– Mislim da reditelj Emilijano Doniceti nije previše zadovoljan. Svaki put kad ga vidim, izgleda ljutito zbog nečeg. Nekoliko puta se brecnuo na mene bez razloga. – Utišao je glas, iako smo govorili na italijanskom. – On i gospođica Gardner izgleda provode mnogo vremena urlajući jedno na drugo. Moj engleski nije sjajan, tako da ne znam o čemu govore, ali svaki put kad prođem pored njene prikolice mogu da pogodim da li je on unutra na osnovu svađe.

To se poklapalo sa onim što su mi Kata i Veliki Džim rekli, i nije mi zvučalo kao da je set *Žudnje za moći* bio srećno mesto. Nakon što je Maks otišao, razgovarao sam sa sledeće četiri osobe s rasporeda koji mi je Kata tako efikasno pripremila, i kad sam stigao do pete, malo sam se navikao na viđanje ljudi odevenih u renesansne kostime, mada sam se i dalje užasavao da postanem jedan od njih.

Loredana Beluno, sekretarica PR tipa, bila je vrlo lepa žena i u dugačkoj haljini je izgledala kao glumica. Kazala mi je da je nedavno došla u kompaniju, i zvučala je kao da mnogo želi da tu ostane za stalno. Sasvim očekivano, nije mogla da mi kaže mnogo o drugim zaposlenima, ali pohvalila je svog šefa, Donija Lopeza. Po načinu na koji je govorila o njemu i sjaju u očima, zapitao sam se da li se možda nešto događa među njima. Nažalost, kao i u prethodnim razgovorima, nisam saznao ništa novo i stvari su postale zanimljivije kad sam stigao do dva poslednja imena na spisku.

Prvi je bio scenarista, Martin Tejlor, i bio je Britanac kao ja. Bio je otprilike moje visine, malo mlađi od mene – između četrdeset pet i pedeset – i prilično zgodan tip tamne kose i širokih ramena. Stigao je sav namršten. Pitao sam se da li je to zbog toga što su ga ugurali u crveno-žut kostim koji je izgledao previše tesno za njega, ili se nešto dogodilo. Bilo mi je potrebno malo vremena da izvučem objašnjenje iz njega, ali na kraju sam uspeo da ga navedem da otkrije sve, i prilično sam se iznenadio.

– Morate da shvatite da je u ovom poslu scenarista na samom dnu. Naša imena se pojavljuju nasred špice iako bez nas filma ne bi ni bilo. Tokom prethodnih meseci navikao sam da mi menjaju dijalog, da ubacuju nove likove, i čak prave velike promene zapleta, ali pre pola sata sam dobio Emijev SMS u kojem mi kaže da napišem potpuno novu scenu koju će sutra snimiti u brdima oko Firence. SMS! Nije bio dovoljno pristojan da mi to kaže uživo.

Saosećajno sam mu se osmehnuo. – Nije vam ostavio previše vremena, zar ne? Šta se događa u toj sceni? Da li je važna za zaplet?

– Bez sumnje. Film govori o savremenoj zločinačkoj porodici u Los Anđelesu, ali postoje paralele s Medičijevima. Zato smo ovde, snimamo dosta kratkih scena gde se savremeni likovi prebacuju petstotinak godina unazad. Verovatno znate da su Medičijevi vekovima vladali Toskanom. – Klimnuo sam glavom i on je nastavio. – Ta scena prikazuje zamišljeni susret Lorenca de Medičija – čoveka koga su zvali Lorenco Veličanstveni – i budućeg ubice. Prvobitno je zamišljena kao scena u enterijeru, ali Emi sad želi da je prepravim tako da se pokušaj ubistva sutra odigra kao scena u eksterijeru u brdima oko Firence. Kako, dođavola, to da uradim? – Izgledao je veoma ogorčeno.

– Shvatam da bi to mogao da bude problem. Jeste li pisali scenarije za mnogo filmova?

– Scenarije, da, dosta njih. Ovo je prvi put da pišem nešto što sadrži element istorije, i počinjem da žalim zbog toga.

– Zašto?

– Da budem iskren, ne zanima me istorija, a sigurno ne znam mnogo o italijanskoj istoriji.

Zašto je onda, pitao sam se, odabrao da piše nešto istorijsko? Mada, kako mi izgleda, bio je to uspešan pokušaj jer je dobio priliku da piše scenario za veliki holivudski film.

– Koliko dugo snimate?

– Počeli smo u SAD pre šest nedelja, ali bio sam uključen u pretprodukciju četiri meseca.

– A da li je bilo pretnji smrću za to vreme?

– Nikakvih. – Pogledao je na sat. – Dobro, bio bih vam zahvalan ako bismo mogli što pre da završimo ovaj mali razgovor. Izgleda da ću morati da radim celu noć.

– Naravno, moje glavno pitanje je možete li se setiti ijednog razloga za te pretnje.

Odmahnuo je glavom. – Ko to zna. Možda je teritorijalno pitanje... znate, neki italijanski filmadžija nije zadovoljan što mu se Holivud pojavio u dvorištu.

– Ali pretnje *smrću*?

– Kao što rekoh, ko zna?

Nakon još nekoliko pitanja, pustio sam ga da ide i napiše ispravku i pozvao poslednju prisutnu osobu koja nije bila na snimanju u gradskoj većnici. To je bila Ana Galardo, istorijska savetnica, a Oskar i ja smo je odmah zavoleli. Stigla je odevena u lepu dugačku tamnocrvenu haljinu koja se slagala s njenim tenom i savršeno joj pristajala. Očigledno je imala više sreće s garderoberima nego scenarista. Sela je naspram mene, i dok je mazila Oskara iza ušiju, bolje sam je pogledao. Bila je stvarno zgodna žena – dobro, veoma zgodna žena – i možda je imala između četrdeset pet i pedeset godina. Imala je borice i bore oko očiju koje su govorile o traumama prošlosti, ali ja sam bio pravi čovek za tu priču. Helen, moja bivša žena, često je deo oko mojih očiju opisivala kao pesak nakon oseke. Usmeravajući pažnju s psa na mene, Ana Galardo se osmehnula i obratila mi se na engleskom.

– Dakle, vi ste taj čuveni engleski privatni detektiv. – Engleski joj je bio vrlo tečan, gotovo bez naglaska.

– Sigurno ne „čuveni“, ali da, unajmljen sam da istražim pretnje. – Mislio sam da bih mogao odmah i da postavim pitanje. – Imate li predstavu šta se događa?

Odmahnula je glavom. – Volela bih da imam. Sve je tako neočekivano. A film nije nimalo kontroverzan; to je prilično uobičajen triler sa istorijskim elementom, i to ne previše značajnim. – Engleski joj je stvarno bio zadivljujuće dobar.

– Kata mi je rekla da ovde snimaju svega nekoliko nedelja. Ima li izgleda da bi neki meštanin mogao da se uznemiri zbog toga? – Kad je ponovo odmahnula glavom, dodao sam: – Šta je s velikim imenima? Možda ima potomaka Medičijevih ili nekih drugih porodica kojima smeta uznemiravanje?

– Postoje daleki rođaci većine firentinskih velikih porodica ali, kao što sam rekla, nema ničeg uvredljivog ili spornog u filmu. Istorijski deo je samo sporedna priča savremenog trilera.

Nastavio sam da je ispitujem i kazala mi je da sad živi u Firenci, ali je iz jednog sela u brdima severno od grada. Verovatno je bila starija nego što sam mislio – možda skoro moja vršnjakinja – i rekla mi je da je dvadeset godina predavala na Univerzitetu u Batu, i bila udata za Britanca. Taj brak se, kao i moj, okončao razvodom – u njenom slučaju deset godina ranije – nakon čega se vratila u Firencu da radi na ovdašnjem univerzitetu. Njena uloga istorijske savetnice slična je ulozi Masima Fornačea, čuvara, u smislu da je dopunjavala platu deleći na nekoliko nedelja vreme između univerzitetskih obaveza i posla ovde.

Prijateljski smo ćaskali o renesansi kad mi je pogled na sat rekao da moram da idem prema omiljenom restoranu gospodina Dantea, s foto-aparatom. Za kraj razgovora pitao sam je da li sumnja u nekog, ali samo je slegnula ramenima.

– Nisam stalno ovde i, pošto boravim kod kuće, ne družim se mnogo sa ostalima. Postoji očigledno neka zavada između Selene Gardner i reditelja i producenta, ali ne znam šta se događa. Ali nije mi jasno zašto dobijamo ovakve pretnje.

Nakon što je izašla iz prikolice, pogledao sam u psa, koji je žalostivo ispratio njen odlazak. – Znam kako se osećaš, Oskare. Ona je fina dama.

Naravno, podsetio sam sebe, zasad je potencijalna sumnjivica u ovom slučaju, tako da je bilo bolje da se ne zbližavam s njom.

3.

Utorak, rano popodne

Restoran koji su odabrali gospodin Dante i njegova devojka bio je u blizini pešačke zone u istorijskom centru, verovatno da bi mogao da dođe kolima iz Prata i parkira se u blizini. Zgrade su tu bile znatno novije nego u centru, ali i dalje je to bila vrlo otmena četvrt, mada su gusto parkirana kola umnogome kvarila ukupan utisak. Što se tiče restorana, nisam nikad jeo tamo, ali prošao sam pored nekoliko puta i znao da je specijalizovan za morsku hranu.

S moje tačke gledišta, bio je idealan: bilo je stolova napolju na terasi, i sa svoje osmatračnice na klupi prekoputa, na ivici malog parka, imao sam jasan pogled na goste, posebno gospodina Dantea i gospođicu Napolitano. Upravo sam napravio nekoliko fotografija njih dvoje kako se zaljubljeno osmehuju jedno drugom preko predjela od kamenica, kad mi je zazvonio telefon. Bila je to supruga gospodina Dantea i nije gubila vreme na ljubaznost.

– Da li je moj muž u restoranu s tom malom droljom?

– Dobar dan, gospođo Dante, da, upravo jedu predjelo.

– Prokletnik!

– Napravio sam nekoliko fotografija za vas.

– Šta rade?

– Drže se za ruke i tiho tepaju jedno drugom.

– Prokletnik! Kako se zove taj restoran?

– *Il ričo marino*, blizu Porta al prato. – Čuo sam kako uzdiše.

– Prokletnik! Godinama sam ga molila da me odvede tamo, ali nije. Šta jedu?

To je izgledalo kao beznačajno pitanje pored mnogo ozbiljnijeg problema njenog muža koji balavi nad svojom ljubavnicom, ali dao sam joj odgovor. – Izgleda kao kamenice.

– Kamenice... prokletnik!

Zbog potpune obaveštenosti, dodao sam još neke informacije.

– I piju francuski šampanjac. – Kroz objektiv foto-aparata mogao sam da pročitam etiketu.

– Prokletnik! – Izgledalo je da gospođa Dante ima sklonost da se ponavlja, ali nisam mogao da je krivim u tim okolnostima. Glas joj se pojačao i morao sam da odmaknem telefon od uva. – Dobro! Dolazim odmah.

– Ne mislim da je to dobra ideja...

Ali prekinula je vezu. Pogledao sam svog psa, koji mi je ležao kraj nogu. – Spremi se za vatromet, Oskare.

Otvorio je jedno oko, video da nema hrane, i nastavio da spava u senci kraj mojih nogu.

Gospođa Dante mora da je bila u blizini, jer se pojavila baš kad su njenom mužu i gospođici Napolitano donosili testeninu. To su bili *spaghetti alle vongole*, sudeći po školjkama među hrpama testenine na njihovim tanjirima. Besna supruga je projurila između stolova ka njima, a Dante ju je video u poslednjem trenutku. Kroz objektiv foto-aparata jasno sam video paniku na njegovom licu dok je otvarao usta da kaže nešto, ali ona nije bila raspoložena za srdačnost. Dok su ostali gosti zaprepašćeno gledali, uzela je njegov tanjir s testeninom i prosula mu ga u lice pre nego što se okrenula ka zgranutoj gospođici Napolitano i uradila isto i njoj. Ne umem da čitam sa usana, ali moje poznavanje italijanskih psovki bilo je dovoljno obimno da razaznam neke vrlo sočne uvrede besne supruge, pre nego što se okrenula i odjurila. Napravio sam nekoliko fotografija za svoju dušu, ali zaključio sam da je ionako bolje da ih ne pokazujem naokolo. Dobar advokat mogao bi verovatno da pronađe osnov za tužbu za napad, što ne bi pomoglo nesrećnoj supruzi.

Minut ili dva kasnije, gospodin Dante i njegova pratilja su ustali i otišli, a testenina je još padala s njih dok su odlazili. Dva konobara su se odmah pojavila s krpama i četkama i krenula da uklanjaju sve tragove incidenta. Pogled na hranu podsetio me je da sam i ja gladan, a pošto nikad nisam gubio vreme, prešao sam ulicu sa svojim psom i pitao mogu li da sednem za ponovo postavljeni sto. Deset minuta kasnije bacio sam se na pun tanjir *spaghetti alle vongole* – nadam se ne nedavno skinutih s gospodina Dantea i njegove ljubavnice – i bilo je vrlo ukusno. Kraj mojih nogu, Oskar je već pojeo dva pakovanja grisina i preostale špagete koje su čistači preskočili, tako da sam bio siguran kako i on misli da je hrana ovde dobra.

Opustio sam se dok sam jeo i pustio da mi se misli vrate na knjigu koju sam pisao. Bio je to moj drugi krimić i znao sam da moram da predam tekst izdavaču početkom godine, što znači da sam imao svega tri meseca da ga završim. Samo nekoliko meseci kasnije dobio sam neverovatne vesti da mi je ponuđen ugovor za dve knjige, i zato sam se bacio na pisanje ove, koja je sada samo dopola napisanu. Dobre vesti bile su da sam konačno smislio ko je ubica, nakon što sam se nekoliko puta predomislio. Mislio sam na prizor kojem sam upravo prisustvovao sa špagetima, i odlučio da uključim takvu scenu u knjigu. Nekako, međutim, nisam mislio da ću u ovu knjigu uključiti prugaste pantalone i lukove i strele.

U dva sata, vratio sam se na parking s prikolicama i nastavio tamo gde sam stao.

Neki članovi ekipe, odeveni u uobičajene crvene i žute pruge, vratili su se iz gradske većnice, i postepeno sam uspeo da porazgovaram s većinom od njih, ali nisu mi obezbedili mnogo novih informacija. Niko nije znao šta se događa ili ko bi mogao da bude iza toga i počeo sam da se pitam da li je sve ovo gubljenje vremena – kao one budale koje zovu policiju zbog nepostojećih požara ili bombi. Nakon njih došao je red na ljude koji više nisu bili potrebni na setu, od glumaca u sporednim ulogama do lokalno angažovanih statista, i nakon što sam završio s njima, naravno, znao sam da ću morati da razgovaram s protagonistima. Niko od njih se nije vratio iz gradske većnice, i pitao sam se da li da odem tamo i potražim ih. Kad sam to predložio Kati, odmahnula je glavom i posavetovala me je da sačekam dok ne završe sa snimanjem za taj dan.

– Imamo pristup gradskoj većnici samo do četiri sata, tako da će Emi žuriti da sve završi na vreme. Zašto ne uzmete kafu i ne sačekate? Prošlo je pola četiri, tako da će uskoro stići.

Zamolio sam je da istraži mogućnost nabavke nadzornih ka-mera i odmah mi je odgovorila, govoreći kako će pozvati lokalnu kompaniju za obezbeđenje i videti da li je to izvodljivo, možda već večeras. Koliko god bila trapava, video sam zašto ju je filmska kompanija zaposlila. Dok je ona obavljala poziv, prihvatio sam njen savet i otišao do kamiona za ketering i zamolio tipa za šankom – začudo, takođe u srednjovekovnoj tunici – za kafu. Za svim okol-nim stolovima sedeli su sporedni glumci ili članovi ekipe, odeveni u neizbežne helanke i prugice. Uočio sam Velikog Džima kako guta krofne sa šećernim mrvicama – nisam ni znao da ih ima u Italiji – i scenaristu, Martina Tejlora, nosa zabijenog u laptop i sa čak tri pra-zne šolje kafe ispred sebe. Bilo mi ga je žao.

Kad sam dobio kafu, ponudio sam da platim, ali rečeno mi je da je sve besplatno i gotovo sam zažalio što nisam zatražio krofnu da je podelim sa Oskarom dok sam tu. Video sam razočaranje u oči-ma svog psa i zadovoljio se malim pakovanjem biskvita, koji su mu u trenu popravili raspoloženje. Labradori, kao što sam dobro znao nakon godinu dana zajedničkog života sa Oskarom, žive za hranu i rado će jesti dok ne puknu. Dok je krckao svoje biskvite, seo sam u senku drevnog bora i pregledao spisak ljudi s kojima tek treba da razgovaram... u suštini, najvažniji ljudi koji učestvuju u snimanju ovog filma.

Glavni igrači svodili su se na šestoro ljudi: tu je bila prvo Selena Gardner, svetski poznata glumica, u filmu koji režira početnik, što bi bilo pomalo iznenađujuće da nisam čuo kako su ona i reditelj bili u šemi. Nisam se iznenadio kad sam saznao da sad, kad se veza završila, stvari među njima nisu bajne.

A tu je bio i filmski ljubavnik gospođice Gardner, američki glu-mac Skot Noris. Mada sam čuo za njega, i čak pogledao nekoliko njegovih filmova, sigurno je bio klasu ispod gospođice Gardner i verovatno je gluma kraj nje predstavljala korak napred za njega. Na Katinom spisku sam video da postoje još dva glavna igrača: britan-ska zvezda u usponu, Čarls Vinsent, već poznat po pojavljivanju u britanskim TV serijama, kome je to bio filmski debi, i glumac koji je igrao lik za koji je Kata kazala da je „negativac". To je bio Daglas

Ogilvi, čije mi je ime zvučalo poznato, iako nisam mogao odmah da ga se setim.

Poslednji, ali ne najmanje važni, bili su Emilijano Doniceti, reditelj, navodno partner gospođice Gardner van filmskog platna, i Gabrijel Lajons, producent. Na osnovu onog što sam čuo ne bi me iznenadilo da je Emi nadmen i samoživ tip, s obzirom na način na koji je navodno upotrebio Selenu Gardner da unapredi karijeru. A što se tiče producenta, na osnovu Katinih reči, Gabrijel Lajons je verovatno razdražljiv i tiranin. Nisam se radovao tim razgovorima, ali morao sam da ih obavim.

Kad govorimo o važnijim ljudima, Kata mi je objasnila da protokol nalaže da ja posetim *njih* umesto da ih zovem da oni dođu kod *mene*, pa kad su se dve limuzine i minibus vratili s lokacije, krenuo sam ka prvoj osobi sa spiska. Odlučio sam da počnem od Dejvida Ogilvija, „negativca", i krenem naviše od njega. Zatekao sam ga kako leži na kauču u luksuznoj prikolici držeći čašu koja je mirisala na viski. Bio je odeven od glave do pete u crni saten i s musketarskom bradicom izgledao je kao veoma uverljiv filmski zlikovac. Kad mi je rukom dao znak da sednem na najbližu stolicu, pogledali smo se u oči i obojica smo se trgli.

– Poznajem vas. Vi ste inspektor Armstrong, zar ne? Kako bih mogao da zaboravim? Vidi, vidi, vidi, ko bi rekao? – Odmah sam prepoznao to lice i naglasak.

– Dagi Ogilvi! Znao sam da sam već čuo to ime. Drago mi je što vam ide tako dobro. Uloga u holivudskom filmu, ni manje ni više.

Uzdahnuo je. – Nije glavna, ali Stiven bi bio zadovoljan. – Sagnuo se da pomiluje Oskara dok se moj mozak trudio da pronađe informacije u bazi podataka.

Počeo sam da se prisećam svega. Sreo sam Dagija Ogilvija pre petnaest godina, kad je bio glumac početnik koji se nadao napredovanju u karijeri. Njegov dugogodišnji dečko, Stiven zaboravio sam prezime, pronađen je mrtav u njihovom stanu, navodno od predoziranja kokainom. Prst sumnje da mu je drogu obezbedio, a možda i dao, bio je uperen u Dagija, ali od početka sam sumnjao u to. Pošto sam tek nedavno bio unapređen u detektiva inspektora, morao sam da se pomučim kako bih sprečio svog tadašnjeg nadređenog da ga uhapsi na mestu. Bilo je potrebno mnogo tabananja i nekoliko neprospavanih noći, ali na kraju sam utvrdio da je droga došla od drugog Stivenovog momka, za koga Dagi Ogilvi i moj šef nisu znali. Uspeo sam da dokažem da je taj čovek ubio Stivena u naletu ljubomore, i da je Dagi nedužan po svim tačkama optužnice. Setio sam se činjenice da je Stivenov ubica gotovo sigurno sad izašao iz zatvora, jer je bio optužen za ubistvo bez predumišljaja, a ne s predumišljajem. Da nije taj ogorčeni suparnik osoba koja šalje preteće poruke?

Nakon što smo se prisećali nekoliko minuta i nakon što sam odbio čašu viskija, vratio sam razgovor na sadašnjost i on je izneo svoju teoriju.

– Znate li šta mislim, inspektore? Mislim da je to mafija.

– Mafija? I sad sam samo Den, ne inspektor. – Kako smo bili u Italiji, samo sam čekao da se pojavi takva pretpostavka. Činjenica da smo bili u Firenci, koja je gotovo hiljadu kilometara udaljena od sedišta mafije na Siciliji, činila je to malo verovatnim, ali nisam smeo to da zanemarim. Zamolio sam ga da objasni zašto tako misli, i on je nastavio.

– To je Emi; on je napola Sicilijanac i dolazi iz opasnog dela Njujorka. Mislim da je nekako uznemirio lokalnog kuma, a ta glupost sa strelama znači da oni žele osvetu.

Odlučio sam da ga razočaram. – Prvo, iskreno sumnjam da u Firenci postoji mafijaški kum, a čak i da postoji, Koza nostra više ne koristi lukove i strele. Sve ovo mi izgleda vrlo amaterski – rukom pisane poruke i strele? – a niko ne može da kaže da su mafijaši amateri. Šta je s ljudima koji rade ovde? Zar to ne bi mogao da bude neki nezadovoljan glumac ili član ekipe?

Izgledao je razočarano nakon što sam mu razbio teoriju o organizovanom kriminalu, ali nije se bunio. Video sam ga da razmišlja o pitanju nekoliko sekundi, pre nego što je odgovorio.

– Što se tiče nezadovoljstva, to je teško reći. – Nagnuo se napred i utišao glas. – Niste čuli ovo od mene, važi? Činjenica je da je ceo ovaj film kao prokleta telenovela. Reditelj i producent su budale: Emi mrzi Gabrijela – znate, Gabrijela Lajonsa, producenta – a

Gabrijel prezire Emija kao reditelja. A tu je i element *cherchez la femme*: Gabrijel žudi za Selenom, ali Selena jedva podnosi Gabrijela. Skot, mislim na Skota Norisa, Selenin parter u filmu, voleo bi da ima s njom ljubavnu vezu i van ekrana, ali Selena je upravo okončala vezu sa Emijem i ponaša se nezainteresovano. – Zastao je dramatično. – Ili želi da to verujemo...

Otpio je gutljaj viskija i udobnije se namestio, očigledno uživajući u ulozi pripovedača. – Dodajte na to malo stare dobre ljubomore, Skot mrzi Čarlsa jer je mlađi i lepši od njega, a Čarls balavi za Emijem. O da, tu je i prezrena žena: Selena je mislila da je Emi zaljubljen u nju, ali sad je uverena da ju je zloupotrebio. Što se tiče mene, mrzim sve njih, ali moram da radim i, kao što ste rekli, holivudski film uvek izgleda dobro u radnoj biografiji.

Zapisivao sam dok je govorio i nadao sam se da ću moći da rastumačim sve ove informacije... ili makar tračeve. Deo detektivskog posla je da razluči šta je istina a šta mašta, a tokom godina sam često imao svedoke s bujnom maštom. S rezervom sam prihvatio to što je Dagi rekao, ali bio sam siguran da tu ima i istine. Pošto većinu pomenutih ljudi još nisam poznavao, sve je bilo pomalo zbunjujuće. Kakva god da je istina, bilo je jasno da se na snimanju *Žudnje za moći* događa mnogo toga u pozadini. Jedino mi nije bilo jasno kako je bilo koja od tih zađevica mogla da eskalira u pretnju ubistvom i izrazi se na tako primitivan, pomalo filmski način.

4.

Utorak popodne

Ostavio sam Dagija da pije drugi viski i krenuo prema prikolici glavnog glumca, Skota Norisa. Dočekao me je ljubazno i pozvao me je da uđem. Nije mu smetalo Oskarovo prisustvo, ali nije se potrudio da ga pomazi. Takođe mi je dao savet.

– Pobrinite se da držite tog psa podalje od Gabrijela. On se užasava pasa; ne boji se ujeda nego bolesti. On je jedan od onih germofoba koji se stalno boje da će se razboleti, i kloni se svih životinja. Rekao mi je da je to jedan od glavnih razloga što nikad nije snimao vesterne.

Dok je govorio, osmotrio sam ga. Bio je visok, možda oko metar i devedeset, i bilo je jasno da vodi računa o sebi. Traka za trčanje i set tegova u uglu potvrdili su moje pretpostavke. Savršeno se uklapao u matricu holivudske filmske zvezde kao preplanuli Adonis s vrlo nesrednjovekovnim savršenim belim zubima. Setio sam se Helen, svoje bivše žene, kako sanjivo mrmlja o njemu, i bio sam siguran da bi mi zavidela što sam ovde s njim. I dalje je bio u renesansnom kostimu, istoj otmenoj crveno-žutoj prugastoj tunici, kratkim pantalonama i crvenim helankama kao svi ostali, ali uspevao je da ne izgleda smešno – nešto za šta nisam bio siguran da će i meni uspeti kad navučem helanke. Bio sam sve više uveren da ću izgledati kao potpuni idiot, i nadao sam se da se neće pojaviti moje fotografije u kostimu. Mogao sam da zamislim kakvo bi veselje izazvala takva odeća među mojim bivšim kolegama iz Skotland jarda i zatvorenicima u državnim zatvorima, ako bi me ikad videli u kratkim pantalonama.

Počeo sam pitajući Skota gde je odseo, i nisam se iznenadio kad sam čuo da je on, uz Selenu Gardner, reditelja i producenta, smešten u jedan od desetak hotela s pet zvezdica u okolini firentinskog istorijskom centru. Klimnuo sam glavom. Bezbednost je na takvom mestu sigurno prilično dobra. U stvari, na osnovu onog što mi je rekao, četvoro najvažnijih ljudi štitili su ne samo hotelsko obezbeđenje već i telohranitelji iz privatne firme. Delovalo mi je da bi iko ko ima nešto protiv jednog ili više njih morao da ih napadne daleko od hotela, a to je značilo ovde ili na setu. To je bio dodatni razlog da se što pre postave bezbednosne kamere. Onda sam prešao na preteće poruke i izgledao je neobično smireno.

– To se stalno događa. Snimao sam prošle godine u Parizu, i počeli smo da dobijamo pretnje bombom. Ništa se nije dogodilo, naravno, bio je to samo neki ludak. – Tužno je odmahnuo glavom. – Ima mnogo ludaka naokolo.

– Mislite da ne treba da se brinem?

– Vi radite svoj posao, ali nemojte se iznenaditi ako na kraju otkrijete da je to neka mala starica koja misli da su mi pantalone previše uske. – Nelagodno se protegnuo i trgnuo. – A i jesu.

Dajući sve od sebe da ignorišem ono što mi se činilo kao još jedna mana mog novog kostima, nastavio sam s pitanjima. – Šta mislite o glumcima i ekipi, kakva je situacija? Ima li neprijateljstva?

Zastao je da razmisli. – Teško je reći. Gabrijel i Emi izgleda stalno hvataju jedan drugog za gušu, ali ne vidim kako bi odapinjanje strele u Selenina vrata moglo da bude povezano s tim.

– *Zašto* hvataju jedan drugog za gušu? Već sam čuo za to, ali uvek je dobro dobiti potvrdu.

– Emi je dobio posao samo zato što je Selena naterala Gabrijela da ga angažuje, a onda je, naravno, nakon što je dobila šta je htela, shvatila da ju je Emi samo koristio i otkačila ga je. Svi znaju da je on ovde samo zbog nje, ali činjenica je da je dobar reditelj, iako prilično mlad, što ne sprečava Gabrijela da koristi svaku priliku da mu nađe manu.

– Dakle, Gabrijel mrzi što je nateran da angažuje Emija, a Emi mrzi što mu se producent ne skida s grbače. Shvatam. Možete li se setiti još neke svađe među glumcima ili ekipom?

– Pa, tu je naš engleski prijatelj, Daglas. Pali se na mladog Čarlsa, ali Čarls nije zainteresovan?

– Pretpostavljam da Čarls nije gej?

– O, mislim da jeste, mada to ne priznaje. – Široko mi se osmehnuo. – On misli da je to tajna, ali meni je sasvim očigledno. Trebalo bi da ga vidite sa Emijem. Pravi kučeći pogled.

Kad sam napustio prikolicu Skota Norisa, vrtelo mi se u glavi. Stvarno je postojalo strašno mnogo podzapleta koji su ključali ispod površine, ali činjenica je da dosad nisam čuo ništa što bi me navelo da posumnjam da iko od ljudi s kojima sam razgovarao razmišlja o ubistvu. Nekoliko oštrih reči ili šamar, možda, ali ubistvo?

Moj sledeći razgovor bio je sa Čarlsom Vinsentom, perspektivnom budućom filmskom zvezdom. Zatekao sam ga u prikolici. Bila je primetno manje prostrana i luksuzna od ostalih, ali on je izgledao sasvim zadovoljno. Pozvao me je da uđem i posvetio je mnogo pažnje Oskaru dok sam ja započinjao ispitivanje. Rekao mi je da ima dvadeset devet godina i da mu filmska karijera tek počinje. Odmah sam prepoznao njegovo lice iz jedne kriminalističke televizijske serije iz Velike Britanije, koja je bila prilično popularna, ali za bivšeg detektiva kao što sam ja prepuna nelogičnosti. Pokažite mi samo jednu policijsku stanicu u kojoj su sve policajke neverovatno lepe a njihove kolege zaprepašćujuće zgodne – sa izuzetkom nekoliko ćelavih, debelih i nervoznih starijih oficira. Čarls je rekao da mu je, mada je dosad glumio manje uloge u filmovima, ovo prvi visokobudžetni holivudski film, i očigledno je želeo da se iskaže i bojao se da nešto ne zabrlja.

Bio je vrlo zgodan mladolik momak, koji je izgledao deset godina mlađe. Činilo se da ima otvorenu i srdačnu ličnost, mada sam stekao osećaj da nije potpuno iskren. Video sam odakle Skotu ona teorija da je možda gej, ali nisam bio siguran u to. Bilo mi je čudno zašto bi krio da je stvarno gej. U današnje vreme, posebno u njegovoj profesiji, dani stigmatizacije su davno prošli. Bio je odeven u iste crveno-žute prugaste pantalone kao Skot i ostali, ali na sebi je imao široku belu lanenu košulju koja mu je bila razdrljena na ćosavim grudima, i bilo mi je jasno da bi mogao da privuče oba pola.

Postavio sam mu ista pitanja kao i ostalima, ali nije mogao, ili nije hteo, da kaže išta loše za svoje kolege glumce ili članove ekipe. Nisam mu zamerio. Upravo je započinjao filmsku karijeru, i nije smeo nikom da se zamera. Razgovarali smo neko vreme, ali nisam ništa saznao od njega.

Kad sam završio razgovor s njim, bilo je gotovo pet sati i setio sam se beleške na Katinom rasporedu o Seleninom terminu kod frizera. Odlučio sam da sad odem kod nje, nadajući se da ću je pronaći pre dolaska frizera, ali ispostavilo se da sam stigao prekasno. Kad sam došao do njene prikolice, zatekao sam nekog drugog kako strpljivo čeka pred vratima. To je bila neka devojka tetoviranih podlaktica i s najdužim noktima koje sam ikad video, s velikom torbom u ruci. Kazala mi je tiho da je ona frizerka i da čeka da bude primljena. Dok smo razgovarali, postalo je jasno da se gospođica Gardner žestoko raspravlja s nekim u prikolici, i na osnovu onog što sam upravo saznao, nisam sumnjao da je to reditelj, Emi. Odlučio sam da je najbolje da se mudro povučem, tako da sam krenuo da potražim producenta, ali ne pre nego što sam osmotrio urednu rupu probušenu u vratima gospođice Gardner koju je napravila strela juče ujutro.

Zatekao sam sličnu rupu na bočnoj strani producentove prikolice. Nameravao sam da pokucam na vrata kad sam se setio šta je Skot Noris rekao o producentovoj germofobiji i odnosu prema životinjama, i zato sam otišao kod Kate da je zamolim da pričuva Oskara na nekoliko minuta. Vrata su bila odškrinuta, tako da sam kucnuo i ušao. Na moje iznenađenje, video sam da nije sama. Mladi srcolomac Čarls Vinsent napustio je svoju prikolicu i sedeo je na stolu ispred nje, i izgledalo je da su zadubljeni u razgovor. Kad sam otvorio vrata, video sam poznat izraz koji je prešao preko njihovih lica. Video sam dovoljno takvih izraza u životu da bih mogao da prepoznam krivicu.

– Izvinite što vas uznemiravam, Kato, ali da li biste pričuvali Oskara dok ja odem kod producenta?

Rado je pristala i ostavio sam srećnog labradora da ga njih dvoje maze. Dok sam išao ka prikolici Gabrijela Lajonsa, razmišljao sam o toj trenutnoj krivici na njihovim licima. Da li su možda njih dvoje imali neke veze sa strelama i pretnjama, ili možda Čarls uopšte nije gej, a ja sam prekinuo ljubakanje? A opet, možda su samo tračarili o ostalim članovima ekipe – ili o meni – i pobojali su se da sam ih čuo.

Kad sam stigao do producentove prikolice, pokucao sam i morao sam da sačekam gotovo minut na odgovor, mada sam ga čuo kako se kreće unutra. Konačno, kad sam nameravao da ponovo pokucam, vrata su se otvorila i video sam osobu koja je sasvim odgovarala mojoj predstavi o tome kako treba da izgleda holivudski producent. Bio je nizak, punačak, rumen i izgledao je napeto. Nije imao cigaru, ali siguran sam da je bio tip koji ih puši – mada sam možda samo podlegao stereotipu. Za razliku od svog osoblja, bio je odeven u savremeno odelo, košulju s kragnom i kravatu. Očigledno se naredba da se stalno nose renesansni kostimi nije odnosila na šefa. Odmeravao me je pogledom sekund ili dva s jedva prikrivenom nezainteresovanošću.

– Da? – Njegov pozdrav nije bio previše ljubazan.

– Zovem se Den Armstrong. Unajmljen sam da istražim strele i pretnje.

– Dobro, istražujte. – Pomerio se unazad i izgledalo je kao da će mi zalupiti vrata ispred nosa, zato sam delovao brzo.

– Zanima me mogu li da vam postavim nekoliko pitanja, gospodine Lajonse. Pokušaću da budem što brži.

Uzdahnuo je. – Dobro, uđite. Samo nek bude brzo.

Uradio sam kako mi je naređeno i nameravao sam da sednem na naizgled plišanu sofu – verovatno je bolje da ne nazivam to kaučem za kasting – kad je coknuo jezikom i pokazao na stolicu pored. Bilo je jasno da želi da mu ne budem blizu i da zapamtim gde mi je mesto. Seo sam i pokušao da mu postavim pitanja što sam brže mogao. Prvi utisak je važan, a moj prvi utisak o producentu njemu nije nimalo išao u prilog.

– Smem li da vas pitam, gospodine Lajonse, znate li zašto dobijate te pretnje?

– Nemam predstavu.

– Nikakvu?

– Rekao sam ne, i mislio sam ne. To je ono što vi treba da otkrijete.

U životu sam naišao na mnoge znatno opasnije tipove i znao sam da ne smem da mu ostanem dužan. – Dobro, u redu, hvala vam na vremenu, gospodine Lajonse. Ostaviću vas na miru. Moram priznati da sam iznenađen.

– Zašto ste iznenađeni?

– Na vašem mestu bih bio zabrinut, veoma zabrinut. Ljudi ne dobijaju pretnje smrću svakog dana. U svakom slučaju, ako ne želite da sarađujete, vaš život će biti ugrožen... iako se nadam da neće.

Zaustavio me je pre nego što sam stigao do vrata. – Dobro, dobro, čuo sam vas. Sedite, dođavola, i odgovoriću vam na pitanja. Uradite to što morate, ali brzo. Imam mnogo posla.

Namerno sam seo na sofu umesto na stolicu i zagledao se u njega. Sigurno je izgledao zabrinuto, i pitao sam se da li je to zbog posla, ili ga nešto određeno muči. Odlučio sam da mu postavim niz da ili ne pitanja, kako bismo ubrzali stvari.

– Snimali ste ovde jedva nedelju dana i odlazite krajem sledeće nedelje?

– Da.

– Ali vaši ljudi su ovde obavljali pripreme mesec dana?

– Da.

– A pretnje su počele tek kad ste počeli sa snimanjem?

– Da.

– Koliko znate, jedine pretnje su one koje su bile prikačene za strele?

– Da.

– I ne znate ko stoji iza toga?

– Ne.

Prešao sam na nešto malo složenije. – Da li biste rekli da su ljudi ovde srećni?

– Kako mislite, srećni?

– Jesu li glumci i ekipa srećni? Ima li trvenja?

– Kakve to, dođavola, ima veze s bilo čim? Pokušavate li da nagovestite da je te ludačke strele odapeo neko iz filmske ekipe?

42

– Ne isključujem ništa. Pitaću vas ponovo – da li su ovi ljudi srećni? – Kad sam video da me gleda kao da će mi kazati da gledam svoja posla, dodao sam: – Jer prema onom što sam čuo, nisu.

– Šta bi to trebalo da znači?

– Kakvi su odnosi između vas i reditelja, na primer? Da li biste rekli da su prijateljski?

– Da li vam je nešto rekao?

– Nisam još razgovarao s njim. – Sačekao sam nekoliko trenutaka. – Dakle, da li se vas dvojica dobro slažete?

– Sarađujemo. Ne moramo da se volimo.

– A šta je s glumcima? Jeste li svesni nekih napetosti među njima?

– Ne, nisam. – To je rekao prebrzo i verovatno je čuo sebe jer je odmah dopunio tu izjavu. – Selena i Emi se ne slažu dobro. Raskinuli su neposredno pre nego što smo počeli snimanje u Sjedinjenim Državama.

– Još neko? Možda neki drugi član ekipe, ne samo glumci?

– Na primer?

– Na primer, scenarista, gospodin Tejlor. Da li je srećan?

– Boli me uvo da li je srećan ili nije. Plaćam ga da obavlja posao i mora da nastavi s radom. – Pogledao je na sat i povisio glas za oktavu. – Kad smo već kod toga, plaćam i vas da radite svoj posao, a vi mi trošite dragoceno vreme, i zato vam predlažem da odete i gnjavite nekog drugog.

Nije bilo svrhe da dalje gubim vreme, i zato sam ustao i zahvalio mu se. Nije odgovorio i razmetljivo je ponovo počeo da gleda papire na svom stolu. Ostavio sam ga da se bavi time.

5.

Utorak, kasno popodne

Ostalo mi je samo da razgovaram s rediteljem i Selenom Gardner. Nadao sam se da ću saznati nešto više od njih. Sad sam znao znatno više o snimanju filmova nego jutros, ali nisam saznao gotovo ništa što bi moglo da ukaže na to ko stoji iza pretnji.

Pošto je velika zvezda sigurno i dalje sređivala kosu, odlučio sam da odem kod Kate po svog psa i prvo krenem kod reditelja. Zatekao sam Katu samu, kako sedi na kauču u prikolici, s labradorom u krilu. Oskar je na licu imao širok pseći osmeh i izgledao je vrlo srećno. Mahnuo je repom kad me je video, ali nije pokušao da ustane s nove prijateljice. Kao što rekoh, uvek je voleo dame. Kata mi je mahnula.

– Zdravo, Dene, smem li da zadržim vašeg psa? Zaljubila sam se u njega.

– Na osnovu izraza njegovog lica, mislim da je to obostrano, ali ne, bojim se da to nije moguće. On mi je najbolji prijatelj i ide kud god da krenem. Kad smo već kod toga, idem da posetim reditelja i mislio sam da vas oslobodim tereta čuvanja Oskara.

– Dozvolite da još malo ostane kod mene. Molim vas, mooolim vas... – Spojila je dlanove i preklinjala kao devojčica. – Tako je lepo imati nekog toliko toplog i prijatnog ko ne viče da uradim nešto.

Utešno sam joj se osmehnuo. – Pretpostavljam da vam se to često događa.

– Od jutra do mraka. – Uzdahnula je.

– A ko najglasnije viče?

– Gospodin Lajons, bez ikakve sumnje, mada pošto se stalno prepiru, Emi i Selena su uglavnom loše raspoloženi.

– Kad smo već kod toga, zvuči mi kao da je Selena otkačila Emija, a ne obrnuto; jesam li u pravu?

– Verovatno ste u pravu. To bi objasnilo zašto je tako nervozan. Nema ničeg goreg od prezrenog filmskog reditelja, možda? Da li su te lude strele bile način da uplaši svoju bivšu devojku... ili nešto gore?

– Sad idem kod Emija.

– Da li biste mogli da mi prvo učinite uslugu? – Kata je mahnula rukama iznad labradora koji je srećno dremao u njenom krilu. – Strašno mi se pije kafa, ali ne želim da ometam Oskara sad kad se lepo smestio. – Smestio? Izgledao je kao da je pustio korenje, ali dozvolio sam joj da nastavi. – Da li biste bili tako ljubazni da mi donesete dupli espreso? Pošto će gospodin Lajons uskoro doći, potrebno mi je okrepljenje.

– Naravno. Šećer? Ne? Dobro.

Izašao sam i krenuo prema kamionu sa osveženjem, koji je i dalje imao dosta posla s gomilom uglavnom muškaraca u srednjovekovnim kostimima koji su sedeli oko njega. Stajao sam u redu, čekajući da naručim Kati kafu, a onda sam čuo tresak, praćen povicima i najmanje jednim vriskom. Probio sam se kroz nekoliko zaprepašćenih posmatrača i zatekao Dagija Ogilvija ukopanog u mestu kraj table s današnjim menijem u kamionu za ketering. Kraj njega su bili Čarls Vinsent i Martin Tejlor, i sva trojica su zurila u tablu. Nasred table se nalazila čelična strela s plavim i žutim percima. Bila je odapeta s dovoljno sile da probije drvo, i da je pogodila Dagija, ili nekog drugog, mogla je biti smrtonosna.

Pogledao sam ugao pod kojim je strela pogodila tablu i pogledao putanju kojom je doletela. Ograda se nalazila svega desetak metara odatle i detaljno sam pogledao tu oblast da vidim ima li traga strelcu. Video sam samo jednu mladu majku s detetom u kolicima i starijeg muškarca koji je vodio podjednako starog mopsa na povocu. Ispred njih se nalazio mali crveno-beli šator, koji je verovatno pripadao radnicima koji su kopali malo dalje odatle. Kad sam ga pogledao, učinilo mi se da vidim neki pokret iza platna. Nije bilo ni daška vetra, tako da sam potrčao.

Nepotrebno je reći, moje napredovanje se zaustavilo kad sam stigao do ograde. Pogledom sam potražio merdevine, sto ili nešto na šta bih se popeo, kad sam ugledao neku priliku kako nestaje u daljini, očigledno pokušavajući da koristi radnički šator kao štit. Ta osoba mi je bila pred očima svega trenutak ili dva pre nego što je stigla do uske uličice između dve zgrade i nestala. Video sam da ta osoba nosi neki glomazan predmet u ruci... verovatno samostrel. Pogledao sam oko sebe, ali nije bilo ni traga od čuvara, a kad sam pogledao iza sebe, prema kamionu s hranom, video sam prazne stolove jer su glumci i članovi ekipe koji su bili okupljeni oko njega mudro odlučili da zbrišu. Ponovo sam pogledao kroza žičanu ogradu, ali znao sam da dok otrčim do glavne kapije i vratim se, strelac će već biti daleko. Nemoćno sam uzdahnuo i krenuo ka Katinoj prikolici.

Ovog puta Oskarov san za osveženje grubo je prekinut jer se Kata odmah izvukla ispod njega kad sam joj rekao šta se dogodilo. Zamolio sam je da proširi vest da je došlo do još jednog napada dok sam ja išao ka glavnom ulazu. Kad sam stigao tamo, kazao sam Velikom Džimu da pažljivo pregleda ceo parking i prebroji i zapiše sve prisutne ljude kako bismo bili sigurni da tajanstveni napadač nije pogodio nekog drugog. Zatim sam izašao i brzo obišao radnički šator. Bilo je odmah očigledno da je to mesto s kojeg je strela odapeta. Radnici su završili posao za taj dan, ali neko je presekao kožne remene koji su zatvarali vrata šatora. Unutrašnjost je bila prazna, a otvoren šaht je pokazivao mesto gde su radili. Posebno me je zainteresovao prorez na platnu, koji gleda prema parkingu filmske ekipe, odakle je tajanstvena osoba odapela strelu.

Pretražio sam unutrašnjost šatora i nisam ništa pronašao. Gola zemlja oko šahta bila je prekrivena brojnim otiscima stopala, ali to nije bilo neobično na gradilištu. Pošto nisam mogao da pronađem tragove unutra, izašao sam i okrenuo se leđima prorezu u šatoru i pogledao pravo u kamion s pićem, gde se već okupilo dvoje-troje ljudi. Jedno je odmah bilo jasno: odapinjanje strele odavde uključivalo je prolazak strele kroz jedan od uskih razmaka u žičanoj ogradi. To je prilično teško.

Napravio sam grub proračun i otišao da proverim ogradu na mestu kroz koje je strela verovatno prošla. Naravno, tu je bio mali, ali očigledno svež, blistav zarez na metalu na pravoj visini, što mi je govorilo da je strela zakačila žicu kad je odapeta, i to je verovatno uticalo na preciznost pogotka. Uozbiljio sam se kad sam shvatio da je strela, da nije okrznula žicu, mogla da pogodi pravo u grudi nekog od ljudi pored kamiona – uključujući i mene. Ubistvo je izbegnuto za dlaku.

Jedno je bilo sigurno: više nisam sumnjao u to da je ova priča s lukom i strelom neka prevara. Ko god da je uradio to, imao je nameru da ubije nekog.

Zasad nisam mogao da uradim mnogo toga, pa sam odlučio da završim razgovore s preostalim članovima filmske ekipe u nadi da ću pronaći neki razlog za te napade. Video sam Maksa na kapiji kad sam se vraćao na parking i zamolio ga da mi obezbedi kopiju spiska prisutnih, za slučaj da je napadač glumac ili član filmske ekipe koji se neopaženo iskrao.

Krenuo sam ka rediteljevoj prikolici. Kad sam stigao tamo, zatekao sam otvorena vrata i video Emilijana Donicetija, odevenog u istu žuto-crvenu prugastu odeću kao ostali. Izgledao je kao da ima između trideset pet i četrdeset godina, imao je tamnu kosu i preplanuo ten. Čučao je i pokušavao da pronađe nešto u frižideru, ali neuspešno. Kad sam nameravao da se oglasim, razočarano je zalupio vrata frižidera, promrmljao nekoliko psovki i ustao, a onda se okrenuo i pogledao me.

– Tražite nekog? – Bio je manje neprijatan nego producent, ali ne baš srdačan. Ne zaboravite, ako je upravo završio veliku svađu s bivšom devojkom, mogao sam da ga razumem.

– Dobar dan, gospodine Doniceti, zovem se Den Armstrong i istražujem pretnje smrću.

Video sam ga kako duboko diše da bi se smirio pre nego što je odgovorio, a kad je odgovorio, ton mu je bio manje svadljiv. – Da, naravno. Kata vas je najavila. Uđite i raskomotite se. Ponudio bih vam čašu hladne vode, ali izgleda da je nema.

– Lepo od vas, ali ne treba, hvala. – Imao sam osećaj da će Kata dobiti još jedno ribanje zbog nedostatka hladne vode. Usredsređujući se na razgovor, ispričao sam mu za nedavni napad i izgledao je zgranuto.

– Još jedna strela? I kažete da je zamalo pogodila neke ljude? To je neverovatno.

Pitao sam ga ima li neku predstavu ko bi mogao da stoji iza tih pretnji smrću. Njegov odgovor se nije razlikovao od onog koji su dali ostali, i pokušao sam drugačiji pristup. – Da li vam izgleda čudno što su preteće poruke napisane na engleskom a ne na italijanskom? Ipak smo u Italiji.

Odmahnuo je glavom. – Ne baš. Među nama ima malo ljudi koji govore italijanski. Verovatno onaj ko šalje te poruke želi da bude siguran da ćemo ih primiti.

– A šta je s vama? Imate italijansko prezime. Govorite li italijanski?

Osmehnuo se. – Pokupio sam malo sicilijanskog naglaska od babe i dede dok sam odrastao u Bronksu, ali osim da naručim picu, ne umem da kažem mnogo toga. Srećom, većina ljudi u Firenci govori engleski... ili makar oni koji rade u hotelima i restoranima.

– Čuo sam da se vi i producent ne slažete.

– Da li je on to rekao? – Gotovo sam se osmehnuo kad sam čuo da je reagovao isto kao njegov šef.

– Ne, to je ono što sam čuo kad sam razgovarao sa ostalima.

Usledila je kratka pauza pre nego što je klimnuo glavom. – Dobro, nemamo baš najsrdačniji odnos, ali radim sve što treba, a on ne može da kaže suprotno.

– Kad pričamo o srdačnim odnosima, prošao sam pored prikolice Selene Gardner pre izvesnog vremena i slučajno sam čuo kako se svađate. Kako izgleda vaš odnos?

Namrštio se. – Postavljate neka prilično lična pitanja, druškane. Da li je to stvarno toliko važno, ili tražite sočne tračeve da ih prodate novinarima?

– Usne su mi zapečaćene. Garantujem vam. Unajmljen sam da istražim pretnje smrću i moram da znam šta se događa među članovima ekipe ovog filma. Žao mi je što postavljam teška pitanja, ali nekad sam bio glavni inspektor i teško je otarasiti se dugogodišnjih navika.

Na moje iznenađenje i olakšanje, osmehnuo se. – Shvatam. Video sam da ste žaca, ili bivši žaca. U svakom slučaju, u pravu ste,

Selena i ja smo bili par. Razišli smo se nedavno i stvari među nama su povremeno napete. – Pogledao me je u oči i zadržao pogled na tren. – Ali to je između vas i mene, važi?

– Naravno, žao mi je zbog toga. Nekoliko ljudi mi je reklo kako misli da ste je iskoristili da dobijete ovaj posao. Ima li istine u tome?

Odmahnuo je glavom. – Nije istina da sam je iskoristio. Dala mi je podršku, i naravno da je to pomoglo, ali nisam to tražio; ona se sama ponudila. Mnogo mi se sviđala – i dalje mi se sviđa – i mislio sam da će ta veza potrajati. Da, malo je starija od mene, ali *meni* je prijalo kad smo zajedno.

– Ali ona nije tako mislila?

Slegnuo je ramenima. – Izgleda da nije. Teško je biti slavna ličnost. Shvatam. Stalno je okružena ulizicama i lešinarima, i što duže živite u takvom svetu, to više dižete barijere i manje verujete pravim motivima ljudi. Iz nekog razloga je uverila sebe da sam samo još jedna pijavica koja joj sisa krv, a to me je zabolelo. – Podigao je pogled i osmehnuo se. – Ali ja sam veliki momak. Preboleću. Osim toga, moram da režiram film.

Uzvratio sam mu osmehom. – Hvala vam na iskrenosti, gospodine Doniceti i, kao što sam rekao, žao mi je zbog toga kako je sve ispalo.

– Emi. Svi me zovu Emi.

Ustao sam. – Hvala vam na vremenu, Emi. Idem sad kod gospođice Gardner. Da navučem oklop?

– Ona je vrlo dobra glumica. Verujte mi, biće divna. Ima mnogo iskustva u sakrivanju osećanja.

6.

Utorak kasno popodne/veče

Reditelj je bio u pravu. Mada sam čuvenu glumicu zatekao s viklerima na glavi, uputila mi je srdačan osmeh i pozvala me je da uđem. Da nisam čuo onu svađu nekoliko minuta ranije i da nisam saznao da je nedavno raskinula s partnerom, mislio bih da je stvarno opuštena i srećna. Da, stvarno je dobra glumica. Poslala je frizerku na kafu i rekla mi da sednem. Mada je bila odevena u kućnu haljinu, bila je zaprepašćujuće lepa, a vikleri su u stvari naglasili njenu lepotu, umesto da je umanje. Koža na njenom licu i vratu kao da je pripadala dvadesetogodišnjakinji, a njene oči, posebno, bile su gotovo magnetski privlačne s neobičnim plavozelenim sjajem. Brza pretraga interneta rekla mi je da ima pedeset tri godine, samo tri godine je mlađa od mene, ali izgledala je upola mlađe... a to se za mene nije moglo reći.

Kazao sam joj šta se upravo dogodilo i onda sam joj objasnio da sam razgovarao sa svima u nadi da ću otkriti ko stoji iza tih strela, a na njenom licu se pojavio isti izraz kao kod reditelja.

– Još jedna strela! Šta se, dođavola, događa? Strela koja je pogodila moja vrata nasmrt me je preplašila. Probila ih je, znate. – Otmenim prstom je pokazala na vrata, i video sam rupu gde je strela probila drvo. – Da sam to bila ja, umesto vrata, mogla je da me ubije. Kažite mi, mislite li da je neko iz ekipe odgovoran? Ako je današnja strela došla spolja, onda je to verovatno neko ko nema veze s filmom, zar ne?

Odgovorio sam iskreno. – U ovom trenutku stvarno ne znam, ali osećaj mi kaže da to mora biti neko povezan s filmom, na neki način. Ne znam još ko je bio na parkingu a ko nije, ali neka osoba odavde možda ima saučesnika spolja.

– Ali zašto? Sigurno je u svačijem interesu da se film napravi. Te pretnje bi mogle da imaju suprotan efekat. Zar nije verovatnije da to radi neko ko želi da film propadne?

Bila je u pravu. To mi je već palo na pamet, i trudio sam se da pronađem motiv da neko želi da uspori i prekine snimanje filma. – Razumem vas. To je prava zagonetka. Možete li se setiti ikoga ovde ili neke osobe ili grupe ljudi napolju ko bi imao koristi od propasti ovog filma?

Zastala je da razmisli. – Druge filmadžije bi se možda zlobno nasmejale ako bismo morali da odustanemo, ali pretnje smrću nisu za šalu. Ako ne oni, ko?

– Gabrijel Lajons je producent i pretpostavljam da bi najviše izgubio ako film propadne. Možete li se setiti ikoga ko bi mogao imati nešto protiv njega?

– Gabrijel ponekad ume da bude davež, ali ne mogu da se setim nekih određenih neprijatelja koje ima u našoj branši. Ne, to je prava zagonetka.

Odlučio sam da ne pominjem njenu propalu vezu s rediteljem i vratio sam je u frizerkine ruke. Dok sam išao ka Katinoj prikolici, morao sam da razmišljam o tome kako je bilo nestvarno boraviti u prisustvu filmske boginje, i već sam u glavi pravio izmene trenutnog rukopisa da bih uključio nestvarnu lepoticu kao što je Selena.

Kad sam se vratio po svog psa, bilo je gotovo šest sati i Kata je već bila u poslu, spremala je sve za pregled snimljenog materijala. Oskar je ležao na kauču kao neki rimski imperator, očigledno uživajući u maženju koje je dobijao. Lenjo je mahnuo repom ali nije se udostojio da ustane. Primetio sam da je Kata otvorila sve prozore, verovatno da ukloni miris labradora pre nego što producent stigne. Zahvalio sam joj se i pitao je mogu li da se pridružim ekipi sledećeg dana na snimanju. Njen odgovor je ukazivao na to da je već razgovarala s Martinom Tejlorom, scenaristom.

– Naravno da možete, ali raspored je promenjen. Snimaćemo u blizini jednog od zamkova Medičijevih severno odavde. – Pogledala je raspored. – Ne znam kako izgovarate ovo ime: *Cafaggiolo*. Trebalo je da idemo tamo sledeće ponedeljka, ali raspored je promenjen.

To je zvučalo dobro. Čuo sam za taj čuveni zamak, ali nisam ga posetio. – Sjajno, i izgovara se *Ka*, kao kap, *fađ*, kao čađ i *olo*, kao kolo. Kad treba da dođem tamo?

Ponovila je to ime nekoliko puta sa uverljivim italijanskim naglaskom i onda odgovorila. – Za snimanje na lokaciji ekipa obično kreće odavde rano, kako bi imala vremena da spremi sve, a glumci i reditelj dolaze kasnije, kreću odavde u devet, i stići će tamo oko pola deset.

– Ako se išta dogodi u međuvremenu, molim vas da me pozovete – imate moj broj – i odmah ću doći. Mislim da je napadač uspešno oteran – makar zasad – ali ne smemo da rizikujemo. Ako se ništa ne dogodi, sastaćemo se u Kafađolu ujutro. Pokušaću da stignem tamo pre glumaca kako bih osmotrio mesto.

– Sjajno. Uzgred, momci iz lokalne firme za obezbeđenje trebalo bi uskoro da stignu i postave bezbednosne kamere po okolini. Nadamo se da će snimiti bilo šta što bi moglo da se dogodi noćas. Sad ja imam nešto za vas. – Kata se okrenula da spusti raspored, ali pritom je uspela da obori bokal s vodom koji je upravo spustila na sto, i on se prevrnuo i nakvasio sve. Dok smo gledali, bokal se skotrljao preko ivice i uspeo sam da se sagnem i uhvatim ga pre nego što se razbio.

– O, Dene, hvala vam. Tako mi je žao. – Lice joj je ponovo bilo crveno od stida i počeo sam da shvatam koliko joj nadimak pristaje. Shvatio sam da se takve stvari verovatno svakodnevno događaju s tom hodajućom katastrofom. Pomogao sam joj da obriše vodu, koja je čudesno promašila sve stolice, dok se sve nije vratilo u normalno stanje. Nameravao sam da krenem kad se sagnula i dodala mi jednu torbu.

– Vaš kostim. Trebalo bi da vam je taman, ali ako nije, obavestite me i popravićemo ga. – Mora da je videla izraz na mom licu. – Ne brinite. Videli ste kako je ovde: svi drugi su u kostimima, tako da ne treba da se osećate nelagodno.

– Lako vam je to da kažete; niste mi videli kolena.

– Sve će biti u redu.

– Voleo bih da sam uveren koliko i vi, ali dobro, obući ću to sutra. Bolje da krenem, jer je Oskaru potrebna šetnja. Vidimo se ujutro. – Mahnuo sam joj i pozvao svog psa, koji je nevoljno napustio svoje kraljevsko mesto na kauču. Kata me je uhvatila za ruku i prijateljski stisnula.

– Dene, hvala vam na pomoći.

– Zasad nisam uradio mnogo, ali nadajmo se da će moje prisustvo na setu obeshrabriti ludog strelca da pokuša ponovo. – Ne zaboravi, rekao sam sebi, tvoje prisustvo nije mnogo koristilo ovog popodneva.

Oskar i ja smo se pozdravili s Velikim Džimom na kapiji i krenuli smo ka mojoj kancelariji, kad mi je zazvonio telefon. Bio je to Virđilio.

– *Ciao*, Dene. Hoćeš li na piće?

– Naravno, i mogu istovremeno da ti prenesem najnovije vesti.

Dogovorili smo se da se nađemo ispred jednog od kafića u centru. Već je bila prva nedelja oktobra i dani su postajali kraći. Mada je bilo tek šest sati, senke su se već produžile, ali sunce je tokom dana podiglo temperaturu na vrlo prihvatljiv nivo i uživao sam u šetnji kroz istorijsko srce grada. Firenca je i dalje bila puna, ali ta ogromna masa ljudi koja je ispunjavala grad preko leta sad se znatno smanjila, i moj pas i ja smo mogli da hodamo ulicama bez stalnog zaustavljanja ili provlačenja kroz grupe bučnih turista. Za ljude koji žive i rade u istorijskim gradovima kao što je Firenca, to je dvosekli mač: da, imate lepotu, kulturu i istoriju oko sebe, ali imate i gužvu.

Kad sam pomislio na mačeve – dvosekle ili ne – ponovo sam se setio fantomskog strelca. Nisam mogao da shvatim kakav se motiv krije iza tih pretnji. Kao što je Selena Gardner rekla, niko od ljudi uključenih u produkciju nije imao koristi od toga da snimanje bude odloženo ili otkazano, ali ko bi mogao želeti nešto tako? Ozbiljno sam sumnjao da to ima veze sa organizovanim kriminalom ili suparničkom kompanijom, ali ako nisu oni, ko je onda? Možda je Skot Noris bio u pravu kad je te pretnje pripisao ludacima.

Kafić u kojem je trebalo da se sastanemo nije bio daleko od glavne tržnice San Lorenco. Dok sam prolazio pored zgrada koje su stajale tu pola milenijuma, uhvatio sam sebe kako radim ono što sam često radio u Firenci: pokušavao sam da zamislim grad na vrhuncu renesanse kad su legende kao što su Mikelanđelo, Botičeli ili Leonardo da Vinči hodali ovim ulicama. Bilo je nestvarno pratiti korake tih kolosa i bio sam prilično odsutan na tren kad se moj pas iznenada zaustavio da piški kraj ulične svetiljke, gotovo mi čupajući ruku iz ramena i vraćajući me naglo u dvadeset prvi vek.

Kafić se nalazio tačno iza velike Medičijeve kapele, izgrađen na suprotnom kraju Crkve San Lorenco. Ta velika kamena građevina izražavala je bogatstvo i moć porodice Mediči i ponovo sam se setio filma. Jedno je bilo sigurno; Medičijevi bi se odmah poistovetili s ljubomorom, suparništvom i intrigom na filmskom setu. Napokon, Nikolo Makijaveli je nekad radio u Firenci, i posvetio je svoju čuvenu knjigu *Vladalac* pripadnicima porodice Mediči. U to vreme su se rasprave često razrešavale mačem, bodežom ili strelom.

Možda se ništa nije promenilo.

Trgao sam se iz razmišljanja kad je Oskar iznenada uočio Virđilija kako sedi za stolom ispred kafića i krenuo u galop, vukući me preko ulice ka njemu. Virđilio se rukovao sa mnom levom rukom, dok je desnom sprečavao Oskara da mu se popne u krilo. Oskar je bio dobar prijatelj policijskog inspektora, kao i ja.

– *Ciao*, Dene. Naručio sam dva piva. Ako ga ne želiš, rado ću popiti oba. Ovo je bio jedan od onih dana.

– Pivo mi zvuči sjajno, a ja plaćam sledeću turu. – Uzeo sam bocu, kucnuli smo se, i otpio sam prijatan gutljaj protežući noge i smeštajući se udobnije. – Kaži mi, šta te je danas nasekiralo?

– Danas nas je posetila grupa velikih faca iz ministarstva u Rimu. Kvestore lično se muvao naokolo kao zabrinuta kvočka i bilo je nemoguće raditi. – Virđilio je radio u glavnoj policijskoj stanici, kvesturi, a kvestore je bio pandan direktora policije u Velikoj Britaniji, znači vrlo velika faca. Virđilio je popio veliki gutljaj piva. – Kako je kod tebe?

– Bio sam u bioskopu; dobro, posetio sam ljude koji snimaju film.

– Šta misliš o našoj prijateljici gospođici Hindenburg?

– Dobra devojka i dostojna svog katastrofalnog prezimena, ali vrlo efikasna.

– Kako je prošlo? Jesi li rešio slučaj?

– Bilo je zanimljivo, pre svega zbog različitih svađa i zavada među članovima glumačke i filmske ekipe, ali nisam saznao ko stoji iza pretnji. – Nastavio sam da mu pričam o popodnevnom napadu i video sam kako se uozbiljio.

– To već postaje neprijatno. Voleo bih da mogu da ti pošaljem nekoliko policajaca, ali imamo previše posla. Znaš li ko je ta osoba koju si video?

– Nemam pojma. Pre nego što sam započeo s razgovorima, imao sam osećaj da je krivac neko s kim ću razgovarati danas, ali to mi sad izgleda sve manje verovatno, i to ne samo zbog osobe koju sam video.

– Zašto ne može da bude neko od njih ili koga su unajmili?

– Prvo, prema spisku koji sam dobio od obezbeđenja, svi glavni igrači bili su *unutra* kad je odapeta popodnevna strela, a osim toga, ne pronalazim motiv. Koliko vidim, svima je u interesu da se taj film snimi.

Razgovarali smo još malo, i podsetio me je da sam obećao kako ćemo igrati tenis u nedelju. Pozvao sam njega i Linu da dođu posle kod mene na roštilj. Nedavno sam kupio kućicu u brdima južno od Firence, i još me je držalo to prvo uzbuđenje i uživanje u njenoj lepoti i starini – bila je stara najmanje nekoliko stotina godina – i lokaciji na brežuljku, među legendarnim toskanskim čempresima. A što se tiče roštilja, moje znanje kuvanja se popravilo od razvoda, ali nisam se zanosio da ću se pojaviti u nekoj kuvarskoj emisiji. Makar sam bio svoj na svome s roštiljem – samo je trebalo da se pobrinem da ne spalim meso, i sve bi trebalo da bude u redu. Pomoći će i mnogo kjantija.

7.

Sreda ujutro

Sledećeg jutra sam proverio poruke ali nije bilo ničeg novog od Kate, pa sam se ponadao da to znači da nije bilo novih strela niti pretnji. Nakon što sam odveo Oskara u šetnju, nevoljno sam navukao helanke i pantalone i odmah otkrio da imam problem. Te stvari nisu imale džepove, pa sam se snašao tako što sam obukao sportski šorts ispod i pomirio se s činjenicom da ću morati da petljam po pantalonama da bih pronašao ključ kola, telefon ili papirnu maramicu. To je doprinelo da se taj deo moje anatomije prilično zagreje, i počeo sam da shvatam ono što je Skot Noris rekao o nelagodi.

Ipak, odeća mi je pristajala iznenađujuće dobro, uključujući i tuniku, koja se zakopčavala napred – nije potrebno naglašavati da rajsferšlusi nisu postojali u doba renesanse – i čak sam shvatio da su helanke neočekivano udobne. Taj kostim je uključivao i mlitav crn šešir koji je padao na jednu stranu ali bio prilično udoban. Odrekao sam se patika u korist para smeđih kožnih mokasina i moram da priznam da je konačni izgled delovao iznenađujuće autentično; potpuno smešno u dvadeset prvom veku, ali autentično. Fotografisao sam svoj odraz u ogledalu i poslao sliku Triši u Englesku. Nekako sam osećao da će moj izgled odgovarati njenom iščašenom smislu za humor. Ne morate da pogađate od koga je to nasledila.

Ubacio sam Oskara u kola i krenuo na sever, očajnički se nadajući da mi usput neće pući guma. Menjati gumu odeven kao lakej Henrija VIII nije mi se činilo privlačnim. Srećom, to nije bilo daleko. Od moje kuće treba pola sata vožnje auto-putem i desetak minuta odatle do zamka Medičijevih u Kafađolu.

Sinoć sam pozvao Pola Vilsona, svog bivšeg vodnika, sad unapređenog u inspektora, i zamolio sam ga da pogleda podatke o ubistvu dečka Dagija Ogilvija. Pitao me je kako napreduje moja nova karijera privatnog detektiva, i ispričao sam mu o incidentu s prosipanjem testenine za vreme ručka i crvenim helankama. Kad je prestao da se smeje, nastavio je da priča o onome što sam rekao o filmu.

– Na televiziji su rekli da Selena Gardner sad snima u Firenci. Da nije to kojim slučajem film o kojem si govorio? Nisi valjda bio toliko srećan da je upoznaš, zar ne?

– Čudno je što si to pomenuo, Pole, sedeo sam u njenoj prikolici pre svega nekoliko sati.

– Opa, ala su neki ljudi srećni! Da li je u prirodi predivna kao u filmovima? Zaljubljen sam u nju od srednje škole. – Pol je dosta mlađi od mene, tako da je očigledno osećao istu privlačnost prema starijim ženama kao Emi – mada u Seleninom slučaju, vrlo posebnim starijim ženama. – A kako si uspeo da je vidiš?

Ukratko sam mu opisao strele i pretnje i zvučao je zadivljeno. – Gabrijel Lajons je ugledan producent, a Selenu Gardner svi vole. Ne mogu da poverujem da neko želi da ih ubije. Šta misliš, ko stoji iza toga?

– Voleo bih da znam. Skot Noris mi je rekao da su takve pretnje uobičajene, tako da je možda samo neki ludak.

– Slučajno smo pre mesec dana imali ubistvo strelom iz samostrela. One mogu da budu smrtonosne. Uhvatili smo počinioca tako što smo proverili gde je kupio strele. Naši forenzičari su pronašli serijski broj na jednom plastičnom peru i utvrdili da je kupljeno kod malog uvoznika u Šefildu.

– Plastično pero?

– Znaš, ona perca koja omogućavaju da strela leti pravo. To sam nedavno saznao.

– Bojim se da nam to neće koristiti. Ove strele imaju prava pera. Bez oznake proizvođača.

– Pera, ha? To je otmeno. Šteta. Dobro, pobrini se za bezbednost Selene Gardner. Računam na tebe. I ako bi mogao da mi pribaviš fotografiju ili autogram, biću ti dužnik. Ako mi organizuješ susret s njom, daću ti svoj auto.

– Ako možeš da proveriš Ogilvijev dosije, ja ću dugovati tebi.

* * *

Zamak Medičijevih u Kafađolu bio je zadivljujuće zdanje. Obožavam srednjovekovnu i renesansnu arhitekturu, a ovo je jedan od najlepših zamkova koje sam video otkako sam došao u Italiju. Na ravnici između šumovitih obronaka Apenina, izgrađen je sredinom petnaestog veka i navodno je bio omiljena rezidencija Lorenca Veličanstvenog, posebno kad su on i njegova svita želeli da pobegnu od letnje vreline u Firenci. Bilo je to remek-delo s moćnim kamenim zidovima, grudobranima i lukovima, s visokom kulom koja se diže iznad ulaza. Dok sam se vozio pored, mogao sam da zamislim boje i raskoš srednjovekovnog dvora, i bilo mi je drago što su odabrali Kafađolo za snimanje ovog filma. Krimić koji sam pisao bio je smešten u Toskanu, tako da sam vrlo brzo odlučio da uključim ovo mesto. Bilo je suviše dobro da bih ga izostavio.

Filmska ekipa je već bila tamo kad sam stigao oko pola devet ujutro i zatekao sam ih usred priprema. Široka livada nalazila se između zamka i šume na strmini i bilo je očigledno da će se akcija odigrati tu. Pomislio sam na Martina Tejlora, scenaristu, i nadao se da je mogao da prepravi scenu bez previše noćnog rada. Na ivici livade, pored zemljane staze, nalazio se niz od desetak vozila, od kombija iz kojih su istovarivali kamere i drugu opremu, do prikolica za konje i kamiona s prenosnim toaletima.

Parkirao sam se na kraj tog reda i otvorio zadnja vrata da pustim Oskara na svež vazduh. Nekoliko ljudi je podizalo male šatore blizu šumovite padine, a drugi su istovarivali stolice i stolove. Počeo sam da shvatam zašto snimanje filmova košta toliko miliona. Ekipa je preplavila okolinu i sveprisutni kamion s hranom već je bio tu, trudeći se da svima obezbedi doručak. Ne želeći da budem izostavljen, otišao sam tamo i stao u red sa Oskarom da bih naručio kafu za sebe i nekoliko keksića za njega. Mogao sam da dobijem jaja sa slaninom da sam tražio, ali mislio sam da treba da pružim dobar primer svom psu.

Dobre vesti što se mene tiče bile su da su svi muškarci nosili iste žuto-crvene kostime. Mada sam se i dalje osećao prilično budalasto, niko izgleda nije primećivao moju odeću i uskoro sam počeo da se opuštam. Pomalo.

Uočio sam Maksa, mladog italijanskog radnika obezbeđenja, i imao je vesti za mene. – Mislio sam da će vas zanimati nešto što sam čuo jutros dok sam dolazio ovamo. Prilično dobro poznajem Elvisa, jednog iz noćne smene.

– Elvisa?

Maks se široko osmehnuo. – Roditelji su odbili da mu daju katoličko ime, tako da kaže da su birali između Belzebub i Elvis. Prošao je dobro. U svakom slučaju, rekao mi je da je oko ponoći uočio neku osobu na drugom kraju parkinga, tik iza ograde. Otišao je da vidi šta taj tip radi, ali čim je ugledao Elvisa, okrenuo se i nestao.

– Zar se nije setio da to pomene nekom?

– Rekao je svom šefu, ali pošto taj čovek nije uradio ništa loše i odmah je otišao, zaključili su da to nije važno. Možda je to bio samo neki tip koji je izašao u šetnju, ili neko koga zanima šta se tu događa. Bojim se da im niko nije rekao za osobu koji ste juče videli, i pitao sam se da li je to možda isti muškarac.

– Ili žena. Nisam dobro osmotrio tu osobu. Jeste li sigurni da je vaš prijatelj video muškarca?

Odmahnuo je glavom. – Sad kad ste pomenuli, čini mi se da ni Elvis nije bio siguran. Bio je mrak, naravno, ali kazao je da je to neka krupna osoba.

Zahvalio sam mu se što mi je preneo informaciju i uhvatio sebe kako razmišljam da li će se na sinoćnjem snimku sa sigurnosne kamere videti ta osoba, ili je to bila samo slučajnost. Možda to čak nije ni bila ista osoba koja je odapela strelu na kamion s hranom. Verovatno svi u komšiluku znaju da taj parking koristi filmska ekipa, i to je dovoljno da izazove radoznalost. Ipak, to je povećavalo mogućnost da je strelac neko van filmske ekipe.

Henk, jedan od radnika s kojim sam juče razgovarao, stajao je kraj kamiona u istoj srednjovekovnoj odeći, i govorio mi šta će se događati danas. Setio sam se kako sam jedva potisnuo osmeh juče kad mi je rekao da je *best boy*.[1] S obzirom na to da je izgledao starije od mene, mislio sam da je to preterivanje. Izgleda da je radio za „šefa rasvete", koji je bio zadužen za rasvetu, a kad sam rekao da će

---

[1] Asistent šefa rasvete. (Prim. prev.)

današnje vedro nebo i jako sunce verovatno učiniti veštačko svetlo nepotrebnim, brzo me je ispravio.

– Rasveta je ključna. Možeš da imaš previše i premalo svetlosti. Postavljamo opremu tamo. – Ispružio je ruku i pokazao prema ivici šumovite padine. – Za sat vremena će ta oblast biti u senci, a moramo da spremimo sve za akciju.

– A kako će izgledati ta akcija? Čuo sam da je ovo potpuno nova scena.

– Nije potpuno nova; trebalo je da dođemo ovde sledeće nedelje, ali Emi je odlučio da ubrza stvari i promenili smo deo radnje i neke dijaloge. Verujem da će neko biti pogođen strelom. – Požurio je da objasni. – Ne u stvarnom životu, shvatate. Uzgred, ima li nekih novosti u vašoj istrazi?

– Zasad nema. Niko me nije zvao noćas, tako da je jučerašnji strelac možda odlučio da bude oprezniji. Kažu da umetnost oponaša život... pa, nadam se da život neće početi da oponaša umetnost. Ne smeta mi da pogađaju ljude strelama u filmovima, ali ne i u stvarnom životu. Pričajte mi malo detaljnije o tome što se planira za danas.

– Glavni likovi su u lovu, i neko pokuša da ubije glavnog tipa... to je Skotov lik. Samo čekamo konje, bože, pomozi. – Osmehnuo mi se. – Sećate se stare izreke: ne radite sa životinjama i decom. Samo se nadam da nijedan od njih neće odlučiti da nam uništi opremu. Više puta sam video kako konji prave štetu.

U daljini sam uočio minibus kako poskakuje putem ka nama, a kad se zaustavio, prva osoba koja je izašla bila je Kata, u srednjovekovnoj haljini, u pratnji desetak sporednih glumaca, odevenih u crveno i žuto. Progutao sam ostatak kafe, oprostio se s Henkom, i krenuo ka njoj da joj postavim važno pitanje.

– Dobro jutro, Kato. Da li je bilo još strela ili pretnji? Da li su kamere nešto snimile? Maks je rekao da su čuvari videli neku krupnu osobu u senkama.

– Ne, niko nije pomenuo to. Pretpostavljam da kamera nije snimila tu osobu. Firma za obezbeđenje je pregledala snimak i kažu da se nije dogodilo ništa zabrinjavajuće, ali pozvaću ih i reći im da za svaki slučaj provere to sa svojim čovekom. Nadajmo se da je to sve. – Video sam je kako pažljivo gleda moje drečave pantalone. – Kostim vam dobro pristaje. Stvarno izgledate autentično. Zamoliću Emija da se pojavite u nekim scenama. – Pokazala je rukom. – Zapamtite dve stvari: isključite zvono na telefonu i skinite ručni sat. Jeste li pronašli džep za vredne stvari?

Kad sam odmahnuo glavom, pokazala je na mali prorez sa strane, koji nisam uočio. U njemu se nalazio mali džep dovoljno veliki za sat i ključeve kola. Međutim, znao sam da ću, ako mi telefon zavibrira, početi da petljam oko pantalona. Da bi mi to slikovito prikazao, telefon je počeo da mi zvoni i pokušao sam da ga izvadim, trudeći se da zanemarim veselje na Katinom licu. Triša me je zvala iz Engleske. Ćerka i ja smo obično razgovarali jednom nedeljno.

– Zdravo, tata, ili da te zovem moj gospodaru? Hvala za fotografiju. Sigurno izgledaš autentično. Da li to znači da ćeš biti u filmu?

Rekao sam joj da ću se možda pojaviti u pozadini u nekoliko scena, ali da ne počne da priča svima kako je njen otac nova holivudska zvezda. Razgovarali smo i pitala me je kako napreduje nova knjiga, a onda me je obavestila o tome šta se događa u njenom životu. Ona i Šon su se nedavno verili i sve je izgledalo bajno, a pomenula je i da je videla Helen, svoju mamu. Odnosi između mene i bivše supruge ostali su relativno prijateljski sad kad smo oboje prihvatili konačnost razvoda. Zvučalo je kao da je pronašla nekog novog, i poželeo sam im sve najbolje. Stvarno jesam. Da li *mene* čeka neka nova žena, ostaje da se vidi.

8.

Sreda, kraj jutra

Sve pripreme su obavljene tokom jutra. Producent, reditelj i glavni glumci stigli su i zauzeli svoja mesta. Kamere, rasveta i oprema za snimanje zvuka bili su spremni i Emi je konačno viknuo „Akcija" na megafon. Tri konjanika su se pojavila iza zamka i galopirala prema nama, a kopita su dobovala po travnatom polju s kojeg su već nestali tragovi kiše od ponedeljka uveče. Kad su bili udaljeni pedesetak metara, postepeno su usporili, i iznenadio sam se kad je Emi na megafon viknuo „Gotovo". Tri jahača su zauzdala konje i sjahala.

Skot Noris, Čarls Vinsent i „zlikovac", Dagi Ogilvi, ustali su sa stolica u hladu, prišli i zauzeli mesta kaskadera na konjskim leđima, i scena je ponovo počela. Dok su njih trojica mirno kaskala prema kamerama, bio sam zadivljen što se Dagi vrlo dobro snalazi na konju. Bio je, kao i pre, odeven u crno, a druga dvojica u crveno i žuto, i nisu se nimalo razlikovali od jahača koje su zamenili. Sva tri konja su takođe bila ukrašena vrlo uverljivom srednjovekovnom opremom živih boja i ponašali su se besprekorno – zasad. Pomislio sam na Henka i njegovu skupu rasvetu i nadao se da se nijedan od konja neće uzjoguniti.

Snimanje se nastavilo po planu, a malo kasnije se pojavila Selena na divnom belom konju. Jahala je postrance, zbog čega sam uvek mislio da će se jašući prevrnuti unatraške, ali delovala je spretno. Izgledala je lepše nego ikad i bio sam siguran da bi se i Pol u Londonu složio sa mnom. Izvadio sam telefon i napravio nekoliko njenih fotografija da mu ih pošaljem. Upravo sam pritisnuo „šalji" kad me je neko pozvao. Bila je to Kata.

– Došao je tvoj veliki trenutak, Dene. Emi te želi kao statistu u sledećoj sceni. Ja ću se brinuti o Oskaru dok ti budeš radio ono što ti reditelj kaže.

Osećajući izuzetnu zabrinutost, isključio sam zvono telefona, gurnuo ga u šorts ispod pantalona, kao i svoj sat, šeretski nakrivio šešir i otišao na otvoreno uz još desetak statista i glumaca u sporednim ulogama i nekim članovima ekipe, gde nam je naređeno da napravimo odbor za Selenin doček. Reditelj nam je rekao da pokazujemo „ulagivanje" i „divljenje". Dao sam sve od sebe da se pridružim galami i mahao sam uzbuđeno najmanje pet puta pre nego što je Emi rekao da je zadovoljan i prešao na sledeću scenu. Imao sam svojih pet minuta slave.

Malo kasnije tog jutra, stigla su jedna kola, a u njima novinar i fotograf iz nekog tabloida. U tom trenutku je Doni Lopez, PR menadžer, preuzeo stvar u svoje ruke. Još uvek nisam razgovarao s njim – bio je juče u Rimu zbog promocije filma – ali prepoznao sam ga prema Katinom opisu: visok muškarac, približno mojih godina, crne kose, prosede na slepoočnicama, zaraznog osmeha, vrlo prijatnog ponašanja. On i Loredana, njegova glamurozna plavokosa sekretarica, pratili su u stopu dvojicu novinara i davali sve od sebe da ih zadive. Naravno, podsetio sam sebe, medijska pažnja je ključna za filmsku industriju, i prisetio sam se nedobronamerne misli koju sam već imao juče pre napada, da su sve te strele i pretnje možda marketinški trik. Sad sam bio bolje upućen u sve, ali rešio sam da kasnije razgovaram s gospodinom Lopezom, da vidim ima li on kakvu ideju kako da identifikujemo tajanstvenog strelca.

Gledao sam dok su Doni i Loredana organizovali intervjue sa Skotom i Selenom, kao i rediteljem i producentom, ali na osnovu onog što mi je Martin Tejlor rekao, nije bilo verovatno da će novinari razgovarati sa scenaristom. S obzirom na to da bez njega filma ne bi bilo, razumeo sam njegovo razočaranje. Palo mi je na pamet da sam tokom godina rada u policiji naišao na slučajeve gde je jako razočaranje dovelo do nečeg ozbiljnijeg, uključujući pretnje – mada nikad zakačene za strele. Da nije Tejlor čovek iza tih pretnji? Ali bio je među onima koje je strela juče zamalo pogodila. Pomisao na pisanje podsetila me je da će moj prvi krimić izaći tokom proleća, i da ću konačno moći sebe da nazovem objavljivanim piscem. Osećaj je bio dobar.

Ručak je poslužen u jedan sat i Kata me je obavestila da tokom popodneva treba da se snimi još samo nekoliko scena. Dobro su radili tokom jutra, i čak je i Gabrijel Lajons izgledao manje napeto.

Ručak je na zanimljiv način pokazao hijerarhiju i podeljene naklonosti na setu. Bilo je desetak stolova, a plan sedenja je govorio mnogo toga. Gabrijel Lajons i Kata bili su za jednim stolom, Kata je zapisivala naređenja u svoju beležnicu, dok joj ih je producent dovikivao. Na osnovu količine beležaka, imao sam osećaj da će joj se hrana ohladiti pre nego što stigne da je pojede, ali producent izgleda nije bio svestan toga. Ili možda jeste, ali ga nije bilo briga. Selena Gardner i Skot Noris bili su sami za drugim stolom, a Emi je sedeo za trećim, između Čarlsa Vinsenta i Dagija Ogilvija. Očigledno se odnosi između Emija i Selene nisu popravili preko noći. Za preostalim stolovima sedeli su ostali članovi glumačke i filmske ekipe. Što se tiče mene, odlučio sam da uzmem hranu i sednem što dalje mogu od producenta, iz straha da bi mogao da se usprotivi Oskarovom prisustvu.

I izbor hrane je bio zanimljiv. Selena je, primetio sam, jela samo salatu. A kad kažem salatu, mislim na zelenu salatu, celer i jedan paradajz, uz čašu vode i malo pirinčanih vafla. Čarls i Skot su takođe bili vrlo probirljivi, ali naravno, podsetio sam sebe, morali su da se žrtvuju kako bi izgledali savršeno pred kamerama. Uprkos tome što smo bili u Italiji, nije bilo ni traga vinu na stolovima i svi glumci su izgledali vrlo umereno – makar dok traje snimanje. Bio sam siguran da će Dagi posegnuti za viskijem čim se vrati u svoju hotelsku sobu.

Koliko sam video, većina članova ekipe nije toliko brinula sa širinu struka i ždrala je hamburgere i pomfrit, uz hladno pivo. Pošto sam odavno odustao od brige za širinu struka, uradio sam isto. Potražio sam miran sto i na kraju seo pored Martina Tejlora, i pitao ga kako je prošlo sinoćnje pisanje. Prešao je umornom rukom preko čela i uzdahnuo.

– Završio sam pisanje negde oko ponoći, ali onda sam morao da pošaljem tekst na umnožavanje i poslao sam ga Emiju, Gabrijelu i glumcima. Na kraju sam legao negde oko dva ili tri.

– To znači da ste spavali svega nekoliko sati?

– To je očekivano u ovakvim okolnostima. Začudili biste se koliko prepravki ima. Moram još da pišem posle ručka, a onda ću pronaći neko mesto u hladu ovog popodneva i nadoknaditi propušteni san.

Rekao mi je kako je odlučio da današnji pokušaj ubistva bude delo usamljenog strelca i čak je uspeo da se osmehne. – Stvarno su pokušali da ubiju Lorenca Veličanstvenog. To se odigralo u katedrali, gde je gomila ljudi napala njega i njegovu pratnju mačevima i bodežima, a ne strelama. To je trebalo da snimimo kao scenu u enterijeru dok se Emi nije predomislio. Pošto je današnja scena potpuno izmišljena, mislio sam da upotrebim luk i strele umesto mačeva, kad smo već napolju. Makar sam, nakon svega što se događalo na parkingu, mogao da radim iz iskustva. Uzgred, čuo sam da nije bilo više strela. Nadajmo se da je naš strelac odustao.

– Držim palčeve.

Nekoliko minuta kasnije otišao je da završi svoj posao i onda verovatno da potraži mirno mesto za dremku. Njegovo mesto za stolom ubrzo je zauzela Ana Galardo, istorijska savetnica sa Univerziteta u Firenci. I Oskar i ja smo bili zadovoljni što je vidimo. Boravak na svežem vazduhu malo joj je zarumeneo lice i izgledala je vrlo privlačno, verovatno mnogo privlačnije nego što bi sumnjivac u krivičnoj istrazi trebalo da izgleda. Uputila mi je vedar osmeh dok se približavala.

– Zdravo, smem li da vam se pridružim?

– Molim vas. Ionako imam nekoliko pitanja za vas.

– To me ne iznenađuje. Jesam li čula da je neko rekao kako ste bili glavni inspektor? Verovatno stalno postavljate pitanja.

– Izvinite, trebalo je da naglasim da danas imam samo istorijska pitanja. – Počeo sam da joj pričam o svom pokušaju da napišem knjigu koja se odigrava u doba Medičijevih, ali od koje sam odustao, mada je moje zanimanje za renesansu u Firenci ostalo. Izgledala je zainteresovano.

– Napisali ste nešto drugo?

– Da, krimić, smešten u Toskanu.

– Da li je objavljen?

– Sa zadovoljstvom mogu da kažem da izlazi sledećeg proleća. Jedan londonski izdavač mi je ponudio ugovor za dve knjige.

– Blago vama. Moraću da je potražim. Kako će se zvati?

To je bila pomalo bolna tema. Izdavač je odustao od mog originalnog naslova, i pokušavao je da smisli nešto zvučnije što će se svideti kupcima. – Zasad bez naslova. Nadam se da će to uskoro biti rešeno.

– Moraću da vam ostavim svoje podatke. Obavestite me kad bude objavljena i kupiću primerak.

– Hvala vam, to je vrlo ljubazno.

– Jeste li već počeli da pišete drugu knjigu? Hoćete li je završiti na vreme?

– Počeo sam da pišem pre dva meseca i verovatno sam završio polovinu, pa se nadam da će sve biti u redu. A šta je s vama? Jeste li vi objavili nešto?

– Samo stručne tekstove. Napisala sam knjigu o istoriji Firence, koja je izašla pre dve godine.

– To je sjajno. Koji je naslov?

– Malo je dugačak: *Lorenco Veličanstveni, junak ili zlikovac porodice Mediči.*

– Zvuči zanimljivo.

Osmehnula se ljupkim, prijateljskim osmehom koji joj je ozario lice. – Pa, tako sam dobila ovaj posao, te ne mogu da se žalim. Zvali su me iz filmske kuće pre nekoliko meseci i angažovali me da budem istorijski konsultant.

– A da li vaša knjiga ima veze s događajima u filmu?

Odmahnula je glavom. – Gotovo nikakve. Moja knjiga je istorijska, a film je devedeset odsto savremeni triler, a delići koji se snimaju ovde vrlo su kratki. – Osmehnula se. – Pored toga, već sam shvatila da Holivud ima prilično fleksibilan pristup kad govorimo o istorijskim činjenicama.

– Martin Tejlor mi je ostavio takav utisak.

Ponovo se osmehnula. – Martin zna manje o istoriji nego ja o detektivskom poslu.

– Sigurno nije zvučao oduševljeno. Gde mogu da kupim vašu knjigu? Voleo bih da je pročitam.

– Mogu da vam dam primerak ako želite. Izdavač mi je poslao punu kutiju, ali pošto je to engleski izdavač i knjige su na engleskom, nema mnogo mojih prijatelja ovde koji mogu da ih čitaju.

Rekao sam kako insistiram da platim, a onda mi je nešto palo na pamet. – Evo kako ćemo; prihvatiću besplatan primerak ako mi dozvolite da vas izvedem na večeru kad pročitam knjigu, kako bismo mogli da razgovaramo o njoj. – Dok sam govorio, gotovo sam mogao da vidim svog starog načelnika kako maše prstom i upozorava me da je Ana i dalje sumnjiva. Podsetio sam sebe da više nisam policajac i, u svakom slučaju, kad završim sa čitanjem knjige ova istraga bi trebalo da bude završena.

Podigla je pogled sa svog sendviča u fokači. – Rado, inspektore, hvala.

– Onda smo se dogovorili. I sad sam samo Den.

– Doneću vam primerak sutra, samo Dene.

Razgovarali smo opušteno o srednjovekovnoj istoriji za vreme ručka, i morao sam da se potrudim da manje gledam njeno lice, a više slušam to što govori. Nisam mogao da poreknem to: bila je vrlo privlačna žena i izgledalo je da imamo mnogo toga zajedničkog... No to nije menjalo činjenicu da je i dalje potencijalna sumnjivica.

9.

Sreda popodne

Snimanje je nastavljeno nakon ručka i uključivalo je kao kulminaciju scenu u kojoj nepoznati ubica odapinje strelu na Lorenca Veličanstvenog, iz skrovišta u šumi. Kamere su bila postavljene na rubu šume i jahači su projahali pored tri ili četiri puta pre nego što je Emi bio zadovoljan. Svaki put kad su to radili, čuo bi se zvuk odapinjanja strele i kaskader koji je igrao ulogu Lorenca uhvatio bi se za rame i spektakularno pao s konja na zemlju. Emi bi onda viknuo „Gotovo", kaskader bi nehajno ustao nakon što je pao na leđa s visine od najmanje dva metra i ponovo se popeo na konja bez grimase. Bolje on nego ja.

Nije bilo ni traga strele, ali rečeno mi je da će biti dodata u postprodukciji. Iznenadilo me je kad mi je Kata kazala da postprodukcija, s montažom, specijalnim efektima, kompjuterski generisanim slikama, muzikom i tako dalje, može da traje znatno duže nego dve nedelje snimanja. Da, pravljenje filmova je skup posao.

Do četiri sata sve je bilo gotovo, i svi su počeli da se pakuju. Šatori su oboreni i svi rekviziti, oprema i drugi pribor, od kamera do toaleta, utovareni su u kamione i kombije izuzetno brzo. U roku od sat vremena, jedino što sam video bila je Kata sa spiskom i poslednji minibus, u kojem je sedeo samo vozač. Otišao sam da vidim treba li joj nešto pre nego što i ja odem, i odmah sam video da izgleda zabrinuto.

– Šta je bilo, Kato? Izgubili ste nešto?

– *Nekog*, da budem iskrena; Donija Lopeza, našeg PR menadžera.

– Možda je otišao u šetnju. – Setio sam se šta mi je scenarista rekao za vreme ručka. – Ne znam za PR menadžera, ali Martin Tejlor mi je rekao da će pronaći neko mirno mesto u hladu drveća i odremati. Možda je gospodin Lopez uradio isto kad su novinari otišli. Oskar i ja idemo da ga potražimo. Kladim se da ćemo ga pronaći u šumi.

I jesmo.

Nakon manje od deset minuta lutanja između stabala po ivici šume, dok je Oskar veselo donosio štapove da mu ih bacam, probio sam se kroz gustiš božikovine i naišao na nestalog muškarca. Tamo je, ispružena na mekoj zemlji s obrazom udobno naslonjenim na podlakticu, bila osoba u uobičajenom renesansnom kostimu. Izgledao je vrlo mirno, kao da je samo legao da se odmori i zadremao. Lice mu je bilo okrenuto prema meni i čak i odavde sam video da je to Doni Lopez.

Problem je bio što nije spavao i poznata plava i žuta pera strele bila su jedva vidljiva kako vire iz sredine njegovih leđa. Bio sam siguran da je mrtav i prvo što sam osetio – osim sažaljenja prema žrtvi – bila je krivica. Taj čovek je umro dok sam ja bio tu i nisam mogao da sprečim to. Kakva je svrha mog boravka ovde ako sam dokazao da sam neefikasan? Jučerašnji promašaj trebalo je da me upozori da je ubica ozbiljan. Možda je trebalo da razgovaram s producentom i rediteljem, i posavetujem ih da prekinu snimanje, mada je pitanje da li bi me poslušali. Pošto sam u mislima opalio sebi šamar, dao sam sve od sebe da izbegnem da me preplave krivica i samosažaljenje i uključio ponovo detektivski mozak.

Bilo je vrlo malo krvi na odeći ili oko njega, i na osnovu onog što sam video, strela mora da ga je pogodila pravo u srce, ubijajući ga na mestu. To mora da je bio hitac koji je odapeo iskusan strelac ili, verovatnije, odapet iz velike blizine. Vrlo oprezno sam prišao i pritisnuo prstom žrtvinu karotidnu arteriju, potvrđujući ono što sam video. Nije bilo pulsa, a koža na grlu bila mu je hladna na dodir. Nije bilo sumnje: bio je mrtav. Povukao sam se što sam pažljivije mogao, ne želeći da ugrozim ono što je sad bilo mesto zločina.

Nisam morao da dozivam Oskara. Kao da je znao da želim što manje uznemiravanja, prišao mi je podvijenog repa. Odmah je prepoznao leš. Izvadio sam telefon i prvo sam pozvao Virđilija, pa onda Katu. Bila je očekivano zaprepašćena i zgranuta.

– Doni, mrtav? Ne mogu da poverujem. – Glas joj je bio drhtav. – Vraćate li se? Sami smo ovde. Mislite li da smo u opasnosti?

– Pozvao sam policiju i uskoro će stići. Oskar i ja ćemo ih sačekati. Zašto vas vozač ne bi odvezao u Firencu, a usput biste mogli da obavite nekoliko poziva. Razgovarajte prvo s Gabrijelom Lajonsom i zamolite ga da svi ostanu gde jesu dok ih ne ispitamo. Niko zasad ne sme da se vrati u hotel. Kažite im šta se dogodilo i naredite im da ostanu na parkingu s prikolicama, a ja ću zamoliti policiju da pošalje svoje ljude da stoje na kapiji pored Velikog Džima.

– Hoćete li biti dobro? Čuvajte se, Dene.

– Biću dobro, hvala. Kola su mi parkirana malo dalje tako da mogu da odem ako želim. Idite, samo uđite u kombi i idite.

Osetio sam da treba da ostanem na mestu zločina iako mi pomisao da je ubica možda negde u blizini nije ulivala poverenje. Nadao sam se da je ubica odavno otišao, ali sam za svaki slučaj pronašao najveće drvo u okolini i oslonio leđa na njegovo debelo stablo. Tako ubica, ako je u blizini, neće moći da me pogodi u leđa kao Lopeza. Jedno je sad bilo sigurno: pale su u vodu sve moje ideje da je Lopez možda odgovoran za upotrebu strela kao marketinškog trika.

Pogledao sam psa. Sad kad smo se malo udaljili od leša, sedeo je kraj mojih nogu, dokono češao uvo zadnjom šapom i izgledao je opušteno. Nadam se da će me upozoriti ako neko pokuša da nam se prikrade. Dok sam stajao tako i brojao minute do dolaska policije, video sam da se s tog mesta vidi lokacija današnjeg snimanja. Palo mi je na pamet da su kamere na polju možda snimile lice ubice među lišćem i granama. Neko svakako mora da pregleda današnje snimke i to vrlo detaljno.

Osim toga, glavno pitanje koje mi je prolazilo kroz glavu bilo je ko je to mogao da uradi? Da li je ovo ubistvo bilo delo nekog nepoznatog ubice koji je pratio konvoj iz Firence, čekajući PR menadžera, a onda ga ubio i nestao u šumi? Da li je to ista osoba koja je odapela strelu na kamion s hranom, ili krupna osoba koju je Maksov prijatelj Elvis video iza ograde parkinga? Ili poznajemo ubicu? Da li je moguće da je Doniju Lopeza ubio neko povezan s filmom, neko s kim sam razgovarao juče? Neki od ljudi na parkingu bili su ljubazniji od drugih, ali niko mi nije izgledao kao potencijalni ubica. Mučilo me je i pitanje: zašto? Zašto je taj čovek ubijen?

Iz razmišljanja me je trgao poznat zvuk sirena, i kroz granje sam video približavanje vozila. Kako su prilazili bliže, pretrčao sam dvadeset ili trideset metara do ivice šume i mahnuo da im privučem pažnju. Došla su troja policijska kola i jedno vozilo hitne pomoći. Čim sam se uverio da su me videli, vratio sam se do mesta zločina i stao na stražarsko mesto. Lopezovo telo je i dalje bilo u istom položaju, i izgledalo je da ništa nije dirano. Nadam se da neko nije prišao i petljao naokolo dok nisam bio tu.

Samo minut ili dva kasnije, čuo sam korake i viknuo da ih usmerim ka sebi. Prvo je stigao Virđiliov odani vodnik, Marko Inočenti. Dosad smo se dobro upoznali i dok smo se rukovali, video sam kako se trudi da se ne osmehne. To nije imalo nikakve veze s telom kraj naših nogu. To je imalo veze sa mnom i mojim pantalonama. U žaru uzbuđenja, zaboravio sam na svoj renesansni kostim.

– *Ciao*, Dene. Izgledaš... drugačije. – Nije dobro govorio engleski, tako da smo uvek pričali na italijanskom.

– *Ciao*, Marko. Da, znam da izgledam kao idiot, ali to se zove neupadljivost. – Požurio sam da se vratim na važnije teme od mog smešnog izgleda. – Jedan leš i nepoznat počinilac. – U tom trenutku se pojavio Virđilio, uz šestoricu uniformisanih policajaca, tako da sam mu se obratio. Kao pravi profesionalac, nije ni trepnuo zbog mog bizarnog izgleda, mada su se ostali policajci jedva uzdržavali da se ne nasmeju. Ignorisao sam njihove upitne poglede i nastavio.

– *Ciao*, Virđilio. Žrtva je Doni Lopez, PR menadžer filma, ubijen je strelom iz samostrela koja ga je pogodila između lopatica.

Virđilio je prišao i rukovao se sa mnom dok mu je Oskar njuškao nogu. – Hvala, Dene. Imaš li predstavu ko je to mogao da uradi?

– Nemam. Pokušavao sam da shvatim da li je to uradio neko od glumaca ili članova ekipe, ili možda neko spolja. – Počeo sam da mu pričam šta mi je Maks ranije rekao o krupnoj, senovitoj prilici koja se šunjala oko ograde parkinga, ali bez lica i imena, obojica smo znala da to ne pomaže mnogo. – Možda će forenzičari moći da pomognu.

Virđilio je klimnuo glavom i pažljivo otišao da pogleda žrtvino telo. Nakon što je čučnuo i proučavao leš nekoliko trenutaka, ispravio se i izdao naređenja policajcima. – Slušajte. Želim da obezbedite ovu oblast. Raširite se i pretražite sve u krugu od sto metara od mesta zločina. Inočenti, pozovi pseću jedinicu i vidi mogu li da pronađu neki trag počinioca. Uzmite i spakujte sve čemu nije mesto u šumi, od opušaka cigareta do patrona za sačmaru; sve. Posebno potražite sveže otiske stopala – zemlja je i dalje ponegde vlažna – i mesto gde se ubica skrivao ili kuda je pobegao.

Poznato lice Đanija, patologa, pojavilo se iza Virđilija i mahnuo sam mu. Prišao je i rukovao se sa mnom.

– Imaš novog krojača, Dene? Vrlo privlačno. Kaži mi – zašto te stalno viđam na mestima zločina? Zar nemaš pametnija posla?

– Da budem iskren, bio sam ovde da sprečim da se ne dogodi nešto ovakvo. Mislim da ću posle ovoga ostati bez posla.

Neveselo se osmehnuo i krenuo prema lešu. Bio je u pratnji tri člana svog forenzičkog tima, i svi su bili odeveni u jednokratne kombinezone, a Virđilio im je glavom dao znak da počnu da rade. – Ciao, Đani. Hvala ti što si tako brzo došao ovamo. Zanima me kad je nastupila smrt i sve što bi moglo da nam pomogne oko istrage. Pomoglo bi mi da u narednih pet minuta dobijem neke odgovore. – Osmehnuo se Đaniju. – Ili što je pre moguće.

– Daću sve od sebe. – Đani mu je uputio napaćen osmeh i pregledao telo. – Mogu odmah da kažem da ovo nije samoubistvo. Fizički je nemoguće da neko pogodi sebe strelom u leđa. – Kiselo se osmehnuo. – Ali iskusan detektiv kao što si ti već je to shvatio. Sad se sklonite s mog mesta zločina i pustite mene i moje ljude da radimo.

Virđilio i ja smo se vratili između stabala do ivice šume. Dok smo hodali, ispričao sam mu najbolje što sam mogao šta se danas događalo. Rekao sam mu da sam video žrtvu za vreme ručka s novinarima i da je izgledao veselo, bez ikakvih znakova straha ili uznemirenosti. Kad i zašto je otišao u šumu bilo je nepoznato. Takođe sam izneo Virđiliju svoju ideju da se ubica možda vidi na filmu, i obećao mi je da će detaljno pregledati današnje snimke. Naslonili smo se na haubu njegovih kola, i pričao sam Virđiliju i Inočentiju o raznim članovima glumačke i filmske ekipe dok nisu dobili solidnu predstavu o osoblju. Virđilio je onda ponovio prvobitno pitanje. To sam pitao sebe otkako sam pronašao telo.

– A ti ne znaš ko je to mogao da uradi?

– Voleo bih da znam. Mislim da je manje verovatno da je to neko iznutra... ne i nemoguće, samo manje verovatno. Moraćemo da razgovaramo sa svima koji su danas bili tu kako bismo otkrili ko je možda imao priliku. Gotovo niko od njih ne govori italijanski, tako da ću ti rado pomoći ako želiš. Uzgred, rekao sam im svima da ostanu na parkingu za prikolice u Firenci i obećao sam im da ću te zamoliti da pošalješ nekoliko policajaca da ih čuva, za svaki slučaj. Biće zanimljivo videti gde su svi bili u vreme ubistva. Prilično sam siguran da su reditelj i producent bili na istom mestu čitavog popodneva, kao i većina ljudi koji se bave rasvetom i zvukom, kao i snimatelji.

– Šta je s glumcima?

– To je nezgodno. Velika četvorka – Selena Gardner, Skot Noris, Čarls Vinsent i Dagi Ogilvi – danas su bili uključeni u snimanje, ali ne sve vreme. Postojala su dva mala šatora u koja su odlazili da se odmore i vežbaju tekst između dublova i postojali su prenosni toaleti na ivici šume. Pretpostavljam da je neko od njih mogao neprimećeno da se iskrade ovog popodneva dovoljno dugo da počini ubistvo, ali to bi bilo teško.

– A šta je sa sekretaricom produkcije, našom prijateljicom gospođicom Hindenburg? Da li je ona bila tu sve vreme?

– Iskreno, ne mogu da se setim. Video sam je za vreme ručka, ali ne mogu da se setim da sam je video nakon toga. Obično sedi pored producenta, spremna da obavlja poslove za njega, ali dok ne budemo razgovarali s Gabrijelom Lajonsom, nećemo znati. Pretpostavljam da je mogla da se iskrade do šume i ubije Lopeza, ali ozbiljno sumnjam da je to u stanju. Ako ni zbog čega, toliko je trapava da bi verovatno pogodila sebe u stopalo.

– Ne misliš da su ona i gospodin Lopez možda otišli u šumu da se malo... znaš? – Virđilio je napravio taj prepoznatljivi italijanski gest koji uključuje podignutu podlakticu i označava seksualne igrarije. Odmahnuo sam glavom.

– Rekao bih da je to malo verovatno. Jedina osoba s kojom sam je video – a to je možda bilo savršeno nedužno – bio je Čarls Vinsent, mladi glumac, a koliko znam, on je bio na snimanju čitavog popodneva.

– Zašto misliš da je Lopez otišao u šumu?

– Nemam predstavu. Možda je želeo da se odmori nakon napornog jutra, možda je brao pečurke, ko zna? Sasvim je moguće da je pravio reklamne fotografije glumaca sa svog mesta među drvećem. S mesta ubistva je moguće videti mesto gde se odvijala akcija. Ako i dalje ima telefon kod sebe, neko bi trebalo da proveri poslednje fotografije koje je napravio.

– Dobro, predlažem da se vratimo u Firencu i počnemo da postavljamo pitanja. Ako sigurno nemaš ništa protiv da nam pomažeš, bio bih ti zahvalan. – Virđilio se okrenuo ka vodniku. – Inočenti, ti si glavni ovde dok ne dođu uniformisani policajci. Mogu da se vratim u Firencu s Denom, i ostaviću ti svoj automobil. Možeš da se pridružiš ispitivanju na parkingu čim budeš mogao i, zaboga, ne dozvoli da uniformisani policajci unište neke dokaze. Pobrini se da naprave gipsane odlivke ako pronađu otiske stopala koji vode do mesta ubistva i od njega. Dobro, idemo.

10.

Sreda uveče

Virđilio, Inočenti i ja smo razgovarali o rezultatima četiri sata intenzivnih razgovora dok smo večerali u piceriji nedaleko od *Uficija*. Moja pojava u crveno-žutim prugastim pantalonama izazvala je prilično veselje među ostalim gostima, ali ubrzo su se smirili. Što se mene tiče, večeras su mi na pameti bile mnogo važnije stvari od mog dostojanstva. Jedan čovek je ubijen dok sam bio na dužnosti, i osećao sam ličnu odgovornost da pomognem u hvatanju počinioca.

Restoran je imao letnju baštu na malom trgu, i mada je bilo prošlo devet uveče i manje je turista u gradu nego tokom leta, objekat je bio prepun. Srećom, neki ljudi su otišli upravo kad smo stigli, i seli smo na njihova mesta. Pas me je podsećao upornim gurkanjem njuškom da je dosad već ogladneo, ali rešenje je bilo pri ruci. Marko Inočenti je dobro poznavao vlasnika i zamolio ga je da donese za labradora ostatke pice. Oskaru je to poslužilo kao sjajna *zanimacija za zube* dok ga propisno ne nahranim kod kuće. Progutao je hranu za nekoliko sekundi i onda se spustio na kameni pod ispod stola dok smo Virđilio, Inočenti i ja jeli picu. Odabrao sam jednostavnu ali ogromnu picu margaritu, uz dobrodošlu čašu hladnog piva.

Bili smo na pola jela kad je zazvonio Virđiliov telefon. Bio je to patolog sa izveštajem i Virđilio nam je preneo vesti nakon kratkog razgovora. – Đani kaže da je vreme smrti negde između tri i četiri popodne. Žrtva, Donald Lopez, pogođena je strelom posred leđa, pravo u srce. Umro je odmah i verovatno ništa nije osetio. Nema traga borbe ili pada, tako da je Lopez verovatno već ležao na zemlji u tom trenutku. Đani misli da mu se ubica prikrao dok je ležao i ubio ga na mestu.

– Možda je spavao... ili bio drogiran? Nije bilo sumnjivih supstanci u njemu?

– Ne ako ne smatraš sumnjivim hamburger i pomfrit.

Moja ćerka Triša je vegetarijanka, tako da bi se verovatno složila s tom ocenom poslednjeg obroka PR menadžera. – Ima li nekih tragova? Kosa, nokti, bilo šta?

– Ništa.

– Nema baš mnogo materijala za rad, zar ne?

– U pravu si. Proverili su njegov telefon i bilo je mnogo fotografija glumaca na konjima, kao što si mislio, tako da je verovatno zbog toga otišao u šumu i na kraju zadremao. Sad moramo da otkrijemo da li je ubica bio neko ko je povezan s filmom ili neko sasvim drugi.

– Nema ničeg korisnog? Šta je s pretragom šume?

– *Možda* imamo neki trag. Psi su nanjušili i pratili nešto što bi mogla biti staza koju je ubica koristio, mada je to možda bio samo neki sakupljač pečuraka. Sad je glavna sezona za vrganje i brda su puna ljudi. Staza je vodila uzbrdo i preko brežuljka do naredne doline gde se nalazi zemljani put. Izgleda da im je trebalo malo više od petnaest minuta da dođu od mesta zločina do tog zemljanog puta. Napravili su odlivke nekih otisaka stopala kao i skorašnje tragove automobilskih guma na mestu gde je neko parkirao auto ili kombi, pored puta, ali ne čini se da ima išta značajno u vezi s tim. Nema garancija da je to bio naš ubica, ali moguće je.

– Šta je sa snimcima? Ima li traga počinioca koji se krije u šumi?

– Reditelj nam je dao snimak i moji ljudi će ga sutra pregledati, ali prvi utisci ne bude nadu. Izgleda da su kamere bile postavljene blizu drveća, okrenute od mesta zločina a prema zamku.

– Pretpostavljam da treba razmotriti mogućnost da je ubica neko od ljudi koji imaju veze s filmom i ko je uspeo neprimećeno da se iskrade.

– Sve je moguće. – Virđilio je izgledao zamišljeno. – Da nije ubistvo počinio neko s kim smo upravo razgovarali, ili neka nepoznata osoba ili osobe? Šta je s tvojim odbeglim strelcem ili tajanstvenom krupnom osobom koju je čuvar video? Šta mislimo? Da li je neko od ljudi s kojima smo razgovarali privukao tvoju pažnju, pobudio sumnje? – Nakon što je postavio ta pitanja, posvetio je pažnju pici koja se brzo hladila.

Gotovo sam sve pojeo, tako da sam mogao da razmislim pre odgovora: – Ako je to neko s kim smo razgovarali, jasno je da je svega nekoliko njih imalo priliku da počini ubistvo neprimećeno, mada je još nekoliko njih moglo da se iskrade i vrati neopaženo. Hajde da vidimo možemo li da skratimo spisak. – Otpio sam gutljaj blaženo hladnog piva. Uprkos činjenici da je bio oktobar i da je sunce zašlo pre dva sata, veče je bilo prijatno toplo. Spuštajući čašu, počeo sam da nabrajam moguće sumnjivce.

– Postoji samo jedna osoba koja je sigurno bila u šumi u vreme ubistva, a to je scenarista, Martin Tejlor. Video sam ga za vreme ručka, i rekao mi je da je iscrpljen nakon što je dokasno prepravljao scenario. Kazao je da mora da završi još nešto i onda će otići da pronađe mirno mesto u šumi da odrema. Iskreno rečeno, kazao mi je da će ići, otvoreno je to priznao kad smo razgovarali s njim popodne na parkingu, pa bi bilo vrlo čudno ako je stvarno ubio Lopeza.

Virđilio je uzdahnuo. – Mogla bi to da bude obmana, naravno. To ga i dalje čini našim glavnim sumnjivcem, makar na osnovu prilike. Niko drugi ne priznaje da je bio u šumi. U svakom slučaju, zaboravimo nakratko na njega, ako isključimo sve tehničare i svakog ko je morao da radi tog popodneva, ko nam preostaje? Inočenti, šta si otkrio?

Inočentijeva beležnica već je bila otvorena na stolu. – Većina glumaca u sporednim ulogama vratila se u Firencu minibusom odmah posle dva sata, tako da nisu sumnjivci... osim ako neko od njih nije seo u kola i brzo se vratio da počini ubistvo.

Nisam se setio toga. – Pretpostavljam da je to moguće. Ako su napustili Kafađolo negde nakon dva i vratili se u Firencu pre tri, moguće je da je neko imao spremna kola i odmah se vratio ovamo. Nakon što se parkirao u susednoj dolini, mogao je za petnaest minuta da pređe preko brežuljka do mesta ubistva i izvrši zločin pre četiri, ali sve bi to bilo vrlo nategnuto. Pored toga, kako su mogli da znaju gde će Lopez ležati u to vreme?

Virđilio je klimnuo glavom. – Tako je, moguće je ali ne i verovatno, ali bolje da još jednom razgovaramo s njima, za svaki slučaj. Šta još imaš, Inočenti?

– Kad govorimo o ljudima koji su bili tamo i imali dovoljno vremena i priliku, ima ih samo nekoliko: Martin Tejlor, kao što je Den rekao, a tu je i Rejčel Hindenburg, mada je, kad smo razgovarali s njom, uspela da obori stolicu i zgazi tvog psa, Dene. Iskreno sumnjam da bi uspela da pogodi Lopeza tako precizno u srce. Kao što si rekao, verovatnije je da bi pogodila sebe.

Virđilio i ja smo klimnuli glavom i Inočenti je nastavio.

– Preostalo troje koji su imali dovoljno vremena – a mislim na ljude čije odustvo od pola sata ili duže ne bi bilo primećeno – jesu dva čuvara i Ana Galardo, istorijska savetnica.

– Šta je s Lopezovom sekretaricom, prelepom plavušom, kako se ono zvaše?

– Loredana Beluno; bila je u kolima na putu ka železničkoj stanici s dvoje ljudi iz novina. Otišli su u pola tri i ona je sigurno isključena.

– A ljudi koji su *mogli* da se iskradu neopaženo nakratko? Šta je s glumcima?

– Bilo kod od najvažnije četvorke: Selena Gardner, Skot Noris, Čarls Vinsent i Daglas Ogilvi. Nisu bili svi uključeni u svaku scenu, i uglavnom su boravili u VIP šatorima između dublova, ali niko ne može da se zakune gde su bili čitavo popodne.

– Šta je s producentom i rediteljom?

– Mislim da možemo da pretpostavimo da reditelj nije sumnjiv. Niko se ne seća da je uopšte napuštao svoje mesto tokom popodneva, osim jednom ili dvaput da ode do seta i razgovara s glumcima. Producent priznaje da je išao da obavi nekoliko telefonskih poziva tokom popodneva, ali niko ga nije video da ide u šumu. Ne vidim koji bi motiv imao da počini to ubistvo, ali zasad će ostati na spisku.

– Još neko?

– Ne stvarno. Tehničari rade u timovima i, osim ako nisu svi bili zajedno, tvrde da su njihove kolege samo povremeno išle do toaleta.

– To nam ostavlja osmoro ljudi, devetoro ako uključimo i producenta, koji su imali nekakvu priliku: četvoro glumaca i četvoro, možda petoro ostalih. – Virđilio je izgledao zamišljeno. – Što se tiče oružja ubistva, strela je istovetna kao i ostale, a Đani kaže da je možda korišćen isti samostrel koji je ispalio i prve strele, ali ne može da bude siguran. Ako jeste, onda je to neko oružje koje se rasklapa i ne bi zauzimalo mnogo prostora; dovoljno lagano da se sakrije među svim tim sanducima koje tehničari nose ili da se nosi u torbi.

– A kao što si rekao, to nam ostavlja problem pronalaženja motiva. – Polako sam odmahnuo glavom. – I to mi predstavlja problem; u stvari, predstavlja mi problem od juče. Sigurno je svima u interesu da se ovaj film snimi. Izvesno, ne vidim šta bi ijedan od glumaca dobio od nečeg ovakvog. – Uzeo sam veliki gutljaj piva i pogledao njih dvojicu preko stola. – A osim ako ubica nije iz nekog razloga posebno želeo da ubije Lopeza, izgleda mi da onaj ko stoji iza ovih strela pokušava da zaustavi snimanje. Ne znam šta će se dogoditi sad. Pitam se da li će producentska kuća želeti da nastavi ovde. Nadam se da će nam producent to saopštiti u naredna dvadeset četiri sata.

Naš razgovor s Gabrijelom Lajonsom ranije te večeri bio je potpuno drugačiji od onih nekoliko zajedljivih minuta koje mi je nevoljno posvetio prethodnog dana. Zatekli smo ga neveselog, zbunjenog i pre svega zabrinutog – iz dva razloga. Prvi je bio on lično.

– Mislite li da će ubica sve da nas napadne? Da li je ovo samo početak, ili je želeo da ubije Donija? – Prstima je nervozno dobovao po stolu, obilato se znojio, a vena na čelu mu je pulsirala. Bio je crven i nije izgledao dobro. – Zašto Doni? Poznavao sam ga i radio s njim gotovo deset godina i on je... bio je... ispravan momak. Šta ako je ovo bilo samo nasumično ubistvo, i ubica namerava da napadne ponovo, da ubije nekog drugog... možda mene?

Virdilio je dao sve od sebe da smiri producenta, ali činjenica je da nismo znali šta se odvija u ubičinoj glavi. Da li je ovo početak nasumičnog pokolja, ili je Lopez bio meta? Kad je Lajons ponovo progovorio, brzo smo otkrili drugi razlog za zabrinutost.

– Ne znam šta će se sad dogoditi. Razgovarao sam s kompanijom u Los Anđelesu, i zakazali smo *Zum* sastanak za večeras da bismo odlučili hoćemo li nastaviti sa snimanjem, ili se odreći italijanskog dela i vratiti se kući.

– Zar to ne bi uništilo film?

– Moram da sednem i razgovaram sa Emijem i Tejlorom. Možda možemo da upotrebimo ono što smo već snimili ove nedelje i smislimo nešto kad se vratimo u Los Anđeles. Ne znam.

– Dakle, ne biste morali da se odreknete celog filma.

– Sigurno se nadam da nećemo morati. Ako to uradimo, izgubićemo milione, ne samo ono što smo potrošili nego i neisplaćene honorare i, naravno, protraćeno vreme koje smo mogli da iskoristimo na snimanje drugih filmova.

– Zar nemate osiguranje?

– Za otkazivanje zbog požara, poplave ili krađe imamo, ali ne zbog ubistva. Ne, ako odlučimo da prekinemo produkciju filma, to će nas koštati čitavo bogatstvo.

– Da li bi kompanija mogla da podnese toliki gubitak? – U glavi mi se oblikovala nejasna ideja da je ovo možda pokušaj da se izazove bankrot filmske kuće. Možda neki beskrupulozni suparnik?

– Da, imamo rezerve. Mogli bismo da prebrodimo ovo, ali ne bi bilo prijatno. Ne, mislim da nećemo obustaviti snimanje filma. Kao što sam rekao, ako bude neophodno, možemo da se snađemo s materijalom snimljenim u Italiji i nadamo se da ćemo skockati film.

– Šta će se dogoditi kratkoročno? Možete li da nastavite bez Lopeza? – Bio sam siguran da su svi prisutni želeli da znaju šta ih čeka u budućnosti.

– To nije problem. Donijeva sekretarica, Loredana, može da se bavi PR-om dan ili dva. Ako odlučimo da ostanemo ovde, mogao bih da pronađem neku zamenu – a PR nam je trenutno najvažniji – ali ona zna svoj posao i moraće da se iskaže. Kad se sazna za ove vesti, spopadaće nas novinari i fotografi. Biće nam potreban neko ko upravlja time, i to dobro.

– Mislio sam da je svaki publicitet dobar publicitet. – Virđilio je rekao ono o čemu sam ja razmišljao.

– Ne takva vrsta publiciteta. Ako se ne bude radilo kako treba, ovo bi moglo da ugrozi film i reputaciju kompanije.

Virđilio je klimnuo glavom. – Shvatam. Pričajte mi o Donaldu Lopezu. Kažete da je bio dobar momak. Možete li se setiti ikoga ko je bio u zavadi s njim?

Producent je odmahnuo glavom. – Ne mogu. Svi su voleli Donija. Ne sećam se da sam ga ikad video bez osmeha na licu.

– A porodica? Da li je bio oženjen?

– Bio je, do pre tri-četiri godine, kad se supruga razvela od njega.

– Da li je došlo do svađe?

– Ništa više nego kod svih drugih razvoda. Često je odsustvovao zbog posla, a ona je upoznala nekog drugog. Mislim da ga je to povredilo u tom trenutku, ali, kao što sam rekao, uskoro se ponovo osmehivao.

To me je navelo da pomislim na svoj skorašnji razvod. Sigurno se tad nisam često osmehivao. Postavio sam pitanje. – A sad, nakon razvoda, da li je imao neku novu ženu u svom životu? Šta je sa sekretaricom? Izgledala je vrlo uznemireno kad smo razgovarali s njom.

– Svi smo uznemireni. Ne znam ni za koga, a nisam ništa čuo za Loredanu. Stvar je u tome što ga ona nije dugo poznavala. Angažovali smo je odavde, u avgustu, da nam pomogne s prevođenjem, tako da je radila s nama oko šest nedelja. Ako je i bilo ičeg među njima, to je odnedavno. Inače, ne znam ni za kakvu posebnu ženu u njegovom životu, ali ostali možda znaju nešto više. Treba da pitate Katu. Ona zna sve o svima.

– A šta je s Katom, gospođicom Hindenburg? Da nisu ona i Lopez bili... – Virđilio je i dalje nagađao.

– Kata? – Producent se nasmejao. – Mora da se šalite. Ne, siguran sam da nije bilo ničeg među njima. Da, bio joj je drag, ali Doni je svima bio drag.

Razgovor se završio i Virđilio je ustao i pružio ruku. – Mnogo vam hvala, gospodine Lajonse. Kad mislite da ćete doneti odluku o nastavku snimanja?

– Zasad razgovaramo o pauzi. Sigurno je da sutra nećemo ništa raditi. Čim završite sa ispitivanjem, raspustiću ekipu. Mogu da odu u svoje hotele i sutra će imati slobodan dan dok ne odlučimo šta će se dogoditi.

Virđilio je, u piceriji, nastavio da nabraja potencijalne počinioce.

– Ako to nije bio neko od glumaca, nama to ostavlja samo damu s plavim naočarima, istorijsku savetnicu, čuvare ili, naravno, scenaristu koji priznaje da je tad bio u šumi. A tu je i Gabrijel Lajons lično. Čuvari izgledaju dovoljno odlučno, ali jedan je student koji radi honorarno, a izgleda da ne postoji nikakva druga veza između njega i filma. Njegov partner, krupni tip, radi za kompaniju godinama, pa zašto bi sad počeo da ubija? Moram priznati da mi nijedan od njih ne izgleda kao ubica. Pored toga, ako je to bio jedan od njih, zašto? – Virđilio je pojeo picu i dao ostatke korice mojoj psećoj kanti za smeće ispod stola. – A šta je s dve dame: Anom Galardo i Hindenbergovom? Ne vidim nijednu od njih kao hladnokrvnog ubicu, a sigurno imamo posla s hladnokrvnim ubicom. Potrebni su jaki živci da bi se izvršilo ubistvo.

Inočenti i ja smo se saglasili, a Virđilio je nastavio.

– I ne mislim da je producent namerno pokušao da uništi svoj film. To nema smisla. Što nam ostavlja samo scenaristu, Tejlora, ali sklon sam da mu poverujem da je spavao u šumi. Ili je to istina, ili je tako dobar glumac da bi trebalo da bude u filmu. Jedno je sigurno: moraćemo da motrimo na njega. – Spustio je viljušku na tanjir i pogledao u Inočentija. – Moram da znam sve o Dejvidu Lopezu, za slučaj da je povezan s nekim ovde, posebno Tejlorom. Sutra ću sesti s gospođicom Hindenburg i videti zna li stvarno sve o svakom, a onda ću ponovo razgovarati s Tejlorom. Možda će stručnjaci uočiti ubicu na današnjim snimcima, ali ne nadam se mnogo. Zasad, hajde da ne trčimo pred rudu dok ne obavimo sve provere, ali sve mi se više čini da je ubica neko spolja... svejedno da li je to osoba viđena kraj ograde sinoć, ili ona koja je gađala ljude kraj kamiona s hranom, ili neko treći. Možda je Lopez slučajno odabran kao meta i ubica ima nešto protiv filma, a ne protiv pojedinca. A svi znamo šta to znači.

– Možda se sprema da ponovo ubije. – Inočenti je to rekao pre mene.

– Ili ona... – Obojica su klimnuli glavom. Jednostavno nismo znali.

Ideja da bi još jedna osoba mogla biti ubijena, posebno sad kad sam prilično dobro upoznao glumce i ekipu, bila je prilično sumorna, ali nisam mogao da pobegnem od toga. Ta mogućnost je bila vrlo izvesna i upravo sam klimao glavom kad mi je zazvonio telefon. Nisam prepoznao broj, ali odmah sam prepoznao glas na drugoj strani veze.

– Gospodine Armstrong, ovde Selena.

– Gospođice Gardner, dobro veče. – Pogledao sam i video da je Virđilio razrogačio oči. – Kako mogu da vam pomognem?

– U hotelu sam i upravo sam razgovarala sa Anom, Anom Galardo. Verovatno ste čuli da sutra imamo slobodan dan. Ne možete da zamislite koliko mi to lepo zvuči. Moj raspored je bio pun otkako sam stigla u Italiju, i dan za sebe mi zvuči divno... mada je tužno što se to dogodilo zbog ovih užasnih okolnosti. U svakom slučaju, pitala sam Anu da li bi me povela u obilazak toskanskih atrakcija, izvan Firence. Ona dobro poznaje istoriju ove oblasti. Pristala je, ali bila bih mirnija ako biste pošli da nas čuvate, ako ste u mogućnosti. Povedite i svog divnog psa ako želite. Ana mi je pričala o njemu, a obe volimo pse. Da li biste uradili to?

– Naravno, ali zar to ne bi trebalo da bude posao kompanijskih telohranitelja? Ne bih želeo da ih uznemirim. – Posebno ne jer bi mogli da me zdrobe ako požele.

– Oni su divni momci, ali veoma su upadljivi. – Bila je u pravu. Gorostasni Veliki Džim u tamnoj odeći, s dredovima i tamnim naočarima, verovatno nije uobičajen prizor u Toskani. – Kažite da ćete doći. Sigurna sam da ste dorasli zadatku.

Rado sam pristao i dogovorili smo se da dođem ispred Seleninog hotela u devet ujutro. Rekao sam joj kako bi bilo bolje da idemo mojim kolima budući da će Oskar biti s nama. Takođe, moj anonimni folksvagen kombi privući će znatno manje pažnje nego neka velika limuzina. Kad sam prekinuo vezu, morao sam da se zapitam koliko ću biti koristan kao telohranitelj. Napokon, bio sam s njima u Kafađolu danas, i to nije sprečilo surovo ubistvo. Ipak, ideja da provedem dan sa svetski poznatom filmskom zvezdom imala je izvesnu privlačnost, a pomisao da ga provedem sa Anom Galardo delovala je još privlačnije. Pol u Londonu se verovatno ne bi saglasio s mojim prioritetima, ali bilo je nečeg vrlo privlačnog u vezi sa Anom. Opet, morao sam da podsetim sebe da su obe dame potencijalne sumnjivice u istrazi ubistva.

11.

Četvrtak ujutro

Sutra ujutro sam se probudio osećajući se umorno od sinoć. Pokušavao sam da redovno pišem makar hiljadu reči dnevno i zbog toga sam ostao dugo posle ponoći da bih ostvario taj cilj. Zanimljivo je što nisam samo izmislio novu, zadivljujuće lepu plavušu nadahnutu Selenom nego se na stranicama nekako stvorio još jedan ženski lik, koji je neverovatno ličio na Anu Galardo. Piscima se preporučuje da pišu o onome što poznaju, a niko nije mogao da kaže da ja to ne radim.

Proverio sam poruke i pronašao imejl od Pola sa sažetkom dosijea u vezi sa smrću Stivena Sinklera, momka Dagija Ogilvija, od pre petnaest godina. Kao što sam slutio, ubica, Džordž ili Džordži Benet, pušten je iz zatvora početkom ove godine i poslednja poznata adresa bila mu je u Brajtonu. Rado bih saznao da li je i dalje tamo ili je napustio zemlju, ali nisam želeo dodatno da zamaram svoje bivše poslodavce. Mada sam bio siguran da bi Pol to proverio ako bih ga zamolio, nisam to uradio, uglavnom zato što nisam video razlog zbog koga bi Džordži Benet želeo da ubije Lopeza... Dagija Ogilvija možda, ali Benet sigurno nije poznavao Lopeza.

Nakon šetnje sa Oskarom, istuširao sam se i obukao čistu odeću – sigurno ne prugaste pantalone – za dan koji ću provesti s dve lepe dame. Pre tuširanja sam poslao Polu imejl i zahvalio mu se na dosijeu i poslao Seleninu fotografiju u renesansnoj odeći koju sam napravio juče. Da ga izneriviram, dodao sam nehajan komentar o tome da ću provesti dan s njom, vozeći se po Toskani. Kad sam izašao iz kupatila, video sam njegov imejl u kojem se žali kako je nepošteno što ja uvek dobijam dobre poslove a on neprijatne, podsećajući me na vreme kad sam ga poslao u kanalizaciju da pronađe oružje kojim je izvršeno ubistvo... koje je pronašao. Odlučio sam da mu ne kažem za sate koje sam proveo na pljusku ispred hotela gospodina Dantea pre neku noć. Ako je Pol želeo da me zamišlja kako živim na visokoj nozi, ko sam ja da ga razuveravam?

Doživeo sam iznenađenje kad sam došao ispred hotela da pokupim Selenu. Izašla je u farmerkama i širokoj dukserici, koji su veoma dobro prikrivali njen identitet i ženstvenost. Na glavi je imala kačket i konjski rep, koji je virio pozadi. Uz naočari za sunce, bila je to vrlo efikasna maska anonimnog turiste, i da je nisam očekivao, ne bih na nju ni obratio pažnju.

Pre nego što je ušla u kola, insistirala je da se upozna sa Oskarom, koji je stajao u prtljažniku mašući repom. Pozdravio ju je srdačno, ali kao što smo već ustanovili, on voli dame. Selena je izgledala očarano što ga je upoznala i poigrala se s njim pre nego što je sela kraj mene. Skinula je naočari za sunce i uputila mi blistav osmeh. Da je Pol vozio, istopio bi se na mestu. Gotovo sam morao da uštinem sebe kad sam shvatio da sedim pored jedne od najpoznatijih i najlepših žena na svetu. Na trenutak sam se zapitao šta bi moja bivša žena rekla kad bi znala. Nekad bi bila ljubomorna, ali sad mislim da nije marila.

– Zdravo, gospodine Armstrong. Hvala vam na ovom. Stvarno se radujem izletu.

– Nema na čemu, gospođice Gardner.

– Selena, molim vas.

– Hvala, ja sam Den, uzgred.

– Znam. Kata mi je rekla. Nekad ste bili velika zverka u Skotland jardu, zar ne?

– Ne bih baš rekao. Bio sam suviše neposlušan za tako nešto. Bio sam glavni inspektor u odeljenju za ubistva, ali došao sam prošle godine u Toskanu, i sad živim ovde i imam svoju detektivsku agenciju.

– To mi zvuči kao krupan korak. Pitam se zašto ste... – Zagledala se u mene. – Nemojte mi reći, da pogodim: pokušavali ste da pobegnete od neke žene?

To me je iznenadilo, i klimnuo sam glavom s divljenjem. – Jeste li ikad razmišljali da postanete detektiv? To je vrlo blizu istini. Da budem iskren, to je delimično bilo zbog toga da pobegnem od nesrećnog braka; makar je bio nesrećan ako pitate moju bivšu ženu. Bojim se da brak s policajcem nije uvek zabavan. – To je bilo pomalo lično i promenio sam temu. – Ali i zato što sam se zaljubio u Toskanu. U svakom slučaju, gde ćemo pokupiti Anu?

– Kazala je da će nas čekati kraj kapije parkinga za prikolice. – Selena mora da je shvatila kako ne želim da razgovaram o bivšoj ženi, i razgovarali smo o beznačajnim stvarima dok sam se probijao kroza saobraćaj duž *vialija* do parkinga. Kad smo stigli tamo, zatekli smo Anu pred kapijom kako razgovara s Velikim Džimom. Kao i Selena, danas je na sebi imala farmerke, ali odabrala je živopisnu bluzu koja je naglašavala njenu ženstvenost, umesto da je prikrije, i izgledala je dobro. Nakon što je Ana sela na zadnje sedište, Selena je prva progovorila.

– Ana, divna je ta bluza. Izgledaš sjajno. – Na moju sramotu, onda me je munula laktom u rebra i uvukla me u razgovor. – Stvarno izgleda sjajno, zar ne, Dene? – Pogledao sam je u oči na tren i ugledao nestašan sjaj. Imao sam osećaj da se Selena igra Kupidona, i zapitao sam se da li je to zbog nečeg što je primetila na mom licu, ili možda zbog nečeg što je čula od Ane. Nastojeći da se ne zacrvenim kao tinejdžer, brzo sam se saglasio.

– Da, Ana, izgledate divno. Obe izgledate divno.

– Hvala vam, to je vrlo ljubazno. – Zvučala je kao da joj je neprijatno kao i meni zbog Seleninog provodadžisanja, i nadao sam se da ovaj dan neće postati neprijatan. Srećom, Oskar je odabrao taj trenutak da pokuša da se popne na zadnje sedište i poljubi Anu, a ona je bila potpuno zauzeta pokušajima da ga ubedi da se zadovolji s malo maženja i ostane na mestu. Kad je sela na svoje sedište, dao sam sve od sebe da zvučim poslovno.

– Dobro, Ana, vi ste vodič. Kuda idemo?

– Mislim da treba da odvedemo Selenu da vidi San Điminjano. Znam da je to turističko mesto, ali prilično je posebno. Slažete li se?

– Naravno. Znam šta ste mislili kad ste rekli turističko, ali sad je oktobar tako da više nema letnjih gužvi.

– Pričajte mi o San Điminjanu, Ana. – Kad smo krenuli, Selena se okrenula na sedištu kako bi razgovarala s njom. – Kako je tamo?

– Ima mnogo tornjeva. Nalazi se na vrhu jednog grebena u brdima nedaleko od Sijene i ima četrnaest tornjeva, a neki su visoki preko pedeset metara. – Zbog američke neupućenosti u metrički sistem, dodala je: – To je visina desetospratnice, ali s mnogo užom osnovom. Na putu do tamo posetićemo neka manje poznata mesta koja krasi toskanski šarm. Zvuči li vam dobro?

Selena se zavalila u sedište sa srećnim osmehom na licu. – To mi zvuči savršeno.

Pogledao sam u retrovizor i morao sam da se osmehnem jer je Oskar davao sve od sebe da lizne Anino uvo. Moj pas je imao dobar ukus.

Probio sam se kroza saobraćaj i skrenuo na niz sporednih puteva koji vode ka brdima. Mada je Firenca svetski poznat grad, za kratko vreme se napusti urbano jezgro. U stvari, put koji je Ana odabrala odveo nas je blizu mojoj kući i mogao sam da im je pokažem na brežuljku iznad; na nekoliko trenutaka video se krov između čempresa. Obe dame su izgledale zadivljeno, a Selena se posebno zainteresovala.

– Mora da je divno živeti na takvom mestu. Dene, sad shvatam zašto ste odlučili da se preselite ovamo. To je ostvarenje sna.

Odlučio sam da joj ne kažem da prošla zima bez centralnog grejanja nije bila za one slabog srca – u Toskani zna da bude veoma hladno – i prihvatio sam kompliment.

– Obožavam je i predivna je za mog četvoronožnog prijatelja.

– Da li biste smatrali užasno nevaspitanim ako vas zamolim da prođemo kraj vaše kuće u povratku, samo da je vidim i proverim kakav je pogled odatle? To će biti nešto o čemu ću moći da sanjarim kad se vratim u Los Anđeles.

– Naravno, rado, ali kuća nije ništa posebno. Siguran sam da će vam izgledati sasvim obično.

– Šoferi, bazeni i privatni teniski tereni nisu tako glamurozni koliko biste mislili. Znam da je to uzaludna nada za mene, ali ne znate koliko žudim za prilikom da živim na nekom jednostavnom mestu bez tolikog glamura. – Okrenula se i uputila nam osmeh. – Nemojte me pogrešno shvatiti. Volim svoj život, volim Los Anđeles, i volim svoju kuću na Beverli Hilsu, ali ponekad me to zamara. Bilo bi divno da imam negde ovakvo utočište, gde ponovo mogu da vodim normalan život, makar i samo na po nekoliko dana.

Malo kasnije razgovor se neizbežno okrenuo ka ubistvu. Obe dame su se začudile što je Doni Lopez bio meta. Selena ga je posebno dobro poznavala.

– Doni je bio divan. Ne bi ni mrava zgazio. Svi na setu su ga voleli, i kad je policijski inspektor juče pitao da li je neko želeo da ga ubije, nisam mogla da se setim nikog ko ga nije voleo, a kamoli ko je želeo da mu naudi. To je tako zbunjujuće.

Klimnuo sam glavom. – Bojim se da je to zaključak do kojeg je i policija došla. Možda je Lopez ubijen slučajno. – Odlučio sam da je logičan zaključak da bi, ako je PR menadžer bio slučajna meta, ubica mogao ponovo da napadne. Mislio sam da je bolje da ih ne zabrinjavam više nego što je potrebno, ali ispostavilo se da je Ana već došla do tog zaključka.

– Problem je u tome što, ako policija ne može da pronađe nekog ko je dovoljno mrzeo Donija da ga ubije, čini mi se da je ubica onda nasumice odabrao njega kad ga je zatekao u šumi. Imam užasan osećaj da je to mogao biti bilo ko povezan s filmom. Možda je Doni samo bio na pogrešnom mestu u pogrešno vreme. Sledeći put bi to mogao biti neko od nas.

– Sledeći put? – Selena je pružila ruku i nekoliko trenutaka me držala za mišicu. – Da li i vi tako mislite, Dene? Svi smo možda u opasnosti?

Čekao sam dok nisam pretekao jedan od onih čudnih uskih traktora posebno napravljenih da se provlače između čokota u vinogradu, pre nego što sam odgovorio. Tim oronulim crvenim vozilom upravljao je koščat starac kestenjastog lica. Na krilu je držao mršavog smeđe-belog terijera, koji je izgledao do te mere opušteno da je izgledalo kako je mogao da preuzme volan u slučaju potrebe. Odgovarajući na Selenino pitanje, odlučio sam da im kažem istinu. Nije bilo svrhe da poričem.

– Ne znamo. Policija radi svakojake provere, ali da, pretpostavljam da moramo da prihvatimo mogućnost da je Donijeva smrt bila sasvim slučajna, a ubica je možda spreman da ponovo ubije kako bi sprečio snimanje filma iz nekog razloga. Napokon, to je sve vreme pisalo u onim pretećim porukama. – Mogao sam gotovo da osetim kako se njih dve stresaju od straha, tako da sam pokušao da opustim atmosferu. – Ali makar smo nas troje danas bezbedni. Niko ne zna gde smo i siguran sam da nas niko nije pratio, tako da uživajte u danu. *Carpe diem* i tako to. Pored toga, ne zaboravite da imamo psa čuvara.

Činjenica da je pas čuvar glasno hrkao pozadi nije bila dobra preporuka ako ikad bude u takvoj ulozi, ali to je nasmejalo dame. Odlučio sam da nastavim u pozitivnom tonu.

– A kad govorimo o uživanju, zašto ne bismo u vreme ručka svratili u jedan restorančić koji poznajem usred vinograda u Kjantiju? Vlasnik pravi svoje vino i peče hleb, između ostalog.

– To zvuči divno. Volela bih da doživim malo prave Toskane.

Bio sam zadovoljan što je Selena zvučala malo veselije, mada sam u retrovizoru video da je Ana i dalje zabrinuta. I to s pravom. Međutim, odlučio sam da nastavim s veselim ćaskanjem dok sam Seleni pokazivao vinograde.

– Leto je bilo posebno vruće i *vendemmia*, berba grožđa, bila je ranije ove godine. U ovoj oblasti je završena pre nekoliko nedelja. I bolje je što je tako, inače bismo bili zaglavljeni iza kolone traktora na ovim puteljcima. Ovde u Kjantiju vino je preče od svega ostalog kad je vreme berbe grožđa.

Ana me je pogledala u oči u retrovizoru i uspela da se osmehne, ali znao sam kako se oseća. Bilo je jezivo znati da je ubica možda i dalje tamo negde.

12.

Četvrtak

Prvo mesto na koje nas je Ana odvela bilo je Montajone. Čuo sam to ime i viđao putokaze, ali nikad nisam bio tamo, uprkos tome što sam čitavu godinu živeo na pola sata vožnje odatle. Ispostavilo se da je to ljubak toskanski brdski gradić, čiji su centar činile uglavnom pitoreskne srednjovekovne građevine. Pronašao sam mesto za parkiranje pored puta, i ušli smo u istorijski centar, prolazeći kroz uske ulice i uličice, ispod kamenih lukova i pored drevnih zidina zamka, dok nismo stigli do palate Pretorio iz petnaestog veka. Ta lepa kamena zgrada bila je načičkana grbovima porodica koje su vladale gradom u prošlim stolećima. Pitao sam našu istorijsku savetnicu da li je prepoznala neko prezime, i navela ih je šest. Nisam se iznenadio kad sam čuo da je čitava ta oblast mnogo godina bila u rukama svemoćne porodici Mediči. Zbog Medičijevih sam se setio filma. Kad smo seli u hlad ispred kafića na jutarnju kafu, i dalje sam mislio na film. Uskoro je postalo jasno da i moje gošće misle o tome.

– Mislite li da će kompanija nastaviti sa snimanjem filma nakon ovog što se dogodilo? – Ana se obratila Seleni, koja je bespomoćno slegnula ramenima i odgovorila oboma.

– Iskreno, ne znam. Prilično sam sigurna da će se produkcija filma nastaviti. Dene, verovatno ste dosad saznali da je to u suštini savremena drama koja se odigrava u Los Anđelesu. Samo neke scene snimamo ovde kako bismo naglasili sličnosti između neumoljivosti Skotovog lika, Lorensa Mida, i Lorenca, čuvenog Medičija. Već smo snimili polovinu scena u Americi. Oni bi mogli da skrate snimanje ovde i vrate nas sve u Kaliforniju, gde ćemo biti bezbedni. Sigurna sam da mogu da smisle nešto – kao što rekoh, ne mislim da je materijal iz Italije suštinski bitan. – Otpila je gutljaj kafe i pogledala preko starinskog trga popločanog kamenom. – Nadam se da ćemo nastaviti. Volim Toskanu.

– Uprkos mogućoj opasnosti? – Bio sam pomalo iznenađen.

– Opasnosti ima svuda. Opasno je prelaziti ulicu ili leteti avionom u Sjedinjene Države. Bila bih spremna da rizikujem kako bih ostala još nekoliko dana ovde.

Ana se okrenula ka meni. – Šta vi mislite, Dene? Treba li da nastave snimanje?

– Teško je reći. Kao što sam kazao u kolima, mislim da i dalje postoji rizik, tako da je možda pametno okončati sve, ako to neće pokvariti ceo film. Kata mi je rekla da je ovde ostalo još samo nedelju dana snimanja, tako da je možda odgovor neki kompromis: izbaciti neke scene i sažeti ono što je ostalo u dva ili tri dana, pojačati obezbeđenje i nastaviti punom parom, kako biste otišli što pre. – Pružio sam nogu i pomilovao psa po stomaku vrhom cipele. – Drago mi je što ne moram da donesem tu odluku.

Na putu do San Điminjana, zaustavili smo se da prošetam Oskara po šumi na uzvišenju koje se zvalo Sveta gora San Vivaldo. Među stablima smo videli manastir i niz građevina iz petnaestog veka, koji su predstavljali minijaturnu repliku svetog grada Jerusalima. Bili smo jedini posetioci, i bilo je zadivljujuće šetati pored kapelica, s krovovima od suncem opaljenog crvenog crepa, koje su činile stari manastir. Nikad nisam čuo za to mesto i bilo je to još jedno od spektakularnih iznenađenja koja su se naizgled skrivala u svim delovima Toskane. Stvarno volim Toskanu, iako je u Firenci možda ubica na slobodi.

Nismo proveli mnogo vremena u San Điminjanu. Već sam bio tamo nekoliko puta i sviđalo mi se to mesto, ali nisam voleo gužvu i način na koji se selo prostituisalo zbog turizma. Doslovno svaka prodavnica u glavnoj ulici – kaldrmisanoj, rezervisanoj za pešake – nudilo je kačkete, majice, šolje i razglednice San Điminjana, uz maslinovo ulje, masline u teglama i, naravno, boce vina. To mesto je bilo prepuno posetilaca, ali nije bilo tako loše kao nekoliko meseci ranije. Napolju sam video samo tri autobusa na parkingu, mada je pronalaženje slobodnog mesta za automobil i dalje bilo problematično. Makar smo sad mogli da se šetamo slobodno, bez gomile turista.

Ipak, čak ni komercijalizacija nije mogla da prikrije zadivljujuću lepotu tog srednjovekovnog dragulja. Kule su se dizale u nebo, neke neverovatno tanke za svoju visinu, i svedočanstvo veštine starih arhitekata bilo je što su mnoge od njih i dalje stajale. Selenina maska je bila dobra, i nisam primetio da ju je iko prepoznao dok smo prolazili. I pored toga, bio sam zadovoljan kad smo bez problema završili obilazak i vratili se u kola. Selena je ušla i sela uz zadovoljan uzdah.

– Predivno, apsolutno predivno. Hvala vam oboma; Dene, hvala što ste nas vozili i čuvali nas i, Ana, hvala vam na istorijskom delu. Videla sam i naučila mnogo. Dobro, šta kažete za ručak? Ja častim.

Odveo sam ih na ručak u restoran koji sam otkrio sasvim slučajno proletos. Nalazio se na kraju jednog zemljanog puta punog rupa koji je vodio kroz šumu – bez sumnje prepunu divljih životinja i pečuraka – desetak kilometara od San Điminjana, a jedini znak njegovog postojanja bio je izbledeli drveni znak s natpisom *Ristorante*. Neki lokalni lovac je upucao jedan kraj znaka, i nije izgledao nimalo nadahnjujuće. Međutim, kad smo stigli do restorančića, to mesto je bilo onoliko dobro koliko sam se sećao, i pogodilo se da smo bili jedini gosti, tako da Selena nije morala da se brine da će je neko prepoznati. Stariji vlasnik nam je pronašao sto ispred svoje drevne, trošne seoske kuće, i seli smo u hlad drvene pergole obrasle vinovom lozom. Lišće je već počinjalo da žuti kako je jesen odmicala, iako je termometar u automobilu pokazivao da je današnja temperatura dvadeset tri stepena. Pogled preko krošnji drveća prema San Điminjanu bio je predivan, i seo sam i opustio se.

Pitao sam se da li će se Selena držati svoje zečje dijete, ali iznenadila me je kad je izjavila da će se danas opustiti, i pridružila se Ani i meni naručujući mešano meso s roštilja. Sećajući se količine mesa koju sam dobio kad sam poslednji put bio ovde, uverio sam dame da prihvate moj savet i naruče samo nekoliko kriški sočne, narandžaste dinje i sveže sečene pršute za predjelo, i odbili smo testeninu pre glavnog jela.

Za vreme ručka smo ćaskali, i saznao sam nešto više o životu superzvezde – i to nije zvučalo bajno, uz mešanje medija i pritisak da se uvek izgleda savršeno i žrtve koje je to podrazumevalo. Istina, takva popularnost imala je i dosta dobrih strana, koje su nadoknađivale gubitak slobode, ali taj život je zvučao čudno. Pogledao sam svog psa, koji se pretvarao da spava dok je jednim okom motrio šta se događa na stolu iznad, nozdrvama proveravajući veličinu, težinu i ukus svakog komada mesa koji nam je donet. Da, bio sam zadovoljan svojim sadašnjim životom i nisam imao želju da postanem superstar – što je bilo u redu, jer je čak i Oskar znao da se to neće dogoditi.

A što se tiče Ane, postepeno sam saznavao sve više o njoj, i svidelo mi se to što sam otkrio. Zvučala je kao vrlo trezvena osoba, zdrave pameti i s dovoljno životnog iskustva – što je i dobro i loše – što ju je činilo sjajnim društvom. Zainteresovao sam se kad sam čuo da ima ćerku svega godinu ili dve mlađu od moje, i koja takođe živi i Velikoj Britaniji. Kad se tome doda činjenica da je Ana razvedena kao i ja, sigurno smo imali mnogo toga zajedničkog. Ponovo sam morao da podsetim sebe da je ona i dalje sumnjivac u slučaju ubistva. Ne petljaj se sa svedocima – ponavljao sam policajcima koji su bili pod mojim zapovedništvom u Londonu – ali znao sam da je to lakše reći nego učiniti.

U jednom trenutku Ana je otkrila Seleni ono što sam joj rekao o svom izdavačkom ugovoru i megazvezda je zvučala iskreno zainteresovana. Onda je iznela neverovatan predlog.

– Podsetite me da vam dam svoju adresu pre nego što napustim Italiju, i kad vam objave knjigu, molim vas pošaljite mi primerak. Pročitaću je i sigurna sam da će mi se svideti i, ako nemate neku primedbu, ako budem mislila da se na osnovu nje može snimiti dobar film, mogu da razgovaram s nekim ljudima u Holivudu. – Široko mi se osmehnula. – Nikad se ne zna, ako tu postoji neki lik za mene, sve je moguće. Možda budem glumila u filmu koji ste vi napisali.

Zahvalio sam joj se i odlučio da novom liku zasnovanom na Seleni dam veću ulogu u radnji. Takođe sam se trudio da prikrijem uzbuđenje. Mnogo vode mora da proteče pre nego što neka od mojih knjiga bude pretočena u film. Prvo, sve zavisi od toga hoće li se svideti Seleni, onda hoće li ona uspeti da ubedi nekog od holivudskih kontakata da je pročita i, najvažnije od svega, sve će zavisiti od toga da li će nakon istrage ubistva ona ostati neukaljana i nevina. Ipak, lepo je sanjati, zar ne?

Popodne smo posetili predivno očuvan grad opasan zidinama, Monteriđoni, s četrnaest kula sa satom, koje su pomenute u Danteovoj *Božanstvenoj komediji*, i gde smo pojeli divan domaći sladoled. Nakon toga, zaustavili smo se kraj malog, ali dobro utvrđenog zamka Stađa, pre nego što smo pošli u obilazak vinograda u Kjantiju. Svi tragovi berbe grožđa dosad su nestali, mada se osećao miris alkohola dok smo prolazili kroz seoca oko Grevea u Kjantiju.

Na kraju smo svratili u jednu vinariju pored stare renesansne vile, i probali njihovo crno i belo vino i poseban *vin santo*. To jako vino boje meda napravljeno je od grožđa koje je ostalo da se suši na slamnatoj podlozi dok ne postane nalik suvom grožđu i ne bude puno šećera i alkohola. Selena je insistirala da kupi dva sanduka kjantija, i dala je po jedan Ani i meni u znak zahvalnosti. Bio je to najprijatniji dan u sjajnom društvu.

Na povratku u Firencu, kao što sam obećao, odvezao sam ih neravnim putem nasutim belim šljunkom, *strada bianca*, do svoje kuće. Oskar se veoma uzbudio kad smo se približili kući, a i Selena se uzbudila još više. Brzo sam ih proveo kroz malu kuću s dve spavaće sobe na spratu i velikom prostorijom u prizemlju koja je služila kao kuhinja, dnevna soba i trpezarija. Srećom, čistačica Marija je juče obavila nedeljno čišćenje i mesto je izgledalo prilično lepo. Otkako sam se razveo, postao sam mnogo uredniji i, osim nekoliko sažvakanih štapova na Oskarovom tepihu, kuća je izgledala dobro.

Ponudio sam im čaj i popili smo ga napolju, u senci lođe, divne, natkrivene terase na bočnoj strani kuće, odakle smo gledali preko vinograda i maslinjaka u dolinu ispod i daleke Apenine na horizontu. Taj pogled nikad nije mogao da mi dosadi, a dve dame su zvučale kao da misle isto. Selena je napravila mnogo fotografija i uspeo sam da napravim njen portret da ga pošaljem Polu, i Anin portret za sebe.

Nakon što sam ostavio Selenu ispred njenog hotela i dobio poljubac – ne ovlašan nego pravo cmakanje u oba obraza – odvezao sam Anu i njen sanduk vina kući. Saznao sam da živi u stanu u zgradi još starijoj od one u kojoj je moja kancelarija, na drugoj obali reke Arno, nadomak mosta Vekio. Ta srednjovekovna stambena zgrada nalazila se u nekoj uskoj ulici i nisam mogao dugo da ostanem u kolima, tako da sam samo sačekao da ona izađe. Pre nego što je otišla sa sandukom vina, izvadila je iz torbe primerak svoje knjige.

– Nemojte misliti da morate da je pročitate. To nije domaći zadatak. Obećavam da vas neću ispitivati.

Na trenutak je gotovo izgledalo kao da bi mogla da se nagne i poljubi me, ali jedan beli kombi iza podsetio me je sirenom da je u žurbi, i samo sam joj mahnuo i otišao. Dok smo odlazili, pogledao sam svog vernog psa, koji je naslonio glavu na sedište iza mene. Nije rekao ni reč, ali video sam da misli isto što i ja: Ana Galardo je vrlo fina dama.

I osumnjičena.

13.

Četvrtak uveče

Pre nego što sam otišao kući, odvezao sam se do svoje kancelarije da vidim ima li neke pošte. Nakon što sam provukao automobil kroz polukružni prolaz napravljen za kočije a ne za savremena vozila, parkirao sam se u dvorište dok ne proverim poštansko sanduče. Bilo je prazno osim uobičajenih reklama, i upravo sam se vraćao u kola kad sam uočio starog gospodina Rufinu, stakloresca, kako sedi ispred vrata svoje radnje uživajući u poslednjem popodnevnom suncu pre nego što okolni zidovi bace celo dvorište u senku. Čitao je primerak lokalnih novina, *Nacione*, i mahnuo mi je.

– *Buona sera*, sinjor Armstrong. – Uvek je izgovarao moje prezime kao da se sastoji od četiri sloga, *Arm-e-stron-ga*.

– Dobro veče, gospodine Rufina, jeste li imali posla?

– Ne previše. – Pokazao je na novine u drugoj ruci. – Evo, vi ste detektiv, šta mislite o ubistvu u Kafađolu? Zar niste rekli da radite nešto za filmsku kompaniju?

Klimnuo sam glavom. – Da, istraživao sam niz pretnji koje su dobijali, a sad se jedna od njih obistinila.

– Ovde piše da je taj čovek ubijen strelom.

– Strelicom iz samostrela, u stvari. – Pružio sam ruke da mu pokažem koliko je kraća od uobičajenih strela. – Nije previše dugačka. Nekoliko njih je pronađeno na parkingu filmske kompanije u poslednjih nekoliko dana.

Izgledao je zainteresovano. – Stvarno? U novinama piše da je ona koja je ubila čoveka u Kafađolu imala pravo perje. To je neuobičajeno za strelice iz samostrela.

– Sve koje smo dosad pronašli imale su stabilizatore od pravog perja. Razumete li se u samostrele? – Ovo bi moglo da bude zanimljivo.

Ustao je i pozvao me. – Znam sve o lukovima. Dođite da vam pokažem nešto.

Odveo me je u svoju radionicu koja je mirisala, kao i uvek, na sveže sečeno drvo i lepak. Na podu su se nalazile hrpe slika i ramova, a na radnom stolu sam uočio posebno ukrašen pozlaćen okvir koji je očigledno upravo završio. I bez boje je izgledao kao umetničko delo. Ponosno je pokazao na uramljen dokument na zidu, i otišao sam da ga pročitam. Ispod impresivnog loga luka i tobolca sa strelama, taj zvanični dokument potvrđivao je da je Arnaldo Rufina dobio čin *Cavaliere del'Arco*, doslovno „vitez luka". Upitno sam ga pogledao i on je objasnio.

– Bio sam strelac čitavog života i predsednik lokalnog streličarskog udruženja gotovo dvadeset godina, tako da su mi, kad sam konačno napustio tu poziciju, dali titulu *cavaliere* i ovo.

– Čestitam, *cavaliere*. Zadivljen sam.

– Da nemate slučajno fotografiju jedne od strelica? Rado bih je video.

Brzo sam razmišljao. Taj tip je očigledno bio stručnjak, tako da će možda uočiti nešto što je promaklo policijskim forenzičarima. Nema ničeg kompromitujućeg ili tajnog u vezi sa strelom, i bio sam siguran da se Virđilio ne bi bunio ako pokažem strelu gospodinu Rufini. – Mogu nešto bolje. Imam jednu od tih strela u svojoj kancelariji. Idem da je donesem, ako želite.

– Molim vas. To mi zvuči divno. – Izgledao je oduševljeno kako je i zvučao.

Ostavivši Oskara u kolima sa otvorenim prozorima, mada je temperatura znatno pala, pohitao sam na sprat, doneo strelu i odneo je gospodinu Rufini. Dao sam mu plastičnu kesu i on ju je oprezno uzeo i pogledao.

– Smem li da je izvadim iz kese? Smem li da je dodirnem ili na njoj ima otisaka prstiju?

– Izvadite je i slobodno je dodirnite. Mnogo ljudi ju je već dodirnulo.

Izvadio ju je iz kese, i gledao sam ga kako je okreće s poštovanjem gotovo minut pre nego što je uzeo lupu i proučio pera vrlo detaljno. Kad je završio s detaljnim pregledom, ispravio se, ostavio lupu i strelu na radni sto, i izneo presudu.

– Neko se mnogo potrudio oko ove strelice. Isekli su stare plastične stabilizatore i zamenili ih perjem. Na osnovu izgleda, rekao bih da su golubija ili kokošija – ništa skupo. Ali *jeste* skupo to što se neko potrudio da ih oboji u plavo i doda žute detalje.

– Da, šta je to? Da li su to samo žute šare, ili imaju nekog značenja?

Stajao je nekoliko trenutaka, izgubljen u mislima, pre nego što se okrenuo i otišao do police s knjigama. Izvadio je jednu izlizanu knjigu u tvrdom povezu i doneo je do radnog stola. Video sam da je naslov *Štitovi i grbovi*. Spustio je knjigu i počeo da je lista. Dok je to radio, mali oblak prašine poleteo je u vazduh i ostao da lebdi na poslednjim zracima umirućeg sunca koji su prolazili kroz prozor visoko na zidu. Nakon kratke potrage, pronašao je to što je tražio i pozvao me je da pogledam.

Na stranici se nalazila slika u boji koja je prikazivala zanimljivo oblikovan plavi štit, oblika sličnog komadu slagalice, sa ukrasima koji se sastoje od pet krstova i dve dugačke tanke žute ribe ili jegulje. Oblik te dve ribe izgledao je slično žutim šarama na perima strelice.

– Jarkožuta na tamnoplavom. Uklapa se. – Gospodin Rufina je zvučao zadovoljno. – Kladim se da je osoba koja je napravila ta pera pokušala da oponaša ovo.

– Kakav je značaj te dve jegulje?

– To nisu jegulje već delfini. – Pogledao me je u oči na tren. – Umetnici u srednjem veku nisu bili previše precizni u prikazivanju životinja.

– Srednjem veku? Dakle, to pripada nekoj od starih firentinskih porodica?

Klimnuo je glavom. – I *Pazzi*.

– I *pazzi*? – Čuo sam zaprepašćenje u svom glasu. Ono što je rekao značilo je „ludaci“.

Video je moju zbunjenost i objasnio. – *Pazzi* s velikim P. Porodica Paci bila je jedna od najmoćnijih i najuticajnijih porodica u Firenci u petnaestom veku, i bili su veliki neprijatelji Medičijevih.

Misli su mi jurile po glavi. Da li su te strele delo neke ogorčene suparničke porodice? Čim mi je ta zamisao prošla kroz glavu, posumnjao sam u to. Nakon čekanja od petsto godina, to je bilo nategnuto kao motiv za ubistvo. – Mislite da ta porodica Paci možda stoji iza strela i ubistva?

Gospodin Rufina je odmahnuo glavom. – Sigurno ne. Više ne postoje. – Zastao je i objasnio. – Pa, možda danas postoje neki ljudi koji vode poreklo iz tog doba, ali na vrlo zaobilazan i dalek način, i siguran sam da niko od njih ne bi pribegao ubistvu.

– Zašto je ostalo tako malo potomaka?

– Zato što je Lorenco de Mediči zbrisao celu tu porodicu s lica zemlje. – Naslonio se na radni sto i započeo istorijsko objašnjenje. – Stvari su postale toliko loše između te dve porodice, da su 1478. Pacijevi pokušali da ubiju Lorenca Veličanstvenog u katedrali, ni manje ni više. – To je zvučalo poznato i bilo je u skladu sa onim što mi je rekao scenarista, Martin Tejlor. – Lorencov brat, Đulijano, ubijen je u tom napadu, a Lorenco je ranjen. Lorencova osveta bila je divljačka. Uhvatio je krivce, mučio ih i držao obešene na Palati dela Sinjorija[2] dok im tela nisu istrulila. Čitava porodica Paci proterana je iz Firence i imovina im je oduzeta. Porodično prezime i grb su zabranjeni, i svi su morali da promene prezime. U roku od nekoliko godina, Pacijevi su prestali da postoje. Mada su se neki članovi porodice vratili u Firencu krajem petnaestog veka, porodica Paci je prestala da postoji 1478.

– Opa. – Takođe sam se naslonio na radni sto dok sam razmišljao o toj priči o suparništvu, intrigama i surovoj osveti. – Lorenco Veličanstveni nije bio čovek s kojim se možete šaliti, zar ne? – Nije to bilo novo za mene, ali nisam potpuno shvatao koliko je Lorenco bio surov. Kad sam nameravao da napišem triler koji ima veze s tom čuvenom porodicom, usredsredio sam se na raniji period, kad su tek sticali moć, a ne na najčuvenijeg Medičija, Lorenca. Stajao sam tamo minut-dva, razmišljajući o posledicama mogućih veza između strela i davno nestale firentinske plemićke porodice, i zapitao se, ponovo, kako je to povezano sa ubistvom američkog PR menadžera u dvadeset prvom veku.

---

[2] Prvobitni naziv palate *Vekio*, gradske većnice. (Prim. ured.)

Na kraju me je iz razmišljanja trgao lavež iz dvorišta, gde me je Oskar podsećao da je još u kolima i, nema potrebe naglašavati, gladan. Zahvalio sam se gospodinu Rufini, uzeo strelu od njega, i vratio se do svog psa. Pre nego što sam krenuo kući, odlučio sam da svratim do kvesture i posetim Virđilija, i prenesem mu ono što sam upravo saznao.

Oskar i ja smo već postali uobičajen prizor u firentinskoj glavnoj policijskoj stanici, i mogli smo bez pitanja da idemo do Virđiliove kancelarije na spratu. Kao i obično, inspektor je bio za svojim stolom. Na tabli u jednom kraju kancelarije nalazile su se fotografije Donija Lopeza: na jednoj od njih je bio živ, sa osmehom na licu, a na drugoj se nalazio njegov leš, ispružen u šumi. Imena i fotografije članova filmske ekipe koji su mogli da se iskradu i počine ubistvo nalazili su se ispod, a neka su bila povezana strelicama. Fotografije glumaca su bile očigledno reklamni snimci, i bilo je uznemirujuće videti toliko nasmešenih lica u istrazi ubistva. Čak se i producent osmehivao, a ja nisam mogao da se setim da sam ga ikad video nasmešenog. Izgledalo je pomalo jezivo.

Virđilio je koristio semafor sistem i markerima označavao sumnjivce, i video sam da niko zasad nije prebačen u crvenu ili „vrlo verovatno" kategoriju, mada je scenarista, Martin Tejlor, imao veliki upitnik kraj imena. Na polovini table nalazio se nažvrljan čovečuljak i znak pitanja, uz reči „Veliki Šunjač" ispod, i pored njega još jedan čovečuljak s natpisom „Čovek koga je video Den". To je bilo napisano narandžastom bojom. Bio sam zadovoljan što se moje ime nalazilo malo ispod, napisano zelenom bojom. Uvek je dobro biti na pravoj strani istrage ubistva. Međutim, bio sam manje zadovoljan kad sam video da je zakačio moju fotografiju u prugastim pantalonama, što je pojačalo moju rešenost da po svaku cenu izbegavam takvu odeću. Anina fotografija, s druge strane, izgledala je vrlo laskavo i zadržao sam pogled na njoj. Virđilio je podigao pogled s dokumenta i mahnuo mi.

– *Ciao*, Dene i *ciao*, Oskare. Kako je izgledao dan s holivudskom zvezdom?

– Bilo je sjajno. – Dok je mazio psa, ukratko sam mu ispričao gde sam bio s dve dame i onda mu rekao šta mi je gospodin Rufina kazao o mogućem značenju plavih i žutih pera na streli. Slušao je napeto, ali reakcija mu je bila razočaravajuća.

– To nam ne pomaže mnogo, delimično zato što sumnjam, kao što je tvoj gospodin Rufina rekao, da u Firenci ima potomaka Pacijevih, a ako ih ima, to su vrlo daleki rođaci. Drugi razlog zbog koga nam to ne pomaže mnogo jeste što većina italijanskih školaraca uči u školi o Medičijevima i zaveri Pacijevih, tako da je svako s pola mozga mogao da upotrebi te informacije da skrene istragu na pogrešan trag navodeći nas da mislimo da je ubica istoričar. Pored toga, mislim da je zavera Pacijevih opisana u knjigama i čak video-igrama, tako da je suviše dobro poznata. Ipak, nikad se ne zna. – Podigao je glavu i pogledao me je u oči. – Naravno, ako to *jeste* neki poznavalac istorije, imamo dvoje takvih na spisku sumnjivaca koji su mogli da se iskradu i ubiju Lopeza: prvi je Martin Tejlor, scenarista, a ti si – osmehnuo mi se – proveo dan vozeći se po Toskani s drugom osobom.

To je i meni već palo na pamet, ali nisam video Anu kao ozbiljnog kandidata za ulogu hladnokrvnog ubice, a činjenica da je njeno ime napisano zelenom bojom na tabli pokazivala je da nije ni Virđilio. Ipak, čak i dok sam razmišljao o tome, morao sam da podsetim sebe da su se događale i neobičnije stvari. *Nikad ne isključuj nikog*, bio je moj moto u Skotland jardu. Što se tiče Martina Tejlora, nije mi izgledao kao potencijalni Džek Trbosek, a prema onom što sam čuo od njega i Ane, istorija mu nije bila jača strana. Verovatno nikad nije čuo za porodicu Paci, a kamoli razmišljao da petlja s makazama i lepkom pokušavajući da oponaša njihov grb na perju na streli. Virđilio je rukom pokazao na prazno mesto.

– U svakom slučaju, hvala na informacijama i imaću to na umu. Drago mi je što si došao. Dođi i sedi. Upravo smo dobili podatke o žrtvi i glavnim sumnjivcima. Uglavnom su na engleskom i razumeo sam mnogo toga, ali ima nekoliko stvari koje me bune.

Seo sam dok mi je pokazivao to što je dobio. Počeo je od dodatnih informacija iz Velike Britanije o Dagiju Ogilviju i Čarlsu Vinsentu. Ništa od toga me nije iznenadilo osim nagoveštaja da je pretpostavka Skota Norisa o Vinsentovoj seksualnosti izgleda bila neosnovana. Izveštaj o mladom glumcu uključivao je dug spisak partnerki, ali ne partnera, i jedan broj žena koje su se čak na društvenim mrežama žalile kako ih je iskoristio i odbacio. Dagi Ogilvi nije imao dosije, kao ni drugi Britanac u grupi, Martin Tejlor, scenarista. Nisu imali prethodne osude.

Za Tejlora je pisalo da je razveden, ali nisam mu zamerao zbog toga. To može da se dogodi svakom – što sam znao iz ličnog primera – a Virđiliov drugi razgovor s piscem nije bio ništa uspešniji. Kad je Virđilio ponovo razgovarao s njim tog popodneva, Tejlor se zakleo majčinim životom da je otišao u šumu samo da se odmori. Nije video Lopeza niti ikog drugog i nije ništa čuo. Virđilio mi je rekao da je sklon da mu poveruje, ali to ga nije sprečilo da nastavi da motri na Tejlora. Scenarista je i dalje bio najverovatniji sumnjivac među filmadžijama, ali nisu postojale nove informacije koje bi ukazivale na nasilnu ili nestabilnu prošlost ili neki motiv da ubije Lopeza.

Rejčel Hindeburg, poznata kao Kata, takođe nije imala krivični dosije. Bila je očigledno pametna devojka i diplomirala je uz počasti na Jejlu, ni manje ni više. Bila je neudata i radila je za filmsku kompaniju šest godina. Virđiliov dug razgovor s njom tog popodneva nije dodatno objasnio događaje od prethodnog dana, mada je na kraju razgovora uspela da ispusti olovku u kafu dok ga je ispraćala. Za dobrog strelca neophodna je mirna ruka, a Kata, nekako, nije spadala u tu kategoriju.

Selena Gardner nije imala krivični dosije. Nije imala čak ni kaznu za parkiranje. Imala je tri razvoda za svoje pedeset tri godine, ali nijedan nije bio posebno komplikovan. Izgledalo je malo verovatno da bi neki od bivših muževa pokušao da je ubije.

Skot Noris je imao manji prekršaj u vezi s posedovanjem kanabisa kad je bio mlađi, ali ništa značajno. Na moje iznenađenje, pisalo je da je trenutno u braku, tako da ne bi trebalo da žudi za Selenom.

Gabrijel Lajons je imao nekoliko kazni za brzu vožnju, ali inače je izgledao kao uzoran građanin mada je i za njega pisalo da je oženjen, tako da ako su bile tačne priče da je i on žudeo za Selenom, onda se nije baš pridržavao bračnih zaveta.

Napeto sam slušao izveštaj o Ani Galardo, ali ni tu nije bilo ničeg što mi već nije rekla. Bila je deset godina udata za nekog profesora sa Univerziteta u Bristolu, po imenu Aleksander Makgregor, kao što je rekla, ali zadržala je svoje prezime i imala je dvadesetosmogodišnju ćerku. Nije imala krivični dosije.

Emilijano Doniceti, reditelj, bio je neznatno zanimljiviji. Bio je osuđen za zlostavljanje i pretnje i imao je veći broj manjih prekršaja, uglavnom sitne krađe, dok je bio tinejdžer, ali u poslednjih dvadeset godina je izgleda vodio besprekoran život. Bio je neoženjen i, kao i ostali sumnjivci, izgledalo je da nema finansijskih problema.

Što se tiče žrtve, Donalda Henrija Lopeza, bio je razveden, ne-osuđivan i finansijski stabilan. Ljudi koji su ga poznavali takođe su mislili da je bio omiljen, kao i svi s kojima smo razgovarali. Izgledalo je da ne postoji nikakav razlog što bi on bio meta. Pogledao sam preko stola u Virđilija i slegnuo ramenima.

– Ne znam za tebe, Virđilio, ali uprkos prvobitnom osećaju da je to možda neko iz ekipe, sad sam sve više sklon teoriji da je ubica neko van te grupe i da je slučajno odabrao Lopeza. Da li je ubica osoba koja je pogodila kamion s hranom ili senovita figura koju je Elvis video pre neko veče – ili je to možda ista osoba – ostaje nepoznato, ali u ovoj fazi moramo da razmotrimo sve mogućnosti, koliko god bile neverovatne. Nisam danas razgovarao s Katom, tako da pretpostavljam da se na snimku s bezbednosnih kamera nije ponovo pojavila tajanstvena osoba. Ko god da je to bio, počinjem da mislim da je želeo da ubije nekoga, bilo koga, kako bi sprečio snimanje filma, a Lopez je imao nesreću da zadrema na pogrešnom mestu. – Nešto mi je palo na pamet. – Uzgred, da li si imao sreće s filmskim materijalom? Ima li traga ubici u šumi?

Odmahnuo je glavom. – Ništa, uglavnom zato što su kamere uglavnom bile okrenute ka akciji na poljima. Ali prema onom što zasad znamo, potpuno se slažem da sve više izgleda da ubica nije član ekipe. – Virđilio je pogledao na sat i glasno uzdahnuo. – Proveo sam deset sati u ovoj kancelariji i mozak mi je skuvan. Moram da idem kući. Ali prvo mi je potrebno piće. Hoćeš li na pivo?

Izašli smo i otišli do uobičajenog kafića gde smo pronašli sto ispod suncobrana i naručili dva hladna piva. Oktobar je, ispostavilo se, bio topliji od proseka za Firencu, i palo mi je na pamet da bi se dan kao današnji smatrao savršenim letnjim danom u Engleskoj. Trenutno je bilo šest sati i jesen je već bila tu, a još sam osećao ostatak toplote koja zrači iz ploča pod mojim nogama. To je izgleda odgovaralo Oskaru, koji je, nakon što je uzeo poslednji biskvit iz pakovanja koje sam uzeo na setu prethodnog dana, legao na topao kamen uz zadovoljan uzdah.

Doneli su nam pivo i jedva da sam otpio gutljaj kad mi je zazvonio telefon. Bila je to Kata i imala je vesti.

– Zdravo, Dene. Gospodin Lajons mi je upravo javio da će nastaviti snimanje. Ubrzaćemo stvari, radićemo vikendom, i zgusnućemo raspored za poslednjih nekoliko dana kako bismo završili sve u ponedeljak.

Danas je bio četvrtak, tako da je to značilo da su ostala još samo četiri snimajuća dana. Nadao sam se da to neće biti dovoljno vremena da ubica ponovo napadne. Zahvalio sam joj se i pitao gde će snimati ujutru. Kazala mi je da je njenoj kompaniji odobren pristup delu parka Boboli, nedaleko od vrha brežuljka, tako da će odatle imati dobar pogled preko krovova Firence do mesta na kojem se odvija akcija. Namrštio sam se kad sam to čuo. Mada je to bez sumnje bilo korisno u kinematografskom smislu, dobro sam poznavao tu oblast – to je nedaleko od mesta gde su se moje dvoje firentinskih gradskih odbornika zabavljali dva meseca ranije – i nudila je brojna mesta gde bi potencijalni ubica mogao neopaženo da se sakrije. Kad sam preneo tu informaciju Virđiliju nakon razgovora, podelio je moju zabrinutost.

– Poslaću svoje ljude da pregledaju tu oblast ujutru pre nego što filmska ekipa stigne. Nadam se da će ubicu, ako je i dalje u blizini, prizor gomile uniformisanih policajaca sprečiti da išta uradi.

– Ili nju...

– Da, ili nju.

Ali naravno, ako je to žena, to ne može biti Ana, zar ne?

14.

Petak ujutro

Sledećeg jutra, ponovo odeven u helanke i kratke pantalone, bio sam u parku Boboli s psom u osam ujutro, i stigli smo u trenutku kad je iz policijskog kombija izlazilo šest policajaca, spremnih da pretraže okolinu. Bio je to još jedan divan dan i vazduh je bio kristalno čist, omogućavajući spektakularan pogled preko gradskih krovova, zvonika, tornjeva i kupola. U to doba jutra, osećao sam prve naznake jesenje hladnoće u vazduhu, ali znao sam da će sunce ubrzo sve zagrejati. Pratio sam policajce do vrta, a Oskar i ja smo se pridružili obilasku, ali nismo pronašli nikog u zasedi. Nadao sam se da će glumci i ekipa biti bezbedni danas.

Park je bio divan, i u ovo doba dana, kad je prazan, bilo je dvostruko lepše hodati između redova savršeno potkresanih živica, statua, pećina i hramova u klasičnom stilu. Naišao sam ne samo na sveprisutne firentinske golubove nego i na dva predivna smeđa, crna i bela pupavca. Te neobične ptice sa svojim krestama i dugim krivim kljunovima bile su potpuno nezainteresovane za mene i mog psa, bez sumnje naviknute na sve te turiste u parku.

Setio sam se da sam pročitao kako su vrtovi napravljeni po nalogu porodice Mediči za njihovu privatnu upotrebu, ali to se dogodilo dugo nakon smrti Lorenca Veličanstvenog. Napravili su ih njegovi naslednici, tako da u vreme događaja u filmu vrtovi nisu postojali. Ta istorijska netačnost izgleda nije smetala filmadžijama, i setio sam se onog što je Ana rekla o scenaristinom prilično nehajnom pristupu istorijskim činjenicama. Nije bilo sumnje, međutim, da su odabrali veličanstveno mesto za današnje snimanje, i da nije postojala mogućnost da ubica leži negde skriven, ova jutarnja šetnja vrtovima s psom bila bi veoma lepa.

Dva uniformisana policajca stajala su na kapiji s radnicima obezbeđenja filmske kompanije kako bi park ostao zatvoren za javnost. Bilo je dobro što su bili tu sad kad je vest o ubistvu Donija Lopeza dospela do nacionalnih i internacionalnih medija, a gomila novinara i paparaca stajala pred kapijom, želeći da uđe. Kako god da se ta vest prenela, saznanje o tome da će se snimanje danas odvijati ovde proširila se kao šumski požar, i morao sam da pomislim kako je to sigurno došlo i do ušiju ubice. Naravno, kao i sa snimanjem u sredu u Kafađolu, potrebno je samo da ubica sačeka negde u blizini parkinga za prikolice i jednostavno prati kombije i kamione dok odlaze.

U osam i trideset, isti konvoj počeo je da stiže u vrtove Boboli i gomila članova ekipe počela je naporan proces priprema. Negde posle devet, niz anonimnih automobila dovezao je glumce i snimanje je počelo.

Kako je jutro napredovalo, ponovo sam bio pozvan da budem statista, iako skriven iza gomile. Emi nam je kroz megafon rekao da prvo izgledamo „začuđeno", a onda „umereno zadovoljno" onim što se događa ispred nas. Bilo mi je lako da napravim prvi izraz lica, ali drugi je bio teži dok nisam zamislio Anu koja izgleda divno. To mi je definitivno pomoglo. Dok sam radio to, ostavio sam psa kod Velikog Džima, koji je imao dva čizburgera sa slaninom i hrpu pomfrita na tanjiru ispred sebe. Kad sam se vratio, nestali su svi hamburgeri i krompirići, ali primetio sam da se Oskar i dalje oblizuje. Još nekoliko ovakvih dana i moraće na dijetu.

Negde sredinom jutra, Emi je proglasio pauzu, i seo sam da popijem kafu sa Anom. Sklopivi stolovi su postavljeni blizu vrha parka, na ravnu šljunčanu oblast oko predivne renesansne fontane usred okruglog jezerca. Bucmasti heruvim nalazio se u širokoj kamenoj zdeli na stubu usred vode, a kameni majmuni su čuvali postolje. Odatle smo mogli da gledamo u oba smera: severno prema firentinskim krovovima, ali i južno od grada prema panorami zelenih brežuljaka prekrivenih čempresima, maslinjacima i veličanstvenim vilama obojenim u tu predivnu boju peska tako uobičajenu u Toskani.

Bio je to divan pogled... a Ana je izgledala privlačno kao i obično dok je mazila Oskara. Malo kasnije su nam se pridružili reditelj i scenarista, i morao sam da zaboravim na nerviranje zbog ometanja. Uživao sam u Aninom društvu i želeo da je imam samo za sebe. Da sve bude još gore, nekoliko minuta kasnije stigli su Skot i Selena i seli s nama. Pošto je intimnost prekinuta, vratio sam se poslu.

– Kažite mi, stručnjaci za istoriju. – Uglavnom sam se obraćao Ani, ali mislio sam da je učtivo da uključim i ostale, posebno scenaristu i reditelja. – Znate li nešto o zaveri Pacijevih? Kako su se te dve porodice zavadile?

Očekivano, ostali su prepustili reč profesorki istorije, i Ana je dala sve od sebe da to objasni meni... i drugima. – Tokom firentinske renesanse bilo je mnogo velikih, važnih porodica, ali najčuveniji su bili Medičijevi. Bili su bankari, ali kao i neki od današnjih bankara, ponekad su novac zarađivali na sumnjive načine. Usput su stekli moćne neprijatelje, a na vrhu tog spiska bili su Pacijevi.

– Da li su i oni bili bankari?

– Jesu i, dok se nisu pojavili Medičijevi, bili su među najbogatijim i najmoćnijim ljudima u Firenci. Medičijevi su uspeli da dođu na vrh – ne uvek zakonitim sredstvima – i uskoro su postali glavni.

– To se sigurno nije svidelo porodici Paci.

– Sigurno nije. Zato su konačno odlučili da se otarase Medičijevih, počevši od surovog i svemoćnog Lorenca Veličanstvenog. Uzgred, niko ne zna ko je prvi počeo da ga zove „Veličanstveni“, ali ne bih se iznenadila da je to bio lično Lorenco. Da je danas živ, sigurna sam da bi ga opisali kao narcisoidnog. A što se tiče zavere, film je labavo zasnovan na njoj.

To je bio signal da se reditelj uključi. – *Veoma* labavo. *Žudnja za moći* je u suštini savremeni triler. Martinov scenario pominje izmišljenu zaveru sa izmišljenim imenima. Pacijevi nemaju veze s tim, što se nas tiče.

Martin Tejlor je klimnuo glavom. – Da bismo izbegli moguće komplikacije, za slučaj da ima naslednika nekih starih porodica, namerno sam izmislio potpuno izmišljenu porodicu s drugim prezimenom. Znate ono: „Svaka sličnost s pravim osobama, živim ili mrtvim, potpuno je slučajna“.

To je bilo zanimljivo. Ako je gospodin Rufina bio u pravu oko grba Pacijevih na strelama, onda to nije imalo mnogo smisla. Na osnovu onog što je Emi govorio, Pacijevi nisu pomenuti u filmu, pa i da je to bilo delo nekog nezadovoljnog davno izgubljenog rođaka, zašto bi se potrudio da odseče plastična pera i bavi se pipavim i dugotrajnim poslom postavljanja pravih obojenih pera? Na osnovu onog što mi je gospodin Rufina rekao, za to su bili potrebni sati, tako da je to sigurno bilo značajno za osobu koja je to uradila. Ali zašto?

Dok sam razmišljao, video sam kako se Kata približava s poslužavnikom. Odmakao sam stolicu za nju i ona je prišla da sedne. Dok je to radila, istovremeno su se dogodile tri stvari: prvo, osetio sam kako Oskar ustaje kad ju je prepoznao i, drugo, Kata se saplela na nešto – verovatno svoja stopala – i pala napred, ispuštajući krofnu u Emijevo krilo i polivajući nas ostale kapučinom. Svi smo istovremeno poskočili, a u tom trenutku se dogodila i treća stvar.

Čuo se iznenadan tup udarac i zaprepašćeno smo se zagledali u Emija, trudeći se da shvatimo šta se upravo dogodilo. Uhvatio sam sebe kako trepćem nekoliko puta pre nego što sam shvatio. Strela je sad bila čvrsto zabijena u rediteljevu mišicu. Trenutak ili dva kasnije kadar se odmrznuo. Emi je zaurlao od bola, Selena i Kata su vrisnule, a većina nas se bacila na zemlju da pronađe zaklon. Čučnuo sam na šljunak pored svog očigledno zbunjenog psa na nekoliko trenutaka pre nego što sam se oprezno ispravio i pogledao oko sebe. Većina ljudi se i dalje skrivala pored ili ispod stola, a Emi je sedeo na stolici, desnom rukom se držeći za levu mišicu. Oči su mu bile razrogačene, i gledale su okrvavljenu strelu u ruci, i isprekidano je disao. Video sam Velikog Džima za susednim stolom i doviknuo mu.

– Džime! Dovedi policiju. Odmah!

Bilo mu je potrebno neko vreme, ali čuvar je video šta se dogodilo, i skočio je na noge, krećući iznenađujuće brzo nizbrdo prema kapiji. Sasvim nepovezano, nadao sam se da neće naleteti na nekog usput, jer bi posledice mogle biti smrtonosne. Vraćajući se trenutnom problemu, obišao sam sto i otišao do Emija, nežno mu sklonio šaku sa strele i pocepao deo tunike kako bih video ranu. Dok sam to radio, nije mi promakla činjenica da su pera na streli bila iste tamnoplave boje s naslikanim istim žutim delfinima. Strela mu se zabila u ruku, koja se trzala u grču mišića, ali osetio sam olakšanje što krv samo curi a ne šiklja iz rane. Nadao sam se da je promašila glavne krvne sudove kad se zabila u njega.

Pogledao sam u Katu, koja se ponovo ispravila, sa izrazom krajnjeg užasa na licu dok je, kao očarana, zurila u strelu. Morao sam da mahnem rukom kako bih joj privukao pažnju, i bilo joj je potrebno nekoliko trenutaka da skrene pogled s tog prizora.

Obratio sam joj se najutešnijim tonom, ne samo zbog nje nego i zbog ostalih zaprepašćenih posmatrača i, uistinu, same žrtve. – Izgleda grozno, ali mislim da nije tako loše. Ako imate pribor za prvu pomoć, bio bi vrlo koristan. Pozvaću hitnu pomoć.

Kata je počela da shvata šta se događa, i pojurila je prema kamionima. Pozvao sam hitnu pomoć i onda seo na stolicu kraj Emija, tešeći ga. Moj pas je kraj njegovih nogu jeo ispalu krofnu koja je verovatno reditelju spasla život. Ne može se reći da je uništavao dokaze, mada je tek trebalo da vidimo kako će mu leći na čizburger sa slaninom koji mu je ranije dao Veliki Džim.

Nastavio sam s tešenjem. – Emi, bićete dobro. Izgleda da ste imali mnogo sreće. Da niste poskočili kad je Kata ispustila poslužavnik, strela bi vas pogodila u grudi.

Klimnuo je glavom i postavio očigledno pitanje. – Ali mislio sam da je policija pregledala sve. Kako je to moglo da se dogodi? – Bio je vrlo bled, ali zvučao je kao da ponovo ima kontrolu, mada ga je sigurno uznemiravao prizor strele koja mu viri iz ruke, kao i nas ostale. Pažljivo sam je pogledao.

– Ova strela je znatno duža od strelica iz samostrela i napravljena je od drveta. Na prvi pogled, izgleda kao prava strela, odapeta iz tradicionalnog luka ili znatno ozbiljnijeg samostrela nego što je onaj drugi. Samo mogu da pretpostavim da ima veći domet.

Brzo sam napravio proračun na osnovu mesta na kojem je Emi sedeo i ugla ulaska strele i pogledao otprilike u smeru iz kojeg je došla. Visoki kameni zid koji okružuje vrt bio je vidljiv na nekoliko mesta kroz drveće i bio je udaljen najmanje pedeset metara. Nije bilo ni traga nekom uljezu, ali ne bi bilo nemoguće da se neko s lukom popeo na vrh zida i gađao odatle. Mogao je da pobegne neprimećen i nisam ni najmanje sumnjao da je ta osoba sad daleko.

Pozvao sam Virđilija i preneo mu vesti, a on je uzdahnuo. – Dobro, ostani tu. Dolazimo.

Kad su se vesti o tome što se dogodilo proširile među glumcima i ekipom, ljudi su počeli da se okupljaju. Među prvima je stigao Gabrijel Lajons, zadihan od trčanja uzbrdo.

– Šta, bre? Još jedna strela... Šta, bre? – Zaprepašćeno je zurio u Emijevu okrvavljenu ruku, razrogačenih očiju i rumenih obraza boje zrelog paradajza. Nakon nekoliko sekundi okrenuo se prema meni. – Kako se to dogodilo? Zar nije policija proverila okolinu?

Ispričao sam mu teoriju od dalekometnom strelcu, i izgledao je još zbunjenije. – Šta, bre? – Počeo je da se ponavlja, ali to je bilo od šoka. I straha. – Ko je taj tip? Prokleti Robin Hud, zaboga.

Srećom, dva uniformisana policajca pojavila su se u tom trenutku, i rekao sam im za svoju teoriju o strelcu na zidu. Vodnik je klimnuo glavom i preko radija pozvao patrolna kola da odu do druge strane zida za slučaj da je ubica i dalje u blizini. U daljini sam čuo poznate sirene hitnih službi.

15.

Petak, kasno ujutro

Ubrzo je vodnik Inočenti dotrčao uzbrdo, u pratnji svog šefa i dva bolničara. Nakon što su se bolničari pobrinuli za Emija, otišao sam da pozdravim Virđilija i objasnim mu šta se dogodilo. On i Inočenti su pažljivo slušali, i obojica su se saglasili da je najverovatnije Katina uobičajena trapavost sprečila još jedno ubistvo. Radio uniformisanog policajca je zašuštao, i prišao je da obavesti inspektora.

– Jedan od naših automobila je otišao iza zida i kažu da tamo nema nikog, ali ima svežih tragova nekog velikog vozila nalik kombiju u žbunju pored staze. Kažu da je zid visok oko dva i po metra, tako da je neko mogao lako da se popne s krova vozila, ili čak da stoji na krovu i odatle gađa.

Virđilio je klimnuo glavom. – Dobro obavljeno. Neka forenzičari uzmu odlivak tragova guma, za svaki slučaj. Moramo ih uporediti s tragovima pronađenim na onom putu preko brežuljka u Kafađolu.

Vratili smo se i zatekli bolničare, koji su presekli strelu blizu ulazne i izlazne rane, previli Emiju ruku i privremeno je obezbedili povezom. Vodnik Inočenti je spakovao odsečene delove i bez sumnje će ostatak strele biti uklonjen u bolnici pod anestezijom. Emija su bolničari odveli do kola hitne pomoći i laknulo mi je kad sam ga video da hoda. Nije bilo nikakve sumnje. Imao je mnogo sreće... sigurno mnogo više od Donija Lopeza.

Kata, Selena i Ana su i dalje stajale pored producenta, scenariste i Skota Norisa, a svi su izgledali uzdrmano, mada je Selena bila lepa kao i uvek. Kata se dovoljno oporavila da nam kaže kako dva važna glumca, Čarls Vinsent i Dagi Ogilvi, nisu bili potrebni jutros i da su bezbedni u svom hotelu. Pogledao sam Virđilija: u hotelu ili možda s druge strane zida?

Prevodio sam dok je Inočenti uzimao izjave i onda je producent izjavio da je snimanje otkazano do kraja dana. Otišao sam i razgovarao s njim kasnije dok je ekipa pakovala opremu. Očigledno je bio veoma uznemiren; toliko uznemiren da nije ni trepnuo kad je Oskar prišao i onjušio mu šaku. Čak je pomilovao psa po ušima.

– Šta će biti sutra, gospodine Lajonse? Nameravate li da snimate?

Odmahnuo je glavom. – Ne, završili smo sa eksterijerima. Voleo bih da smo snimili još, ali mislim da možemo da se snađemo sa ovim što imamo. Imamo da snimimo još nekoliko scena u enterijeru tokom narednih dana, ali nadam se da neće biti prilike da ludi strelac odapne nove strele na bilo koga. – Molećivo me je pogledao. – Šta se to, dođavola, događa? Ko stoji iza ovog i zašto? Samo snimamo film, uostalom...

– Delim vaše razočaranje. Ni ja ne shvatam. – Počeo sam da mu pričam o Pacijevima i plavo-žutim perima na strelama, ali video sam da mu je pogled odlutao pre nego što sam završio. Skratio sam priču i obećao mu da ću dati sve od sebe da pronađem počinioca, ali video sam sumnjičavost na njegovom licu. Nisam ga krivio. Unajmio me je da pronađem izvor pretnji i jedini rezultat bilo je ubistvo i pokušaj ubistva. Mislio sam kako bi trebalo da ga pitam želi li da uštedi kompaniji malo novca i odrekne se mojih usluga, ali na moje iznenađenje, odmahnuo je glavom.

– Ne, ostanite. Znam da niste krivi, a moji ljudi – posebno Selena – moraju imati svu moguću zaštitu.

Virđilio i ja smo otišli na ručak u mali restoran kraj reke Arno – Inočenti se vratio u kvesturu – i razgovarali smo o jutrošnjim događajima uz *pappardelle alla lepre* – debelu testeninu u bogatom sosu od divljači. Danas sam se setio da ponesem preobuku i mogao sam da svučem renesansni kostim pre odlaska u centar grada. Postoji granica koliko puta si spreman da te turisti zaustave želeći da naprave selfi s tobom. Kako se ispostavilo, imao sam osećaj da će izvestan broj foto-albuma od Tokija do Tenesija zauvek sadržati moje lice i par kvrgavih engleskih kolena.

Kao prirodno sumnjičava osoba, počeo sam od dva odsutna glumca. – Mislimo li da su Čarls Vinsent ili Dagi Ogilvi uradili to? Osim ako nemaju uverljive dokaze da nisu bili ni blizu Bobolija jutros, moramo ih smatramo osumnjičenima, mada su obojica zamalo pogođena strelom kod kamiona za hranu pre neki dan.

– Da, moramo da ih uključimo mada je malo verovatno da su bili umešani. Dobro, moguće je da su unajmili nekog da inscenira napad kod kamiona za hranu, i namerno ih promaši, a jedan od njih je mogao imati priliku da ubije Lopeza u Kafađolu, ali to je nategnuto i potreban nam je motiv. Ne vidim kakvu bi korist ijedan od njih mogao imati od ubistva Lopeza ili reditelja. – Uzeo je čašu s vinom. – A što se mene tiče, sve ukazuje da je u sva tri slučaja to bio isti počinilac, i teško je to pripisati nekom od glumaca ili saradnika.

– I ja mislim da gotovo sigurno tražimo jednu osobu, mada pretpostavljam da je moguće kako je ovaj pokušaj ubistva izveo neki imitator. A postoji još nešto: pretpostavljam da moramo da razmotrimo da Emi možda nije bio meta. Kad se Kata saplela i prosula kafu, svi su poskočili. Možda je prava meta bio neko od prisutnih: Ana, Selena, Tejlor, Skot ili Kata?

– Ili ti. – Virđiliove reči su me iznenadile.

– Ja? Ko bi, zaboga, hteo mene da ubije? – Dobijao sam tokom godina pretnje smrću od zločinaca koje sam poslao u zatvor, ali da li je moguće da je neko od njih došao čak u Italiju da me ubije, godinu i po dana po odlasku u penziju?

– Razmisli, Dene. Možda bi vredelo da razmisliš i pitaš Pola u Skotland jardu da proveri da li je neko iz tvoje prošlosti ko te mrzi nedavno izašao iz zatvora.

– Da, ali ako progone *mene*, zašto su ubili Lopeza pre neki dan?

– Što više mislim o tome, to više smatram da je Lopez ubijen greškom. Razmisli. Gotovo svi muškarci među glumcima i ekipom odeveni su u iste prugaste kostime kao ti. Lopez je bio otprilike tvoje visine i tamnokos, i ležao je na zemlji, glave oslonjene na ruku. Šta ako je ubica mislio da si to ti? Kad bolje razmislim, šta ako je nameravao da ubije scenaristu, Tejlora? I on prilično liči na Lopeza i tebe – makar s leđa. U svakom slučaju, sve više sam uveren da je Lopezovo ubistvo bilo ili nasumično ili greška.

– Možda si u pravu.

Bila je to otrežnjujuća pomisao, mada nisam shvatao kako bih ja mogao da budem meta. Pretnje smrću upućene ekipi filma počele su da stižu nekoliko dana pre nego što sam došao u bilo kakvu vezu s tim. Nije bilo načina da iko – uključujući i mene – pomisli u tom trenutku da ću ikako biti povezan s filmom. Međutim, činjenica da su pretnje i smrt Donija Lopeza, kao i moja uključenost u istragu sad postali javni, moglo je da znači da je neko iskoristio priliku da upotrebi pretnje filmu da mi se osveti, sasvim siguran da nema šanse da će biti povezan sa istragom. Moraću da se posvetim prisećanju.

Tužno sam odmahnuo glavom. – Siroti Doni Lopez. Naravno, postoji još jedna mogućnost. Možda je jutrošnji strelac nasumično odapeo strelu u smeru filmske ekipe, ne gađajući nekog određenog, a strela je slučajno pogodila Emija. Zid je dosta udaljen od našeg stola, i bio bi potreban vešt strelac da pogodi jednu osobu odatle.

– To i mene čudi. Hajde da vidimo – nema mnogo ljudi danas koji umeju da koriste luk i strele. – Široko se osmehnuo. – U vreme Lorenca Veličanstvenog situacija je bila drugačija.

– Ono što mogu da uradim jeste da pitam starca u staklorezačkoj radnji da nam obezbedi spisak imena članova svog streličarskog kluba, posebno onih dobrih strelaca. Mogao bi da zamoliš nekog od forenzičara da napravi nekoliko dobrih fotografija strele izvađene iz Emijeve ruke i pošalje ih meni da ih pokažem gospodinu Rufini? Možda mogu da izmere i tačnu dužinu strele pre nego što je bila isečena. Gospodin Rufina bi mogao da nam pomogne oko upotrebljenog oružja. Mislim da je ovoga puta korišćen pravi luk, a ne samostrel.

Virđilio je klimnuo glavom i pozvao forenzičare da zatraži da mu pošalju fotografije strele, i samo što je prekinuo vezu telefon mu je ponovo zazvonio. Neko na drugom kraju veze podnosio mu je dug izveštaj i samo sam čuo kako Virđilio nekoliko minuta povremeno mumla i niz jednosložnih odgovora. Završio je razgovor odsečnim: – Doći ću odmah.

Popio je vino i izvinio mi se. – Žao mi je, Dene, ali moram da idem. Nestala je jedna žena, možda je oteta ili ubijena: u stanu ima

tragova krvi, ali ne i tela. To ne zvuči dobro. Hoćeš li pomoći Ino-
čentiju da još jednom razgovara sa scenaristom ovog popodneva?
Što više razmišljam o tome, sve mi se više čini da je Lopez ubijen
greškom... a to znači da je slučajno ubijen, ili su ga zamenili za sce-
naristu ili tebe. Što se tiče tebe, preporučujem ti da dobro razmisliš
o bivšim mušterijama koje bi želele da te ubiju.

– Hoću, obećavam, ali nema ih mnogo.

– Samo uradi to, zbog mene. Dobro, ovog popodneva kad ti i
Inočenti budete razgovarali s Tejlorom, pitajte ga da li iko, bilo ko,
ima nešto protiv njega. Znam da smo ih sve već to pitali, ali ništa
ne osvežava pamćenje kao susret sa smrću. Makar izgleda da ga je
današnji napad oslobodio svake sumnje u uključenost u Lopezovo
ubistvo – pod pretpostavkom da je ista osoba odgovorna za oba na-
pada – tako da je to još jedan čovek manje na spisku sumnjivaca,
uz ostale ljude koji su jutros sedeli za stolom. A što se tiče današnje
žrtve, ostavićemo ga na miru do sutra, ali bolje je da ponovo ispitaš
druge ljude koji su bili s vama, za slučaj da je neko zaboravio da
nam kaže nešto. Uradi to telefonski, umesto da ih pozivaš da dođu
na parking za prikolice. – Pogledao me je u oči i namignuo. – Ino-
čenti može samostalno da ispita Anu Galardo. Mislim da bi moglo
da ti bude neprijatno ako bude pričala o bivšim ljubavnicima.

Potrudio sam se da ga pogledam u oči. – Ja sam profesionalac,
Virđilio. Mogla bi da mi priča koje je boje donji veš koji ima na sebi,
a ja ne bih pocrveneo.

Sumnjičavo me je pogledao, ali nije ništa rekao. Samo je ustao i
krenuo ka šanku. Dok sam išao za njim, pogledao me je. – Obave-
sti me ako budeš imao neke pametne ideje ili ako gospodin Rufina
može da doda nešto kad vidi fotografije strele. *Ciao.*

16.

Petak popodne

Tog popodneva, vodnik Inoćenti i ja smo razgovarali s još vidno uzdrmanim Martinom Tejlorom na parkingu za prikolice. Kata je organizovala sastanak i obavestila nas je da je Emi izašao iz bolnice i vratio se u hotel, gde se odmara, kao i da je odlučan da nastavi s režiranjem kad budu snimali preostale scene u enterijeru tokom naredna tri dana. Uz moj prevod i poneko pitanje, Inoćenti je ispitao scenaristu o mogućim neprijateljima koje ima, a on je odmahivao glavom i tvrdio da ništa ne zna, dok nismo pomenuli društvene mreže. Kad sam ga pitao da li je bio uključen u neku onlajn raspravu, prvo je kazao kako ne može da se seti, ali kad sam ga podsetio da mu je život možda u opasnosti, konačno je popustio.

– Pa... postojalo je nešto. Pre otprilike šest meseci, počeo sam da dobijam preteće tvitove i poruke od nekog na *Tviteru*.

– Ko je bila ta osoba? Jeste li saznali?

– Nisam. Samo znam korisničko ime. Bilo je *@autor4261478*.

– Sećate se celog broja?

– Bilo je mnogo tvitova; ponekad dvadeset-trideset dnevno, punih uvreda. Ime i broj su mi se urezali u pamćenje.

– A to je bio neki muškarac?

– Nemam predstavu. Pretpostavio sam da je muškarac, ali mogla je da bude i žena. Na *Tviteru* nije bilo fotografije ni kontakt podataka. Pokušao sam da pitam *Tviter*, ali rekli su da blokiram tu osobu, što sam i uradio.

– A zašto vas je ta osoba vređala?

– Tvitovi su bili samo blebetanje i bešnjenje na granici razumljivosti, ali stekao sam utisak da je ta osoba mislila kako sam kopirao njen rad.

– Kakav rad?

– Nije rekla određeno, ali pretpostavio sam da sam napisao nešto što je ta osoba mislila da je plagijat.

– A jeste li? – Moj ugovor s novim izdavačem sadrži klauzulu o takvim stvarima. To je izričito zabranjeno u svetu izdavaštva.

Na delić sekunde sam bio siguran da sam uočio tračak krivice na njegovom licu, ali nestao je u trenu. – Ne, naravno da nisam. Svi moji radovi su originalni.

– Jeste li sigurni u to?

– Jesam. – Uočio sam dosta razmetljivosti, i pokušao sam da ga pritisnem.

– Šta ste napisali pre ovog filma?

Nabrojao je spisak od šest knjiga i scenarija – uglavnom savremeni trileri, kako se činilo – i ovaj, koji je imao istorijsku notu.

Ponovo sam pokušao. – A zašto ste napisali ovaj scenario? Već ste mi rekli da vam istorija nije jača strana.

– Pročitao sam članak o Firenci u časopisu u avionu dok sam putovao u Sjedinjene Države, i tako sam dobio ideju. Ali, kao što sam vam rekao, *Žudnja za moći* je triler, ne istorijska saga. Istorijski element je samo mali deo, a pronašao sam sve potrebno na internetu.

Kad sam to preveo Inočentiju, video sam u njegovim očima istu sumnjičavost koju sam i sâm osećao. – Kažete da je to bilo pre šest meseci. Da li je ta osoba s *Tvitera* otad bila u kontaktu s vama?

Tejlor je oklevao i onda nevoljno klimnuo glavom. – Da, krajem avgusta, nakon početka snimanja u Sjedinjene Države. Mada sam blokirao prvobitni nalog na *Tviteru*, on ili ona su počeli ponovo s korisničkim imenom @4261478autor – samo su obrnuli redosled – i pošto su počeli da pričaju o ovom filmu, bilo je prilično jasno da se tvitovi odnose na scenario za *Žudnju za moći*.

– A vi niste mislili da je važno da to pomenete kad smo prvi put razgovarali s vama? – Bilo je nečeg vrlo sumnjivog u tome, i pogledao sam ga najoštrijim inspektorskim pogledom. Zagledao se u svoje šake na stolu ispred, koje su se nervozno grčile.

– Nisam mislio da je to važno. – Mora da je shvatio kako to neubedljivo zvuči, pa je dodao: – Pored toga, znate kakav je *Tviter*: pun je ludaka.

– A koliko znate, nema opravdanja za takve komentare. – Ton mi je ostao oštar i sumnjičav.

– Nikakvog. Kao što sam rekao, sve moje ideje su moje.

– A da li je ta osoba nastavila da vas bombarduje porukama otad?

– Ne, ponovo sam je blokirao.

– Da li znate za neki drugi scenario ili možda knjigu koji se mogu smatrati sličnim vašem scenariju?

– Nipošto. Čak sam pretražio internet kako bih video mogu li da pronađem tu osobu, ali nisam ništa pronašao.

Kad sam završio razgovor, moje mišljenje o Tejloru znatno se pogoršalo i Inočenti je mislio isto. Izgledalo je jasno kako postoji drugi pisac uveren da je Tejlor ukrao njegov ili njen rad. Ta ista osoba je možda odlučila da sabotira film po svaku cenu, a Tejlor nije smatrao da to vredi pomenuti. Nisam mogao da poverujem. Otkrivanje identiteta te osobe bilo bi kao traženje igle u plastu sena, ali to je sigurno bio smer u istrazi koji treba da istražimo. Naravno, postoji velika razlika između prepucavanja na društvenim mrežama i pribegavanja ubistvu zbog profesionalnog plagijata, ali slagao sam se oko jedne stvari s Tejlorom: na društvenim mrežama ima mnogo ludaka. A neki od njih su dovoljno ludi da počnu da ubijaju ljude.

Nakon što je Martin Tejlor otišao, Inočenti i ja smo razgovarali sa ostalima, ali bez novih saznanja. Kata nije mogla da se seti ničega. To je postajalo stvarno razočaravajuće. Na kraju sam otišao do kamiona s hranom i uzeo šolju čaja – ja sam Englez, a bila je sredina popodneva – dok je Inočenti otišao kod Ane. Nebo je bilo pomalo oblačno i temperatura je pala i mogao sam da sedim za stolom na otvorenom bez opasnosti od sunčanice. To je imalo prednosti jer sam bio daleko od ostalih, pa ćemo, kad se Inočenti vrati, moći da razgovaramo slobodno. Rekao mi je kako je prošao razgovor sa Anom – ponovo nije saznao ništa novo – i istakao je kako smatra da se iz današnjih razgovora može izvući očigledan zaključak.

– Makar je sad jasno da Ana Galardo, Selena Gardner, Rejčel Hindenburg, Skot Noris i Martin Tejlor – kao i reditelj sa strelom u ruci – ne mogu biti ubice. – Osmehnuo mi se. – A to oslobađa i tebe. Siguran sam da moramo da potražimo nekog drugog.

Razmišljao sam o tome i, mada sam bio sklon da se saglasim, imao sam obavezu da se usprotivim. – Pretpostavljam da je moguće da postoje dva počinioca koji rade zajedno, ili je možda ovo danas bio napad nekog potpuno nepovezanog imitatora. Priča o streli objavljena je u svim medijima, i neki ludak je mogao da uradi to samo zbog zabave.

– Pretpostavljam da je to moguće, ali da bi neko od ljudi koji su bili za stolom s tobom sarađivao sa strelcem, morao bi biti vrlo siguran u njegovu sposobnost da pogodi pravu metu. Ne bih voleo da se pouzdam u preciznost luka i strele sa udaljenosti od pedeset metara.

– Dobro si to primetio. Ako isključimo sve te ljude i ludog imitatora, ko nam ostaje?

Inočenti je pogledao svoju beležnicu. – Ako je današnju strelu odapela ista osoba koja je ubila Lopeza, mislim da je to neko ko nam je nepoznat, kao vozač vozila koje je ostavilo tragove u blatu na drugoj strani zida u Boboliju, na primer. Pretpostavljam da je moguće da je to bio jedan od dva glumca koji jutros nisu bili na setu, ali ako su oni odgovorni za sve napade, kako su uspeli da budu gađani prilikom napada na kamion s hranom pre neki dan? A imamo i to što nam je Tejlor rekao. Reći ću našim ljudima da kontaktiraju *Tviter* u nadi da ćemo otkriti identitet osobe koja ga je maltretirala, ali ne nadam se mnogo. Tako je lako sakriti se iza zida anonimnosti na društvenim mrežama. Inače, svi ostali su bili ovde u Boboliju, a u tako malom prostoru nisu mogli da prođu neprimećeno.

Telefon mu je zazvonio i zaćutao je dok je proveravao poruke. To što je pročitao navelo ga je da skoči na noge.

– Šef želi da proverim nešto što ima veze sa ženom koja je jutros nestala. Moram da idem. Da li bi mogao da razgovaraš sa Čarlsom Vinsentom i Daglasom Ogilvijem? Saznaj gde su bili jutros i šta su radili. To je verovatno gubljenje vremena, ali mora da se obavi.

Uverio sam ga da ću se pozabaviti time, i on je krenuo da se nađe s Virđiliom. Vratio sam se do Kate i ona je počastila mog psa toplim zagrljajima i šakom biskvita. Sigurno je znala kako da dopre do labradorovog srca. Oskar je očigledno bio veoma srećan, mada sam se bojao da bi mešavina čizburgera, pomfrita, krofne i biskvita mogla kasnije da ima neprijatne posledice. Kad je konačno legao na leđa kraj Katinih nogu, zamolio sam je da mi organizuje sastanke sa Ogilvijem i Vinsentom, i ona je obavila pozive. Efikasna kao i uvek, ugovorila mi je sastanke u centru grada: Ogilvi u pet sati u njegovom hotelu, a Čarls Vinsent u šest u baru kraj katedrale.

Pre nego što sam otišao, Kata mi je dala adresu privatne vile u brdima prema Fijesoleu, gde će snimati ujutro, i obećao sam da ću biti tamo da motrim na ono što se događa... mada je moj dosadašnji učinak kao telohranitelja bio žalostan.

17.

Petak, predveče

Nakon muke da ubedim Oskara da napusti Katu i pođe sa mnom, on i ja smo krenuli ka mojoj kancelariji. Pre svega sam želeo da razgovaram s gospodinom Rufinom o streli, čija su se fotografija i dimenzije sad nalazili u mom telefonu. Zatekao sam starca u poslu, ovog puta je radio na vrlo složenom ramu za sliku koja je izgledala kao delo starog majstora. Pitao sam ga i klimnuo je glavom.

– To je Botičeli – portret Simonete Vespuči. – Kad je video moj uznemireni izraz lica – ta slika vredi milione, a znao sam da gospodin Rufina nema nikakvo obezbeđenje u radionici – osmehnuo se i objasnio. – Ne brinite se, to je samo reprodukcija. Pravim ramove za slike za mnoge galerije, uključujući i *Ufici*, ali iz očiglednih razloga daju mi samo otisak na drvenoj ploči, istih dimenzija kao original. Ja napravim ram i dam ga njima. Sve je u redu, nema razloga za zabrinutost.

Umiren, dodao sam mu svoj telefon. – Pitao sam se možete li mi reći išta o toj streli. Dvostruko je duža nego one strele za samostrel. Bolničari su morali da je preseku na tri dela kako bi je izvadili iz žrtve. Postavljen je lenjir kraj delova kako biste mogli da vidite ukupnu dužinu.

Neko vreme je pažljivo posmatrao fotografiju. – Dobro, prvo što mogu da vam kažem je da je to prava strela, ne strelica za samostrel. Vidim da je napravljena od drveta. Strele za samostrel su napravljene od metala i mnogo su teže. Prvobitno su napravljene da budu dovoljno jake za probijanje oklopa. Ova je odapeta iz tradicionalog luka, možda čak i dugog luka. Vidim da ima ista plavo-žuta pera kao strelice. Odakle vam?

Objasnio sam mu da je bila odapeta na nekoliko nas tog jutra, i da je ranila jednu osobu, i rekao sam mu kako sam želeo njegovo stručno mišljenje. – Udaljenost na kojoj se strelac nalazio iznosila je sigurno pedeset metara, možda i malo više. Koliko ovako nešto može da bude precizno na tolikoj udaljenosti?

– U pravim rukama, veoma precizno. Na primer, na olimpijskom takmičenju u streličarstvu mete su udaljene do sedamdeset metara, a najbolji strelci obično pogode centar gotovo svaki put. Kažete da je neko pogođen? Nadam se da nije fatalno.

– Ne, ali moglo je da bude. – Pitao sam ga kako bih mogao da dobijem spisak strelaca u Firenci i okolini, koji su sposobni da pogode metu s te udaljenosti, i on me je uputio na sajt Firentinskog streličarskog udruženja. Zahvalio sam mu se i otišao u svoju kancelariju, gde sam potražio taj sajt na kompjuteru i pronašao spisak takmičara u mesečnim nadmetanjima. Sve u svemu, bilo je tu oko stotinu imena, ali nijedno mi nije zvučalo poznato. Odštampao sam primerak za sebe i poslao link Inočentiju, za svaki slučaj. Tad je već bilo prošlo pola pet, tako da sam krenuo prema hotelu Dagija Ogilvija. Usput sam dobio prijatan telefonski poziv. Bila je to Ana.

– *Ciao*, Dene. Razgovarala sam sa Selenom, i pitale smo se da li ste slobodni večeras. Na Trgu Santa kroče večeras je godišnji sajam keramike, i Selena me je pitala da li bih volela da idem tamo, a kasnije možda i na večeru. Zbog svega što se događa, rekla je da bi se osećala bezbednije ako ste vi s nama, i uživa u vašem društvu. – Zaćutala je na tren, pa dodala: – A i ja.

Moj prvi nagon je bio da pristanem, ali oklevao sam. Ideja da provedem veče s dve dame bila je primamljiva, ne samo zato što boravak napolju nije podrazumevao obavezu da odjurim kući i podmitim Oskara da se sam snalazi. Problem je bio u gužvi na sajmu zbog koje će mi biti gotovo nemoguće da ih sačuvam. Pre nego što sam mogao da izrazim uzdržanost, Ana je počela da me umiruje.

– Selena kaže da će staviti dugačku crnu periku i obući vrećastu haljinu, i tako sakriti identitet. Da li će to pomoći?

– Bez sumnje. I naravno da ću veoma uživati u vašem društvu... mislim na obe. Samo sam malo zabrinut za vašu bezbednost. – Ili, ako je Virđilio u pravu, svoju bezbednost ako mi je neki bivši londonski zlikovac na tragu. Dosad nisam imao uspeha u prisećanju nekih imena, ali nastaviću da pokušavam, mada sam bio siguran da nisam ja meta. Ako je tako, čemu sav taj cirkus sa otmenim strelama? Sigurno mora da postoji neka veza s filmom, a ne s penzionisanim londonskim detektivom.

Ana je brzo pokušala da me umiri. – Selena je rekla da ćete tako reagovati, ali ne brinite se; ona nije zabrinuta.

– A šta je s vama, Ana? Šta vi mislite?

– Život mora da ide dalje, Dene. Kažem da uradimo to.

– Dobro, dogovoreno. – Kad sam rekao to, pomislio sam kako je večernji izlazak s nekom ženom, a kamoli dve, prava retkost za mene. – Kad i gde ćemo se sastati?

– Doći ću taksijem do njenog hotela da je pokupim, i naći ćemo se na Trgu Santa kroče preko puta crkve, u sedam?

– Na zapadnom delu trga, shvatio sam. Vidimo se tamo.

Sastao sam se s Dagijem Ogilvijem u pet kao što je dogovoreno. Čekao me je u predvorju svog hotela, i odveo me je u unutrašnje dvorište gde smo seli za sto u uglu, kako niko ne bi mogao da nas čuje, i gde nas je veliko limunovo drvo u ukrašenoj saksiji od terakote skrivalo od radoznalih pogleda. Počeo sam pitanjem o ubici njegovog bivšeg momka, i on mi je dao neke nove informacije.

– Izašao je iz zatvora – ali možda ste to već znali – i verujem da je otišao u Južnu Ameriku. Nema potrebe da naglašavam, nikad ga nisam upoznao, i nisam ni želeo, ali čuo sam glasine da je napustio zemlju čim su ga pustili iz zatvora. Bio je pevač, tako da mislim da je završio u nekom ljigavom noćnom klubu. – Tužno je odmahnuo glavom. – I neka se ne vraća.

– Jeste li sigurni da je otišao?

– Tako sam čuo.

Zabeležio sam da pitam Pola da potvrdi to, za svaki slučaj. Pod pretpostavkom da je u pravu, to je izgleda isključivalo mogućnost da je Dagija pokušao da ubije ubica bivšeg ljubavnika, tako da sam prešao na važnija pitanja. – Slušajte, Dagi, inspektor Pizano me je zamolio da proverim gde su se svi nalazili u vreme kad je Emi pogođen strelom. Čuo sam da niste bili na setu do popodneva.

– Tako je. Odmarao sam se i onda sam otišao na ručak s prijateljem. Kad je Emi povređen?

– Malo posle pola dvanaest.

– Tad sam doručkovao u svojoj sobi.

– Može li iko da potvrdi to?

– Prilično zgodan momak iz sobne posluge. Doneo mi je poslužavnik u to vreme. – Veselo mi je namignuo. – Mislio sam da ga pitam da mi se pridruži na doručku, ali onda sam odlučio da je bolje da budem dobar momak. Sad moram da mislim na svoj ugled, ali to je prava šteta; bio je *veoma* privlačan.

Zvučalo je da je taj alibi lako potvrditi, i upravo sam nameravao da završim razgovor kad je on prebacio naglasak na mene.

– Hteo sam da vas pitam: zašto ste napustili policiju? Bili ste vrlo dobri u svom poslu. Mislio sam da ćete postati načelnik.

– To je lepo od vas, Dagi, ali nije bilo šanse da ikad dospem tako visoko. Bio sam previše nedisciplinovan za to. – A što se tiče pravog razloga za penzionisanje u pedeset petoj godini, odlučio sam da izostavim svoju ženu iz toga. – Otišao sam jer mi je bila potrebna promena.

– A zašto Toskana?

– Dobra hrana, dobro vino, lepo vreme, lepi pejzaži... šta fali tome?

– U pravu ste. Ovo *jeste* divan deo sveta. Uvek sam mislio da bih, da nisam postao glumac, bio divan kradljivac umetničkih dela – znate, stari majstori i tako dalje – naravno, Firenca bi bila sjajno mesto za početak.

– Pa, mogu samo da kažem da mi je drago što ste odabrali pravu karijeru. Uhapsio sam šefa međunarodne bande kradljivaca slika pre nekoliko godina, i na kraju je osuđen na petnaest godina zatvora. Ne biste uživali u tome.

– Ne, pretpostavljam da ste u pravu, ali to mi zvuči nekako uzbudljivo.

– Nema ničeg uzbudljivog u kraljevskim zatvorima, verujte mi.

– Pretpostavljam da ste u pravu. – Ali nije izgledao uveren.

Dok sam se vraćao prema katedrali zbog sastanka s Čarlsom Vinsentom, uhvatio sam sebe kako razmišljam o kradljivcu slika. Zvao se Entoni Tonio Fortunato, i pripadao je sumnjivoj italo-engleskoj porodici zlikovaca iz Strigama, u vreme pre nego što je taj deo Londona postao otmen. Počeo je kao računovođa i nakon toga počeo da vodi lažne knjige za najgore pripadnike londonskog podzemlja. Na kraju je stvorio svoje zločinačko carstvo i ispostavilo se da je veoma dobar u odabranom poslu. Njegovo hvatanje i uništavanje njegove mreže bilo je najveće dostignuće u mojoj karijeri, i smatrao sam ga jednim od boljih hapšenja.

Začudo, kad sad pomislim na to, njegove poslednje reči izgovorene na sudu nakon što je sudija izrekao presudu bile su psovke i pretnje upućene meni, zbog čega je sudija zapretio da će mu produžiti kaznu za godinu dana. U to vreme nisam mnogo razmišljao o tome, ali brz proračun mi je rekao da je Fortunato, ako je ispunio uslove za uslovni otpust, verovatno izašao iz zatvora nakon osam godina i, koliko sam mogao da se setim, uhapsio sam ga otprilike tad. Da nije...

Seo sam na kamene stepenice ispred jedne od bezbrojnih firentinskih crkava i pozvao Pola. Jedna policajka čije ime nisam prepoznao, ali koja je znala moje, kazala mi je da inspektor Vilson nije u kancelariji, i ostavio sam poruku za njega da proveri Antonija Fortunata i ubicu Dagijevog ljubavnika. Kad razmislim o Virđiliovim rečima, verovatno je vredelo proveriti obojicu, ali nisam mogao da poverujem da bi neki lik iz Dagijeve ili moje prošlosti i dalje želeo osvetu nakon toliko vremena i, posebno, da bi pribegao tom srednjovekovnom zamešateljstvu s lukovima i strelama, ali valjalo je proveriti, makar samo zbog Virđilija.

Morao sam da čekam gotovo četvrt sata pre nego što se pojavio Čarls Vinsent. Oskar i ja smo pronašli sto u letnjoj bašti kafića, i ubijao sam vreme gledajući ljude oko sebe. Ovde u Firenci bilo je posetilaca iz čitavog sveta; uvek sam uživao u tom prizoru i mentalno sam beležio neke od zanimljivijih činjenica da bih ih ubacio u svoje knjige. Počeo sam da brojim ljude koji nose torbe prikladne veličine za držanje sklopljenog samostrela, i uskoro sam odustao. Njihov broj je samo naglasio težinu zadatka pred nama, ako je ubica stvarno bio neko ko nam je nepoznat.

Konačno sam ugledao Čarlsa Vinsenta kako se pojavljuje iz gomile i na njegovoj ruci ili, preciznije, obavijena oko njegove ruke bila je vrlo lepa devojka u mikrosuknji. Kad me je ugledao, rekao joj je nešto, a ona se durila nekoliko sekundi pre nego što ga je poljubila kao da joj život zavisi od toga i krenula prema prodavnicama. Setio sam se prizora iz prikolice kad sam uhvatio Čarlsa i Katu zajedno, i oboje su izgledali krivo. Ako su Kata i on bili u vezi, pitao sam se da li je znala da ne zauzima ekskluzivno mesto u njegovom srcu. Nadao sam se da neće završiti slomljenog srca kad sazna. Sviđala mi se Kata... možda ne toliko koliko mom četvoronožnom prijatelju, ali ipak prilično.

Čarls je došao do mesta na kojem sam sedeo, prihvatajući pozdrave raznih prolaznika koji su ga verovatno prepoznali iz hit televizijske serije dok je prolazio između stolova. Jedno je bilo sigurno: nije izgledalo da se trudi da se sakrije. Da li je to bilo zbog toga što je znao da nije u opasnosti jer je on osoba odgovorna za ubistvo Lopeza i pokušaj ubistva Emija, ili je bio samo neodgovoran, tek je trebalo da se utvrdi. Možda je bio samo dovoljno mlad da smatra sebe neranjivim i besmrtnim. Ako je tako, zavideo sam mu na opuštenom pogledu na život i nadao se da mu se to neće obiti o glavu.

Mahnuo sam mu da sedne na prazno mesto naspram mene i pitao ga gde je bio jutros u pola dvanaest. Kao i Dagi Ogilvi, tvrdio je da je i dalje bio u svojoj hotelskoj sobi. Pitao sam ga može li neko da potvrdi to, pitajući se da li je prijateljica u kratkoj suknji možda bila s njim, ali odmahnuo je glavom.

– Nažalost niko. Ustao sam kasno, verovatno oko pola deset, otišao na trčanje, i onda proveo ostatak jutra učeći dijaloge i vežbajući.

– I bili ste u hotelu i učili dijaloge i vežbali u pola dvanaest?

– Da, sve do pola jedan. Vežbam gotovo svakog jutra – osim onih dana kad sam na snimanju.

Mada nije mogao da mi pruži alibi, njegova priča je zvučala istinito. Znao sam da glumci na tom nivou – posebno oni za koje je fizički izgled vrlo važan – vežbaju vrlo intenzivno da bi održali telo u dobroj formi za kamere i obožavaoce. Druga stvar je što mu je, po mom mišljenju, odsustvo alibija išlo u prilog. Hladnokrvni ubica koji se potrudio da napravi pera za strele sigurno bi organizovao alibi za sebe pre nego što krene s lukom. Označio sam Čarlsa u mislima kao mogućeg osumnjičenog, ali ne ozbiljnog. A pored toga, iako sam ga ispitao, nisam mogao da pronađem nikakav motiv za ubistvo Lopeza ili Emija. Kad sam dozvolio da se vrati svojoj devojci, nisam bio ništa bliži spoznaji ko se krije iza tih napada.

18.

Petak uveče

Sastao sam se sa Selenom i Anom te večeri na Trgu Santa kro-
če kako smo se dogovorili. Čitav trg je bio pun postolja na kojima
su umešni grnčari pokazivali svoju veštinu pored tezgi na kojima
se prodaje posuđe i, naravno, hrana, vino i suveniri. Veličanstvena
bela mermerna fasada Crkve Santa kroče predstavljala je predivnu
scenografiju za izložbu. Naša lična istoričarka ispričala nam je da
je izgradnja te crkve – najveće u gradu – započeta krajem trinae-
stog veka i da je bilo potrebno sto pedeset godina da bude završena.
Ispričao sam im da sam naišao na nekoliko graditelja u Londonu
koji su radili podjednako sporo. Dolazili su kasno, pretvarali se da
počinju da rade, ostavljali nekoliko alatki naokolo da bi izgledalo da
će se vratiti, i onda odlazili na drugi posao.

Mada je crkva u ovo vreme bila zatvorena, odlučio sam da je
uskoro posetim. Prema Aninim rečima, u njoj su sahranjeni Mike-
lanđelo i Galilej, uz dosta velikana italijanske istorije. Naćuljio sam
uši kad nam je Ana rekla da je jedna od znamenitosti te crkve Ka-
pela Paci, izgrađena u čast porodice Paci, samo nekoliko godina pre
ozloglašene zavere i kasnijeg zatiranja porodice. Zašto se to prezime
stalno pojavljuje?

Proveli smo gotovo sat vremena obilazeći izložbu keramike, a Se-
lena je kupila sebi ljupku svetiljku i zamolila da joj je dostave u hotel
sutradan. Vlasnik tezge ju je dotad prepoznao i brzo ju je zamolio da
pozira s njim za nekoliko fotografija koje će, bez sumnje, koristiti u
promotivne svrhe narednih godina. Drugi ljudi su je takođe prepo-
znali i počeli da je fotografišu i traže autograme, i svaka mogućnost

da sačuvam tajnu o njenom identitetu i tako je zaštitim potpuno je propala. Nakon toga sam se stalno osvrtao preko ramena. Srećom, ubica nije bio u blizini, i Selena i Ana su ostale nepovređene.

Na kraju, kad su satovi počeli da otkucavaju osam, Selena je iznenadila Anu i mene kad je najavila da nam se neće pridružiti na večeri jer izlazi s nekim. Iskusno nas je pogledala kad nam je saopštavala te vesti i poželela nam sve najbolje.

– Drago mi je kad vidim vas dvoje zajedno. Sigurna sam da ćete imati mnogo tema za razgovor bez mene. Nadam se da ćete uživati u izlasku. – Jedan crn mercedes sa zatamnjenim staklima pojavio se niotkud i stao kraj nje. Kad je otvorila vrata, prepoznao sam muškarca u kolima. Bio je to Skot Noris.

Ana i ja smo stajali i gledali kako kola nestaju u smeru reke, pre nego što smo pogledali jedno drugo. Ana je prva progovorila.

– Mislim da su prave reči *fait accompli*. Ona je muljator. Stekla sam utisak kako misli da vi i ja treba da provodimo vreme zajedno, Dene.

– *Fait accompli*, nego šta. – Uspeo sam da pogledam Anu u oči. – Ipak, nije pogrešila. Mislim da ćemo uživati u sastanku... ako je ovo sastanak. Makar znam da ja hoću.

Uputila mi je širok osmeh i uhvatila me za ruku. – A i ja. Kuda ćemo na večeru?

– Kuda god želite. Jedino ograničenje je moj četvoronožni prijatelj.

– Znam jedan vrlo lep restoran s letnjom baštom na divnoj panoramskoj terasi, nedaleko odavde. Deset minuta pešice, na drugoj strani mosta Ale gracije. Oskar će biti lepo dočekan, a hrana je sjajna. Nude tradicionalnu toskansku kuhinju, mnogo ribe, ako volite to.

– Zvuči mi savršeno.

Prošetali smo se do reke uskim ulicama istorijskog centra. U to doba večeri bilo je gotovo potpuno mračno i slepi miševi su jurcali i leteli na narandžastoj svetlosti uličnih svetiljki. Bilo je divno i romantično... ili bi bilo da nisam stalno podsećao sebe kako sam s nekim ko je je i dalje sumnjivac u slučaju ubistva, koliko god to izgledalo neverovatno. Prešli smo most i krenuli još užom, vijugavom ulicom koja se pela prema panoramskom Mikelanđelovom trgu. Restoran se nalazio na putu do vrha brežuljka, ali pogled odatle na svetla grada bio je dobar gotovo kao s vrha. Ana je očigledno poznavala osoblje restorana i, mada je bila gužva, našli su nam sto za dvoje i psa. Nalazio se u uglu bašte, ispod stabla masline, i malo odvojen od ostalih gostiju. Dok smo prolazili kraj kuhinje, primamljiv miris je dopirao odatle i Oskar nije bio jedini kojem je krenula voda na usta.

Na Aninu preporuku, odabrali smo da podelimo mešano predjelo od morskih plodova, koje su nam doneli na srebrnom poslužavniku i sastojalo se od raznih ljuskara i mekušaca, od malih puževa – čije ime nisam znao ni na italijanskom niti na engleskom – preko kamenica, velikih škampa i ukusnih kraba. Zatim smo naručili mešanu grilovanu ribu uz jednostavnu salatu, a hrana je bila divna kao i društvo. Razgovarali smo mnogo i sve slobodnije o raznim stvarima – ali ne o istrazi – i čak smo na kraju razgovarali o razvodu. Saznao sam mnogo o njoj i svidelo mi se to što sam saznao. U drugim okolnostima, stvarno bih mislio da se ta veza lepo razvija, ali sveprisutna senka ubistva Denija Lopeza visila je nad nama, i video sam da je i ona oseća. Nismo imali mesta za desert nakon te gozbe, i kad smo stigli do kafe, bio sam dovoljno opušten da pokrenem bolnu temu... ispod maslinovog drveta.

– Šteta je što smo se sreli u ovakvim okolnostima, Ana.

Podigla je pogled s kantučina koji je umakala u kafu i klimnula glavom. – Znam na šta mislite. Sve dok se ne razreši ovo sa ubistvom, pretpostavljam da bi inspektor Pizano voleo da ne provodimo mnogo vremena zajedno.

Iskoristio sam priliku, osećajući se neuobičajeno nervozno. – Da li biste želeli da provedete mnogo vremena sa mnom?

– Ja bih, ako vi želite. – Široko se osmehnula. – Samo zato što sam se zaljubila u vašeg psa, razumete.

– On tako deluje na ljude. Stvarno je divan. – Čim sam izgovorio to, ogavan oblak otrovnoga gasa dopro je ispod stola, i brzo sam se izvinio – i objasnio. – Žao mi je, to je bio Oskar. Čizburger sa slaninom i krofna koje je danas pojeo sad su se oglasili.

I dalje se osmehivala. – Možda nas to sudbina upozorava da se ne zbližavamo previše.

– Verujete li u sudbinu?

Izraz lica joj je postao ozbiljniji. – Možda. Ako nas sudbina nije spojila, šta je onda?

– Pretpostavljam da je „čista slučajnost" pogrešan odgovor.

– Ko zna? Nadajmo se da ćemo uskoro saznati.

Od restorana do njene kuće bilo je svega petnaest minuta hoda i kad smo stigli tamo, imali smo trenutak neodlučnosti kad mi je instinkt rekao da je poljubim dok me je bivši glavni inspektor u meni podsetio da bi to bila greška. Bio sam prilično siguran da je i ona bila podjednako neodlučna. Na kraju je labradorov sistem za varenje doneo odluku umesto nas kad se osetio dodatni smrdljivi podsetnik na haos u crevima mog psa, i izvinio sam se.

– Mislim da mi je sudbina upravo rekla da je najbolje da Oskara odvedem kući što pre.

– Možda ste u pravu. Nema veze, imaćemo drugu priliku, sigurna sam.

– Nadam se. – A onda, kad sam nameravao da joj pružim ruku, nagnula se i nežno me poljubila u obraze.

– *Buona notte*, Dene.

– *Buona notte*, Ana. Uživao sam večeras.

Osmehnula mi se. – I ja. Selena nije pogrešila, zar ne?

Čim smo se Oskar i ja vratili kući – uz otvorene sve prozore u kolima – odveo sam ga u šetnju i neophodno pražnjenje creva. U brdima je bio mrak ali, kao i uvek, bilo je lako pratiti crnog psa na *strada bianca* kroz šumu čempresa. Večeras se miris smole jako osećao u vazduhu, i duboko sam udahnuo uživajući u svežini nakon vrućine u Firenci. Glava mi je bila puna misli o Ani. To je bilo veoma prijatno veče – verovatno jedno od najprijatnijih koje sam imao od razvoda. Osim izrazite fizičke privlačnosti koju sam osećao prema njoj, shvatio sam da imamo mnogo toga zajedničkog i znao sam da želim da provedem više vremena s njom. Naravno, takođe sam znao da ću morati da čekam do kraja istrage.

Dok sam hodao, takođe sam razmišljao o svim zlikovcima kojih sam mogao da se setim iz svoje prošlosti, koji bi mogli intenzivno da me mrze, i pronašao sam ih utešno malo. Na kraju sam suzio spisak na samo trojicu, a dvojica su gotovo sigurno i dalje bila u zatvoru, i nadao sam se da će ostati tamo doživotno. Treći i poslednji bio je Tonio Fortunato, i zapitao sam šta će Pol moći da mi kaže o tom bivšem kradljivcu slika.

19.

Subota ujutro

Saznao sam kad sam se probudio sutra ujutro. Pol je bio vredan. Njegova poruka je bila zanimljiva za čitanje.

Zdravo, Dene. Ubica ljubavnika tvog prijatelja Ogilvija izašao je u julu i napustio je Veliku Britaniju otputovavši u Rio de Žaneiro trećeg avgusta, i nije se vraćao. Entoni Fortunato je izašao iz zatvora u julu ove godine nakon odsluženih sedam i po godina. Komisija za uslovni otpust je preporučila puštanje jer ga sad smatraju reformisanim (i ti i ja smo ranije to čuli!). Napustio je Veliku Britaniju desetog avgusta i navodno boravi na italijanskoj obali blizu Kastiljončela, južno od Livorna. Evo adrese. Nadam se da ti je to pomoglo. P.

Gotovo sam se zagrcnuo kafom kad sam shvatio da je Tonio Fortunato sad na samo sat vožnje od mesta na kojem sedim. Iznenada je od neodređene mogućnosti postao konkretna pretnja. Da li je stvarno moguće da sam *ja* bio prava meta... makar nakon Lopezove smrti? Ostala je činjenica da su pretnje smrću upućene filmskoj ekipi počele mnogo pre nego što sam se ja uključio, tako da je eventualni napad na mene morao biti oportunistički pokušaj da se iskoristi zbunjenost izazvana Lopezovim ubistvom, a to je bilo teško poverovati. Ipak, pošto je Fortunato sad živeo tako blizu, sigurno ga je trebalo dodatno istražiti.

Sećao sam se Tonija kao inteligentnog čoveka sposobnog da smisli takav plan u kratkom roku, ali uprkos pretnjama koje mi je uputio pre osam godina, nisam ga video kao ubicu. Naravno, možda je unajmio nekog bolje opremljenog da izvrši tako složen i drzak napad, ali sumnjao sam u to. Pozvao sam Virđilija i preneo sam mu vesti, koje je on shvatio ozbiljno.

– Kastiljončelo je izvan moje nadležnosti, tako da će mi biti potrebno nekoliko sati da dobijem dozvolu da posetim tog tipa. Doći ću po tebe u jedanaest. Važi?

– Možemo li malo kasnije? Trebalo bi da čuvam filmsku ekipu u Fijesoleu ujutru.

– Doći ću tamo po tebe u pola jedan, u redu?

Pola sata kasnije, ponovo odeven u kostim iz petnaestog veka, odvezao sam se vijugavim putem koji povezuje Firencu s ljupkim i vrlo skupim predgrađem Fijesole, u potrazi za vilom gde se odvija snimanje. Uz malo problema pronašao sam kapiju od kovanog gvožđa na kamenom zidu gotovo prekrivenu zamalo neprobojnom barijerom od žbunja i drveća. Da nisam uočio nepogrešivu figuru Velikog Džima, koji je stajao na kapiji sa spiskom, nikad ne bih pomislio da se iza te džungle nalazi renesansna vila. Parkirao sam se i on mi je lenjo mahnuo ogromnom šakom.

– Zdravo, Dene. – Pokret i prigušeno cviljenje iza mene rekli su mi da je Oskar prepoznao svog drugara koji mu je dao hamburgere... i gasove. Džim je brzo odgovorio. – Zdravo, Oskare, kako si? Jesi li gladan?

– On je uvek gladan, Džime. Mislim da se juče prejeo i gotovo me je ugušio na putu do kuće. Ko je ovde jutros?

– Ekipa upravo priprema sve, a ja očekujem gospodina Lajonsa svakog trena. Samo se odvezi do kuće i parkiraj pored ostalih vozila. Tako ćeš biti van kadra.

Prošao sam kroz kapiju i vozio šljunčanim prilazom dok nisam izašao iz gustiša pred spektakularan prizor. Preda mnom je stajala jedna od najlepših toskanskih vila koje sam video, s golubarnikom nasred krova i obaveznim čempresima okolo. Nije bila ogromna ali je bila divnih proporcija. Predivni svetli oker zidovi bili su ispresecani tamnozelenim prozorskim kapcima i crvenim crepom koji je postao ružičast od sunca tokom vekova. Ispred se nalazila dugačka popločana terasa, na kojoj je filmska ekipa vredno postavljala opremu. Bila je to divna lokacija za film i pitao sam se da li je Ana imala neke veze s tim izborom.

Upravo sam se parkirao između dva kamiona kad me je pozvao Virđilio.

– Zdravo, Dene, bojim se da moram čitavo jutro da budem ovde. I dalje ne možemo da pronađemo onu nestalu ženu i počinjemo mnogo da se brinemo za njenu bezbednost. Doći ću po tebe nakon ručka, ako ti je to u redu.

– Naravno. To znači da mogu da odvedem psa u šetnju kad se vratim kući i ostavim ga da spava popodne dok mi idemo na more. Ima li nekih naznaka šta se dogodilo s tom nestalom ženom?

– Vrlo malo. Jutros treba da obavimo forenzičku obradu njenog stana i želim da budem tamo kako im ništa ne bi promaklo. Ima rođake, ali u Kampaniji, južno od Rima, a jedini ljudi koje poznaje ovde su njene kolege s posla, a niko od njih ne zna gde je ona.

– Pa, srećno ti bilo s tim. Obavesti me ako ti je potrebna pomoć. Vidimo se posle ručka.

– Trebalo bi da dođem oko dva sata.

Oskar i ja smo otišli do mesta na kojem je Emi izdavao naređenja. Leva ruka mu je i dalje bila u povezu, i izgledalo je da se sasvim dobro oporavio od tog strašnog iskustva. Kraj njega je bila Kata, tako da sam otišao pravo do nje i pitao je šta će se događati tog jutra. Sagnula se i pomazila Oskara dok mi je davala informacije.

– Prve scene će se snimati ispred na terasi, a onda idemo unutra. Treba da vidite ovo mesto, divno je.

– Da li je to privatna kuća? Neka čuvena porodica?

– Privatna je, ali niko ne živi tu osim kućepazitelja. Poseduje je neki finansijski fond iz Lihtenštajna. Iznajmljuju je za venčanja, konferencije i druge posebne događaje, ili ljudima kao što smo mi.

– Pretpostavljam da ovakva mesta nisu jeftina. Šteta je što je to samo deo nekog investicionog portfolija, ali pretpostavljam da je to danas tako. – Pogledao sam po dobro održavanom vrtu i pojasu drveća iza travnjaka. – Voleo bih da povedem Oskara i proverim okolinu, da budem siguran da se potencijalne ubice ne kriju u žbunju.

– Ne bi trebalo ikoga da ima. Ovo mesto ima jače obezbeđenje od banke. Postoje kamere svud po dvorištu i gomila ekrana u vili.

Kućepazitelj mi je rekao da zidovi imaju senzore, ali svakako možete da proverite.

Moj obilazak dvorišta nije otkrio ništa osim elektronskog nadzora koji je Kata pomenula. Bio sam uveren da se ništa neprijatno neće dogoditi danas, tako da ću moći mirno da odem na putovanje do obale ovog popodneva. Kad smo se pas i ja vratili iz obilaska, zatekli smo velike zvezde i producenta, a snimanje samo što nije bilo počelo. Uočio sam Anu kako stoji sa strane i otišao sam do nje. Kad me je videla, uputila mi je blistav osmeh koji mi je raskravio srce... kao da je bilo zaleđeno.

– *Ciao*, Dene. Zar ovo mesto nije divno? Nikad nisam bila ovde. Čitala sam o tome sinoć, i nećete pogoditi kome je pripadala?

– Medičijevima?

– Zamalo... Pacijevima.

Ponovo to prezime. – Ova vila je pripadala porodici Paci?

– Oni su je izgradili.

Nije mi se sviđalo što se to prezime stalno pojavljivalo. Bilo je u redu to što me je Martin Tejlor uverio da se porodica Paci ne pominje u scenariju, ali ona pera na strelama su me brinula. Ako to nije bio neki davno izgubljeni potomak porodice Paci – a prihvatio sam da ih je Lorenco Veličanstveni zbrisao s lica zemlje – onda sam mogao samo da pretpostavim da se ubica interesuje za istoriju Firence i dobro je poznaje. Problem je bio, naravno, što je dama koja me je poljubila u obraz sinoć spadala u tu kategoriju. Dao sam sve od sebe da prigušim sve sumnje i odlučio da iskušam sreću.

– Pitao sam se da li biste sutra uveče došli kod mene na večeru. Pozvao sam Virđilija Pizana i njegovu ženu da dođu na roštilj, tako da ne morate da se brinete da ćete ostati nasamo s nepoznatim muškarcem.

– Ne bih vas smatrala toliko nepoznatim. – Osmehnula se. – Dobro, vi Englezi radite sve te neobične engleske stvari kao što je ispijanje čaja u pet sati i vožnja pogrešnom stranom kolovoza, ali inače ste prilično civilizovani. Volela bih da dođem na večeru ako ste sigurni da inspektoru neće smetati. Da se ne brinete i dalje da sam možda ubica?

Nije bilo nikakve sumnje. Sviđala mi se ta dama.

– Spreman sam da rizikujem.

20.

Subota popodne

Oskar i ja smo se dobro išetali nakon ručka, a kad su Virđilio i Inočenti stigli da me pokupe u neoznačenoj crnoj alfi u dva sata, ostavio sam psa da mirno spava u korpi. U kolima su dva detektiva razgovarala o nestaloj osobi i ispostavilo se da su možda pronašli neki trag.

– Šta je s tim Amerikancem? – Kao i uvek, Inočentijev nos je bio zabijen u beležnicu.

– A da, Amerikanac. – Virđilio je vozio, za promenu, i pogledao me je dok je objašnjavao. – Komšinica nestale žene tvrdi da je žrtvu progonio bivši momak, ali samo zna da je taj tip neki *l'Americano*.

– Ne zna njegovo ime?

– Proveravamo snimke bezbednosnih kamera ispred prodavnice prekoputa stambene zgrade, u nadi da ćemo videti registracioni broj vozila. Komšinica kaže da ga je videla nekoliko puta i da je to jedan od onih prepoznatljivih velikih terenaca. Moji ljudi upravo proveravaju snimke. Problem je što ima na stotine, ne, na hiljade Amerikanaca u Firenci, tako da neće biti lako pronaći ga.

– Dobro, a kad ga pronađete, ako vam je potrebna pomoć za ispitivanje, samo me pozovite.

Izvestio sam ih o neuspešnim razgovorima s Čarlsom Vinsentom i Dagijem Ogilvijem, i onda sam pitao jesu li imali sreće s pronalaženjem besnog tviteraša koji je maltretirao Tejlora. Nisam se iznenadio kad sam čuo da nema rezultata. Saosećao sam s njima. Dobijanje informacija od velikih društvenih mreža ponekad izgleda kao ceđenje suve drenovine.

Inočenti me je pitao kako je proteklo veče s dve dame i ispričao sam im šta se dogodilo – osim onoga što je moglo da se dogodi da nisam imao veoma nadutog psa. Kad sam objavio da je Selena otišla na večeru s kolegom i podsetio ih da je on i dalje oženjen, obojica su se zainteresovala. Inočenti je ponovo uzeo svoju vernu beležnicu i objasnio zašto bi ta vest mogla da bude važna.

– Dobili smo jutros podatke od losanđeleske policije, i nešto u dosijeu Skota Norisa nam je privuklo pažnju. Njegova supruga, Džeklin, bivša je olimpijka. Pogodi u kojoj disciplini. – Ne dajući mi priliku da odgovorim, nastavio je samozadovoljno. – Tako je: streličarstvo.

– Vidi, vidi, to *jeste* slučajnost, ali pretpostavljam da je ona i dalje na drugoj obali Atlantika. – Nikad nisam voleo slučajnosti. Dobro, *mogu* da se dogode, ali prema mom iskustvu, u devet od deset slučajeva nisu onakve kakve izgledaju.

– Čekamo informacije. Poslali smo poruku losanđeleskoj policiji pre nego što smo krenuli po tebe. Nadamo se da će nam se javiti tokom dana. Najvažnije, sad imamo mogući motiv. Možda je saznala da joj je muž zagrejan za Selenu Gardner, i došla je da ga ubije.

– To mi zvuči pomalo ekstremno. – Nisam mogao da poverujem šta slušam.

– Čuo sam i za gore. – Virđilio je slegnuo ramenima.

– Kažeš da misliš da je ona možda došla da ubije muža, i ubila je Lopeza greškom? A onda je juče ponovo pokušala i pogodila Emija umesto muža? Opa, u tom slučaju, ona je trapavija od Kate. – Upoređivao sam taj ubistveni scenario s reakcijom supruge gospodina Dantea kad je čula za *njegovo* neverstvo. Postojala je velika razlika između porcije testenine u lice i strele u leđa.

– Sve je moguće.

Virđilio se nije brinuo zbog ograničenja brzine, i stigli smo do obale za nešto više od sat vremena. Vila u kojoj je Tonio Fortunato navodno boravio bila je na zavidnom položaju. Mada je bila na glavnom obalskom putu, stisnuta između železničke pruge i mora, bila je skrivena od pogleda gustom živicom i zaštićena od uljeza ozbiljnom metalnom ogradom. Imanje se nalazilo visoko na litici u začuđujuće netaknutom okruženju, daleko iznad turističke plaže, a blistavo azurno more protezalo se kilometrima ka severu i jugu. Bujno rastinje i nekoliko belih jedara dalje od obale upotpunjavali su pitoreskni pogled. To se sigurno znatno razlikovalo od kraljevskih zatvora, i video sam kako je to moglo da izgleda privlačno nedavno oslobođenom osuđeniku. Zaustavili smo se ispred dva metra visoke čelične kapije i razmenili poglede. Virđilio je rekao ono o čemu smo svi razmišljali.

– Gospodin Fortunato izgleda živi u skladu s prezimenom. Sigurno je fortuna na njegovoj strani kad živi ovde.

Razmišljao sam o Fortunatovom slučaju, i nije mi promaklo da su on i njegova banda zgrnuli milione, a samo deo pretpostavljene zarade je povraćen. Pogledao sam Virđilija u oči. – Ili je vlasnik vile možda Fortunato lično. To me ne bi iznenadilo. Voleo je skupe stvari... u stvari, privukao mi je pažnju zbog ljubavi prema brzim kolima, lepim plavušama i skupoj hrani. Za nekog ko je opisivao sebe kao skromnog računovođu, izgledalo je da živi luksuznije nego što bi trebalo.

– Da vidimo da li je tu. Inočenti, zvono...

Vodnik Inočenti je izašao iz kola i otišao do čelične table u jednom od stubova pored kapije. Pritisnuo je dugme i čekao. Nakon desetak sekundi, iz zvučnika se začuo neki metalni glas.

– Da, ko je to? – Zvučalo je kao da je to neka devojka. Njen naglasak mi je zvučao južnoitalijanski, ali nisam još dobro prepoznavao italijanske naglaske.

– Policija.

– Policija?

– Tako je. Mi smo iz firentinskog odeljenja za ubistva. Moramo da vam postavimo neka pitanja. Otvorite kapiju, molim vas?

– Ubistva...

Žuto svetlo na vrhu stuba počelo je da treperi i kapija se polako otvorila i ukazala se otmena moderna vila s jarkožutim ferarijem parkiranim ispred. Prizor razmetljivih sportskih kola bio mi je poznat, i osetio sam kako su veliki izgledi da ćemo zateći svog čoveka. Virđilio se dovezao do kuće i izašli smo iz kola. Dok smo to radili, kapija iza nas se tiho zatvorila i istovremeno se jedna privlačna plavuša stara između dvadeset pet i trideset godina pojavila na vratima. Bila je odevena u bikini iste boje kao ferari, ali znatno oskudniji, i dodatno mi se pojačalo uverenje da je Fortunato u blizini.

Otišli smo do nje i Virđilio je izvadio službenu legitimaciju i mahnuo joj ispred lica. – Zovem se inspektor Pizano, iz firentinskog sam odeljenja za ubistva. Istražujemo jedno ubistvo. Smemo li da uđemo?

– Da, naravno.

Pomerila se u stranu i uvela nas u veliku dnevnu sobu s kliznim staklenim vratima koja su se otvarala na terasu s bazenom iza. U bazenu je jedan preplanuo muškarac plivao polako tamo-amo. Virđilio je pokazao na njega.

– Da li je to Tonio Fortunato?

Klimnula je glavom. – Da, šta želite od njega?

– Samo da mu postavimo neka pitanja.

Virđilio je izašao na terasu, a mi smo ga pratili do ivice bazena. Kad se Fortunato pojavio blizu nas nakon otplivane još jedne dužine, žena je kleknula i privukla mu pažnju obraćajući mu se na italijanskom.

– Tonio, to je policija. Žele da razgovaraju s tobom.

Ispružio je ruke i oslonio se na ivicu bazena, pokretom glave sklonio je gustu kosu s očiju i pogledao nas. Kad me je ugledao, video sam da me gleda s velikim iznenađenjem ali, zanimljivo, bez neprijateljstva.

– Armstrong! Šta, dođavola, radite ovde? – Njegov istenderski naglasak bio je jak kao i uvek. – Mislio sam da sam vas poslednji put video pre osam godina.

– I ja sam to mislio, Tonio. Zašto ne biste izašli iz bazena da malo porazgovaramo?

Otplivao je do stepenica i izašao. Dok je to radio, primetio sam da je prilično smršao otkako sam ga poslednji put video. Očigledno mu je zatvorska hrana bila znatno manje privlačna nego prethodna ishrana, koja se sastojala od guščje paštete i bifteka. Uzeo je bademantil i navukao ga je dok je išao ka nama. Pokazao je na nekoliko pletenih stolica oko niskog stola zaklonjenog od sunca nadstrešnicom obraslom lozom.

– Sedite, gospodo. – Pogledao je plavušu i prešao na gotovo savršen italijanski. – Donesi bocu šampanjca iz frižidera, draga, ako ti nije teško? Ne viđam stare prijatelje svakog dana.

Izgledala je zbunjeno, ali se okrenula i vratila u kuću kako joj je rečeno. Video sam da je Inočenti prati pogledom dok se pela stepenicama, ali nastavio sam da motrim Fortunata. Seo sam naspram njega i predstavio ostale pre nego što sam prešao na razlog zbog koga smo ovde. Zasad nisam pominjao činjenicu da sam se penzionisao.

– Došli smo da razgovaramo jer istražujemo jedno ubistvo.

Izgledao je iskreno iznenađen.

– Ubistvo? Samo malo; ne mislite da sam ja umešan u tako nešto, zar ne?

– To smo došli da saznamo. – Virđilio je nastavio da govori na italijanskom. – Možete li, molim vas, da mi kažete gde ste bili juče ujutro između jedanaest i dvanaest?

– Juče... to je bio petak, zar ne? Bio sam ovde s Ritom... to je Rita, moja supruga. Zašto, gde je trebalo da budem? – Odgovorio je na italijanskom.

Virđilio je ignorisao to pitanje. – A možete li mi reći gde ste bili u sredu po podne, oko četiri?

– Sreda, Rita i ja smo bili u Rimu. Ručali smo s nekoliko prijatelja i bili smo u restoranu čitavo popodne do gotovo pet. – Okrenuo se prema meni i prebacio se na engleski. – Šta se događa, inspektore Armstrong? Nisam ubica; znaš to.

– Da li iko osim vaše supruge može da potvrdi gde ste bili juče ujutro? – I dalje sam pokušavao da shvatim kako to da se ne sećam supruge? Da se nije oženio nedavno?

Video sam da razmišlja. Sigurno nije izgledao krivo, ali sećam se koliko je bio uverljiv kad smo ga saslušavali u vreme dok smo pokušavali da podignemo optužnicu za višestruko kršenje Člana 2 Zakona o krađi iz 1968. Iznenada nas je pogledao sa izrazom olakšanja na licu. – Juče ujutro, kažete? Čistač bazena je bio ovde. Moći će da potvrdi da sam tad bio kod kuće. Daću vam njegov broj i mogu da vam dam i ime tog restorana u Rimu. Proverite, svakako, i videćete da nisam vaš čovek. Šta se događa i zašto ja? Odslužio sam svoje i sad sam primeran građanin. Promenio sam se; pitajte bilo koga.

U tom trenutku se pojavila njegova žena s kofom leda i čašama, i morao sam da pomislim kako je prisustvo ferarija, plavuše i šampanjca značilo da se nije baš toliko promenio. Ipak, čistač bazena i restoran trebalo bi da budu laki za proveru i, ako potvrde Fortunatovu priču, Tonio je bio van sumnje što se tiče vrtova Boboli – osim ako nije, naravno, unajmio ubicu da uradi prljav posao umesto njega. Mada sam, kao i Virđilio, jedva čekao da rešim ovaj slučaj, osetio sam olakšanje zbog toga što izgleda ipak nisam ja bio meta. Osećao bih krivicu da je strela koja je pogodila Emija bila namenjena meni.

Fortunato je izvadio bocu *bolindžera* iz leda i, ignorišući naše proteste, otvorio je i napunio pet čaša. Rita ih je podelila i onda sela mužu u krilo i zaljubljeno mu prebacila ruku preko ramena. Dok je to radila, prsten sa ogromnim dijamantom zablistao je na suncu pored zlatne burme. Pokazao sam na njih.

– Nisam znao da ste se oženili, Tonio. Čestitam. Kad se to dogodilo?

– Pre četiri godine. – Kad je video moj izraz lica, dodao je objašnjenje. – Rita i ja smo se poznavali godinama i mislio sam da je ispravno da napravim od nje poštenu ženu. Pored toga, kad ste oženjeni i lepo se ponašate, lakše je dobiti bračne posete, a nakon tri godine u Belmaršu umirao sam za malo bračne sreće. – Popio je veliki gutljaj šampanjca i nasmejao se svojoj šali pre nego što se iznenada uozbiljio. – Ali ja *jesam* pošten čovek danas, i to vam garantujem. Shvatio sam da sam grešio i postao sam pošten. Jedno je sigurno: ne želim da se vratim u bajbok.

– Drago mi je što to čujem. Kažite mi, kako možete da priuštite sve ovo? – Pokazao sam na bazen i vilu. – Ovo mesto nije jeftino.

– Ja sam srećan čovek, inspektore Armstrong. Rita je vrlo bogata dama i voli me. – Nežno ju je poljubio u obraz, a onda nas je ona iznenadila onim što je rekla... ili načinom na koji je to rekla.

– Ludo ga volim, gospodine Armstrong. On je divan, divan čovek. I misli to što je rekao: odrekao se prethodnog života. Danas je potpuno pošten. Garantujem vam to. – Iznenađenje je izazvala činjenica da je to rekla na tečnom engleskom, s naglaskom koji je bio više londonski nego njegov. Da naglasi svoje dvojezične sposobnosti, okrenula se ka Virđiliju i Inočentiju i ponovila to što je rekla na savršenom italijanskom. Muž ju je ponovo poljubio i popio šampanjac.

– Kao što sam rekao, gospodo, ja sam srećan čovek. Sad, ako nemate više pitanja, i ako nećete da pijete šampanjac, mislim da ću to uraditi umesto vas.

21.

Subota uveče

U kolima na povratku kući, intenzivno sam razmišljao i setio sam se svega. U vreme kad je uhapšen, pre osam godina, Fortunato je ili većinu nelegalno stečenog novca uplatio na neki anonimni ofšor račun, ili je prebacio novac na nečiji račun. Problem je što je, ako je sakrio novac, to uradio tako da ni finansijski stručnjaci odeljenja za prevare nisu mogli da pronađu ni paru. Uporno je poricao da ima skriven novac, ali kako je izgledalo, dama koja mu je sad supruga možda je bila tajni primalac.

Dokazivanje toga će, međutim, biti sve samo ne lako. Zakleo sam se da ću preneti informaciju o njegovom bogatstvu Polu iz Skotland jarda, ali nisam gajio velike nade u ishod. Da budem iskren, nadao sam se da će se Tonio izvući nekažnjeno. Možda se stvarno promenio, kao što je rekao. Nije bilo sumnje u jedno: on nije bio osoba koja je ubila Denija Lopeza ili pogodila Emija juče. Čistač bazena i rimski restoran potvrdili su njegov alibi, i to je bilo to.

Gotovo smo stigli do moje kuće kad je zazvonio Virđiliov telefon. Pošto je vozio, svi smo slušali razgovor preko zvučnika. Bio je to jedan od njegovih ljudi iz Firence, koji je javio da su američke vlasti dale zanimljivu informaciju da je supruga Skota Norisa otputovala iz Los Anđelesa u Pariz pet dana ranije, i stigla je u ponedeljak... dva dana pre ubistva Donija Lopeza. Virđiliovi ljudi su proveravali s francuskim vlastima da li je ostala u Parizu, ili je možda otputovala u Italiju.

Druga vest je bila da su forenzičari zakasnelo potvrdili da gipsani odlivci tragova guma s puta u brdima gde je ubijen Lopez i tragovi pronađeni kraj zida u Boboliju gotovo izvesno pripadaju istom velikom vozilu. To je dodatno potkrepilo teoriju da su oba napada delo iste osobe, zbog čega je bilo još manje verovatno da je Tonio Fortunato imao veze s tim. Isto je važilo i za Anu, što je bilo olakšanje.

Prošlo je šest kad smo stigli do moje kuće i dva detektiva su svratila na piće pre nego što su se vratili u Firencu. Pozvao sam Katu da proverim da nije bilo incidenata tokom današnjeg snimanja i odgovor je bio ohrabrujući. Sve je prošlo dobro, i kazala mi je da će sutra ujutro snimati u dvorištu jednog manastira iz jedanaestog veka. Dobra vest je bila što se nalazio na manje od dvadeset minuta vožnje od moje kuće, a loša vest je bila što se nalazio daleko u brdima južno od Firence, i Inočenti, koji je dobro poznavao tu oblast, reče da je manastir okružen gustom šumom. Nema sumnje da će takav teren ponuditi našem ubici priliku da još jednom pokuša, osim ako ne budemo vrlo pažljivi. Na kraju razgovora, pitao sam Virđilija da li bi mogao da pošalje neke policajce zbog dodatne bezbednosti, ali on je žalosno odmahnuo glavom.

– Nažalost, ne mogu. Pored činjenice da je sutra nedelja, većina mojih ljudi angažovana je na slučaju nestale osobe. Te žene nema dva dana, i sa svakim satom koji prođe postaje sve izvesnije da nećemo tražiti otetu osobu nego leš. Bojim se da je vreme ključno. Ipak, pored tebe, psa i krupnih čuvara, trebalo bi da budete dovoljno bezbedni. Ti stari manastiri su obično napola utvrđeni – kako bi držali ljude izvan, a monahe unutra. Bićete dobro.

Dok je Oskar lutao naokolo, ponovo obeležavajući svoju teritoriju, nas trojica smo sedeli na lođi i razgovarali o slučaju. Zbog poklapanja tragova guma, izgledalo je sve verovatnije da su Lopezova smrt i strela u Emijevoj ruci delo iste osobe, i da ta osoba nije deo filmske kompanije, glumačke ili tehničke ekipe. Dao sam sve od sebe da sažmem ono što smo dosad saznali.

– Koliko vidim, imamo šest mogućih scenarija. Prvo, možda je to neki daleki rođak davno uništene firentinske porodice koji ima nešto protiv filmske kompanije i želi da se snimanje prekine. Drugo, tu je zasad anonimna osoba s *Tvitera* koja je optužila Martina Tejlora za plagijat. Treće, tu je supruga Skota Norisa, olimpijska streličarka, koja želi da se osveti mužu preljubniku. Četvrta – i prilično neverovatna

– mogućnost jeste da su ta dva napada bili neuspešni pokušaji nekog da ubije *mene*, zbog nečeg iz prošlosti i, peto, neki nepoznat ludak ima nešto protiv Holivuda, istorijskih filmova ili slavljenja Lorenca Veličanstvenog, čoveka koji je umro pre petsto godina. – Popio sam veliki gutljaj hladnog piva. – I, naravno, tu je tajanstvena osoba koju je Elvis video kako se muva oko parkinga, šta god da je nameravala, ali ništa od toga ne izgleda kao razlog za ubistvo.

Virđilio se saglasio, uz uzdah. – Kao i ti, prvo sam mislio da je Lopezovo ubistvo delo nekog ko ima veze s filmom, ali pod pretpostavkom da je napade izvela ista osoba, to je gotovo nemoguće, jer su svi osim dva glavna sumnjivca juče bili na setu kad je reditelj pogođen. Postoji još izvesna šansa da postoji neko iznutra i neko spolja, ali nismo ništa bliže identifikovanju tih ljudi ili pronalaženju njihovog motiva.

U tom trenutku zazvonio je telefon. Pažljivo je slušao i kad se razgovor završio, preneo je vesti o drugom slučaju. – Ostvarili smo napredak u slučaju otmice. Na snimcima bezbednosne kamere identifikovan je beli tojota kamionet ispred ženinog stana u nekoliko navrata, baš kao što je komšinica rekla. Na snimku se ne vidi vozač, ali uspeli smo da snimimo tablice, i povezane su s jednim Amerikancem koji trenutno iznajmljuje stan na petnaestak minuta hoda odatle. Moji policajci su bili tamo i stan je prazan, i nema ni traga kolima. Taj čovek je profesor na jednom od američkih univerziteta u Firenci, i u stanu su nađene knjige i dokumenti, sve na engleskom. Moji ljudi nisu baš preveliki poznavaoci stranih jezika, tako da moram da odem i pogledam. Hoćeš li sa mnom, Dene?

Pošto je Virđilio proveo čitavo popodne vozeći dvesta kilometara da proveri da li postoji neko ko želi da me ubije, pomislio sam kako bi trebalo da pristanem. Popili smo piće i ubacio sam Oskara u zadnji deo svog kombija i krenuo za njima nizbrdo do glavnog puta, spremajući se za kratku vožnju do Amerikančevog stana. Ispostavilo se da je taj stan jedan od nekoliko adaptiranih od starih štala u jednom seocetu usred dobro održavanih vinograda. Kad smo stigli tamo, nije bilo ni traga automobilu niti vlasniku. Tamo su bila dvoja policijska kola, a na vratima se nalazila jedna mlada policajka koja je odmah prepoznala Virđilija i vešto mu salutirala.

U Amerikančevom stanu u prizemlju prizor je bio prilično haotičan. Vodnik zadužen za istragu došao je i uverio nas da to nema veze s njegovim ljudima i da su stan zatekli u takvom stanju. Urednost očigledno nije bila jača strana tog Amerikanca. Kuhinja je bila prepuna prljavih sudova i prema izgledu i smradu stajali su tu nekoliko dana. Dnevna soba je bila oskudno nameštena, a jedini neobični predmeti bili su tegovi za vežbanje. Verovatno je voleo da vežba.

Postojala je jedna spavaća soba s bračnim krevetom čiji čaršavi su izgledali kao da nisu odavno oprani, i još jedna sobica, koja je sigurno korišćena kao radna. Kraj prozora se nalazio sto, prekriven papirima i beleškama, a na sredini je bio prazan prostor, jasno vidljiv zbog odsustva sloja prašine koja je prekrivala većinu ostalih horizontalnih površina u stanu. Tu se verovatno nalazio kompjuter.

Pokazao sam rukom na sto. – Nema laptopa. Da li mislimo da je došlo do provale? To bi moglo da objasni ovaj haos.

Virđilio je odmahnuo glavom. – Momci napolju kažu da nije bilo tragova provale. Sve je bilo zaključano i morali su da razbiju prozor pored vrata kako bi ušli. Ne, mislim da je naš američki prijatelj samo aljkava osoba.

– Možda je imao druge brige... otmicu, na primer.

Nakon što sam pomerio hrpu prljavog rublja groznog izgleda, seo sam na stolicu kraj stola i počeo da pregledam papire. Nije bilo mnogo zanimljivih stvari osim činjenice da su neocenjeni eseji i knjige koje su ležale naokolo govorila da je taj Amerikanac bio profesor. Naravno, to nije bilo neočekivano: jedan broj američkih univerziteta imao je takozvani firentinski program, i većina ih se bavila italijanskom umetnošću, arhitekturom i istorijom, a neki su nudili i kurseve italijanskog jezika. Studenti su obično dolazili tu na kratke kurseve ili semestre, i mogli su da dobiju bodove potrebne da diplomiraju u Sjedinjenim Državama. Usredsredio sam se na traženje tragova kuda je otišao.

U gornjoj fioci sam otkrio američki pasoš na ime Viktor Albert Nero, rođen u Džordžtaunu, u Delaveru, pre trideset sedam godina. Podigao sam ga i mahnuo drugoj dvojici.

– Kud god da je otišao, nije napustio zemlju. – Zagledao sam se u pasoš. Nero je na fotografiji imao debeo vrat, kratku crnu kosu i tamne oči. Kao i kod svih pasoških fotografija, lice mu je bilo bezizrazno.

Virđilio je istraživao sadržaj jedinog plakara u sobi, a Inočenti je listao hrpu devojačkih časopisa kraj kreveta, uz pohvalnu temeljnost. Virđilio me je pogledao preko ramena i klimnuo glavom. – Izgleda da ne poseduje mnogo stvari. Nema ničeg što mi govori mnogo o njemu osim činjenice da ima grozan ukus za odevanje.

Uniformisani vodnik koji je stajao ispred pojavio se na vratima radne sobe s telefonom u ruci i pružio ga je Virđiliju. – Uspeo sam da pronađem dekana fakulteta na kojem je Nero radio. Želite li da razgovarate s njom, gospodine? Ona je Amerikanka.

Virđilio je uzeo telefon i dodao ga meni. – Možeš li, Dene? Znaš kako to ide.

Uzeo sam telefon i čuo Amerikankin glas na drugom kraju, koji je na prihvatljivom italijanskom pitao šta se događa. Odgovorio sam na engleskom.

– Dobar dan, prezivam se Armstrong. Izvinite što vas uznemiravamo tokom vikenda. Zovem u ime inspektora Pizana iz firentinskog odeljenja za ubistva.

– Ubistva? Jeste li rekli ubistva? Ko je ubijen?

– Istražujemo slučaj otmice i moguće ubistvo jedne žene. Rado bismo razgovarali s jednim od vaših predavača koji bi mogao da nam pomogne u istrazi. Zove se Viktor Albert Nero.

Čuo sam kako besno sikće. – O, bože, ne opet on.

– Opet?

– Viktor nije jedan od saradnika na koje smo ponosni, nažalost. Radim ovde malo duže od četiri godine, i on je prvi saradnik koga sam morala da otpustim.

– Možete li mi reći kad se to dogodilo i zašto?

– Napustio je posao pre dve nedelje. A što se tiče tog zašto, odakle da počnem? Tokom poslednjih nekoliko meseci kasnio je sve više i više, a onda je prestao da dolazi na predavanja. Kad je dolazio, ponašao se nepredvidivo... svi su to primetili. Ali to je bio samo vrh ledenog brega. Trenutno postoje tri žalbe protiv njega koje odbor istražuje, sve od studentkinja.

– Kakve vrste žalbi?

– Seksualno zlostavljanje, nabacivanje, neprikladno dodirivanje... shvatate.

Sigurno sam shvatao. – Ja sam s policijom u njegovom stanu blizu Montespertolija, ali nema mu ni traga. Imate li neku drugu adresu na kojoj bi mogao da bude?

– Samo trenutak, molim. – Čekao sam dok nije pogledala dosije, ali nije ništa pronašla. – Žao mi je, ali to je jedina adresa koju imam.

– Da li postoji neko ko bi mogao da zna više o njemu? Da li se družio s nekim?

– Iskreno mislim da nije, ali raspitaću se. Bio je usamljenik i izbegavao je ljude. Podsećam vas, većina ljudi je izbegavala njega jer je bio čudak.

– Na koji način... osim neprikladnog ponašanja prema ženama?

– Opšte mišljenje je bilo da nije mentalno uravnotežen. Bio je sklon izlivima besa, a oni su postali učestali u poslednjih godinu dana. Jednom je pesnicom probio drvena vrata. Tvrdio je da je to bilo slučajno, ali ljudi oko njega su rekli da je to uradio namerno i iz nemoći.

– Da li je snažan?

– Bez sumnje. Visok je, verovatno metar i devedeset, i vrlo krupan. Mislim da negde imam njegove fotografije na koktelu koji smo organizovali proletos da proslavimo pedeset godina isturenog odeljenja u Firenci. Smem li da vas pozovem ako ih pronađem? – Usledila je kratka pauza. – Da budem iskrena, gospodine Armstrong, bojala sam ga se, a sigurna sam da nisam bila jedina.

Uverio sam je da će nam fotografije koristiti i dao sam joj Virđiliov broj. Morao sam da je pitam zašto je zaposlila tako očigledno neprikladnu osobu, ali ona je predosetila moje pitanje.

– Pre nego što pitate, nisam imala veze s njegovim zapošljavanjem. Poslat je iz našeg matičnog univerziteta u Sjedinjenim Državama, i imala sam osećaj da su ga namerno poslali da ga se otarase. Kad sam im rekla kako sam morala da ga otpustim, stekla sam utisak da nisu iznenađeni.

Zahvalio sam joj se i vratio telefon uniformisanom vodniku, koji je slušao neko vreme dok sam prepričavao razgovor na italijanskom.

Dok sam to radio, video sam kako se trojica muškaraca gledaju. To nije zvučalo dobro. Snažan, visok muškarac nestabilnog ponašanja nije bio dobar za bezbednost nestale žene. Vratio sam se preturanju po fiokama i dokumentima, ali nisam pronašao ništa zanimljivo. Kad smo završili, nismo imali nikakvu predstavu kuda je mogao da ode.

Kad smo izašli, Virđilio je poslao policajce da ispitaju komšije i vide da li neko od njih ima informacije o Nerovom boravištu. Naredio je dvojici policajaca da se sakriju kraj susedne kuće za slučaj da se sumnjivac vrati i onda se okrenuo prema meni i bespomoćno slegnuo ramenima.

– Objaviću poternicu za Nerom. Nadajmo se da će dama s kojom si upravo razgovarao pronaći njegovu pristojnu fotografiju, ali ako je ne nađe, možemo da kopiramo onu iz pasoša, i videću da se pošalje svima uz opis njegovog automobila. Samo se nadam da ćemo ga pronaći pre nego što naudi toj ženi. – Ton mu je postao zlokobniji. – Ako već to nije uradio.

– A ja ću dati sve od sebe da odlazak filmske ekipe do starog manastira protekne bez incidenta.

– Kad će se vratiti u Sjedinjene Države?

– Imaju snimanje sutra i u ponedeljak, i to je to. – Pogledao sam Virđilija u oči. – Odahnuću kad se spakuju i odu. Da smo samo malo bliži pronalaženju ubice Donija Lopeza...

– I ja ću odahnuti. Američka ambasada je vrlo napeta i pritiskaju ministra u Rimu koji pritiska kvestorea, a lako ćeš pogoditi koga on pritiska. – Virđilio je razočarano uzdahnuo. – Ipak, možda će nam se javiti iz *Tvitera* s podacima o tipu koji je spopadao pisca, ili možda dobijemo neke vesti o supruzi Skota Norisa.

– A ako ne dobijemo?

– Onda se vraćamo na početak.

Bio sam podjednako razočaran kao i on. Tokom čitave karijere mrzeo sam nezavršene stvari i nerešene slučajeve. Svi u mojoj profesiji rekli su mi da neki slučajevi neizbežno neće nikad biti rešeni, ali to mi nije pomagalo da se pomirim s tim. Proveo sam čitavo veče razmišljajući o događajima od prethodnih nekoliko dana, očajnički tražeći nešto što sam možda prevideo, ali uzalud.

22.

Nedelja ujutro

Sledećeg jutra sam ustao rano, obukao prugasti kostim i krenuo kolima sa Oskarom prema Opatiji Svetog Bernarda. Taj stari manastir se nalazio na kraju izrovanog zemljanog puta u šumovitoj dolini nedaleko od Montajonea, gradića u koji je Ana vodila Selenu i mene prekjuče, i sigurno je bio daleko od civilizacije, kako je Inočenti rekao. Kao većina cistercitskih manastira, i ovaj se nalazio kraj reke, koja je nekad navodnjavala polja gde je zajednica monaha živela skromnim životom, posvećenim teškom fizičkom radu i strogom poštovanju verskih pravila. Tekst koji sam sinoć pronašao na *Guglu* rekao mi je da je osnovan pre sedamsto godina, ali je napušten pre Drugog svetskog rata. Krov se ponegde urušio, i sad je bio u zapuštenom stanju. Gomila savremenih kamiona i kombija iz kojih se istovaruje blistava oprema iz dvadeset prvog veka delovala je izrazito neskladno u ovom mirnom, istorijskom okruženju.

U nekim drugim okolnostima, mnogo bih uživao u poseti ovakvom mestu, ali ne i jutros. Mada je današnje snimanje uglavnom opisano kao rad u „enterijeru“, činjenica je bila da zjapeći prozori i prazni prolazi, odakle su lokalni sakupljači sekundarnih sirovina odavno odneli vrata, predstavljaju otvoren poziv našem ubilačkom strelcu. To što policija nije bila tu da proveri okolinu bio je veliki problem, mada bi, da se to uradi kako treba, trebalo najmanje desetak policajaca, a čak ni onda ne bi bilo previše teško odlučnom napadaču da se približi svojoj meti. Zajedno s Velikim Džimom i njegovim kolegom, koga sam u mislima krstio Neznatno Manji Čak – mada nikom ne bi palo na pamet da naziva tu grdosiju tako

– obišao sam okolna polja i šumu, i to je potvrdilo moje najgore strahove. Ta oblast je nudila brojna skrivališta i gotovo pozivala na napad. Palo mi je na pamet, dok sam hodao oko zgrade, da ako napadač stvarno želi da napadne *mene*, bio sam kao pokretna meta u svom žuto-crvenom prugastom odelu. Mada sam i dalje bio uveren kako nisam meta, ipak je to bila uznemirujuća pomisao.

Pošto nisam mogao ništa da uradim sa okolinom zdanja, pažljivo sam osmotrio unutrašnjost zapuštenih građevina, primećujući najviše i najmanje izložene oblasti. Kad sam stekao dobru predstavu o rasporedu, poveo sam Emija sa sobom i zajedno smo pronašli najbezbednije mesto za snimanje, mada je „bezbedno" bilo relativan pojam ovde. Srećom, on je već odlučio da će većina scena biti snimljena u unutrašnjem manastirskom dvorištu. Ono je, kao srce svakog manastira, bilo potpuno odvojeno od spoljašnjosti, ali to je ipak značilo da ljudi koji dolaze i odlaze moraju da prođu pored niza otvorenih prozora i vrata.

Kamion s hranom parkirao se pored stare štale – takođe bez krova – i zamolio sam ih da postave stolove iza debelih kamenih zidova te zgrade, kako bi bili što više zaštićeni. Uzeo sam kafu – kao i neizbežno pakovanje biskvita za mog uvek gladnog pratioca – i promrmljao tihu molitvu da je strelac odustao i otišao.

Ali nisam se mnogo nadao.

Producent i zvezde stigli su malo posle devet i pobrinuo sam se da brzo prođu kroz ruševine crkve do relativne bezbednosti unutrašnjeg dvorišta. Veliki Džim je stajao ispred ulaznih vrata dok se Čak smestio iza zgrade. Kad je snimanje počelo, stajao sam u uglu manastirskog dvorišta i divio se jednostavnoj lepoti drevnih ali neukrašenih kamenih stubova i predivnog načina na koji su kamene ploče na podu, tokom vekova, uglačala stopala u sandalama. Sredina unutrašnjeg dvorišta, gde se bez sumnje nekad nalazio lepo održavan vrt, sad je bila prekrivena zamršenim ostacima vekovima starih ruža. Bila je to hrpa malih ružičastih cvetova i izgledala je ljupko na neki nesrećan način u tom zapuštenom okruženju. Osim što sam pregledao okolinu, pokušao sam da razmišljam kao napadač.

Kuda bi otišao da odapne strele? I dalje sam razmišljao o strelcu kao o muškarcu, mada je to bilo sve manje verovatno zbog najnovijih informacija o dolasku Skotove žene u Evropu. Ometalo me je to što nisam znao da li je strelac zainteresovan da pogodi bilo kog člana ekipe ili glumca, ili ga zanima samo određena meta. Ako je nasumice birao mete, strelac je mogao da se sakrije bilo gde u šumi, što bi značilo pogodak sa udaljenosti od šezdeset ili sedamdeset metara od manastira. Na osnovu onog što mi je gospodin Rufina rekao o preciznosti luka i strele u rukama iskusnog strelca, to bi bilo sasvim moguće za nekog stručnjaka. Ako je ubica želeo da pogodi neku određenu osobu, verovatno bi bilo potrebno da se približi. Pretraživanje cele šume bilo je nemoguće, tako da sam odlučio da se usredsredim na mesta bliže zidovima gde je moguće da neko čeka u zasedi.

Ostavljajući glumce i ekipu da rade pod budnim okom dva velika čuvara, Oskar i ja smo izašli i počeli da kružimo oko manastira, ostajući na pedesetak metara od zida. Polja koja su nekad obrađivali monasi sad su bila zarasla, a zbog trnovitog žbunja bilo je teško hodati. Pratio sam vijugave staze koje su napravile životinje i lovci i uskoro sam se upleo u posebno gusto žbunje i shvatio sam da bih mogao da pocepam helanke. Upravo sam se bio sagnuo, pregledao štetu i pokušavao da se otpetljam, kad sam čuo nepogrešiv zvuk odapinjanja strele negde ispred sebe. Ispravio sam se baš kad mi je još jedan zvuk rekao da je strelac odapeo drugu strelu i ovoga puta sam video pokret stotinak metara ispred sebe. Reagujući instinktivno – i verovatno glupo s obzirom na to da sam bio nenaoružan – povikao sam što sam glasnije mogao.

– Hej, ti! Šta to radiš?

Tek kasnije mi je palo na pamet da sam vikao na engleskom, ali rezultat je odmah bio vidljiv. Ta osoba, delimično skrivena iza visokog žbunja sa žutim cvećem, okrenula se i počela da beži, a luk i tobolac sa strelama bili su jasno vidljivi. Bilo je nemoguće reći da li je to muškarac ili visoka žena, jer je ta osoba bila dobro sakrivena ispod tamnozelene dukserice s kapuljačom koja se uklapala u okruženje i nisam joj video lice. Potrošio sam dragocene sekunde da se iskobeljam iz žbunja i pritom uništio crvene helanke, pre nego što sam krenuo u poteru. Redovno trčim i smatram sebe prilično spremnim za pedesetšestogodišnjaka, ali u ovom okruženju nisam imao izgleda. Strelac je očigledno znao put i išao je stazom koja vodi ka bezbednosti šume. Što se tiče mene, bilo mi je potrebno nekoliko minuta da pretrčim tu udaljenost kroz haos žbunja i trnja dok nisam stigao do mesta gde sam prvi put video strelca a dotad je ta osoba nestala iz vidokruga.

Sa Oskarom koji je veselo trčao ispred mene, bez sumnje misleći da je to neka igra, trčao sam stazom dok nisam stigao do ivice šume. Tu se staza račvala i nije bilo ni traga strelcu. Zaustavio sam se i napeto slušao, ali nisam ništa čuo. Ili se sakrio ili je već odmakao dovoljno daleko uzbrdo da ga više ne čujem. Dok sam stajao tamo, pomislio sam na filmsku ekipu u manastiru. Da li je jedna strela, ili su obe, pogodile ljudsku metu i, ako je tako, koga? Tiho se moleći da to nije bila Ana, doneo sam brzu odluku i krenuo neznatno širom od dve staze. Popeo sam se pedesetak metara kad sam stigao do novog račvanja. Zastao sam da razmotrim opcije i, dok sam to radio, palo mi je na pamet da mogu da utrčim u zasedu ako nastavim – pod pretpostavkom da ću pronaći pravu stazu. Moj drečavi kostim učiniće me lakom metom, a mogućnost da dobijem strelu u grudi nije mi se ni najmanje dopadala, i zato sam ponovo oslušnuo ali čuo samo sam dahtanje svog psa – ili sam to možda bio ja – i detlića koji u daljini udara u koru drveta. Nevoljno sam se opredelio za diskreciju, okrenuo sam se i krenuo prema manastiru, nadajući se da nijedna od dve strele nije pogodila nekoga.

Na povratku sam izvadio telefon i pozvao Virđilija, ali uključila se govorna pošta. Ostavio sam kratku poruku o tome šta se dogodilo i pozvao Inočentija, ali sa istim ishodom. Nadao sam se da će mi se jedan od njih uskoro javiti.

Vratio sam se i zatekao zaprepašćenu tišinu i jedva prikriven užas. Izgledalo je kao da su se svi okupili u staroj štali zbog zaštite, a nekoliko ljudi je držalo čaše s viskijem ili grapom da se ohrabre, a usred njih je bio Skot Noris, svaljen na stolicu, sa žutim linijama na tunici sad potpuno crvenim, natopljenim krvlju. Kraj njega je bespomoćno stajala Selena, bleda kao kreč. Probio sam se kroz gomilu do njega i pogledao bolje. Krv mu je tekla iz vrata, a neko mu je obavio peškir oko rane da zaustavi krvarenje. Skot je desnom rukom pritiskao peškir i bio je očigledno u šoku. Nagnuo sam se i nežno mu sklonio ruku s peškira i pomerio ga sa grla, bojeći se onog što bih mogao da vidim.

– Da li je strašno? – Glas mu je bio napet, ali i dalje je zvučao razumno.

Peškir je pao i osetio sam olakšanje. Da, imao je gadnu horizontalnu posekotinu na vratu, ali glavna arterija i dušnik bili su nedirnuti i mada je izgubio mnogo krvi, sad nije šikljala. Nežno sam vratio tkaninu i preneo mu dobre vesti.

– U redu je, Skote, siguran sam da ćete biti dobro. Imali ste mnogo sreće. Centimetar udesno i mogli ste da umrete. Kako se ispostavilo, imaćete impresivan borbeni ožiljak koji možete da pokazujete obožavaocima, ili ako više volite, samo nosite rolke da ga sakrijete, ali siguran sam da ćete preživeti.

Olakšanje mu se pojavilo na licu, i ohrabrujuće sam ga potapšao po ramenu pre nego što sam se ispravio i okrenuo prema nestrpljivim posmatračima. – Siguran sam da će biti dobro, ljudi. – Svi su glasno uzdahnuli od olakšanja. – Dobro, da li je iko pozvao hitnu pomoć?

– Da, pre deset minuta. – Video sam Anino lice u gomili i mahnuo sam joj.

– Sjajno. Hvala. A policija?

– Da, pozvala sam 112 i rekli su da će poslati ljude.

Ugledao sam Katu kako stoji kraj vrata uz Gabrijela Lajonsa. – Kato, da li biste mogli da donesete pribor za prvu pomoć? Mislim da je bolje da previjem Skota dok ne stignu bolničari.

Video sam kako je Kata otrčala i ponovo sam čučnuo kraj Skota. Izgledao je razumljivo iscrpljeno zbog šoka i gubitka krvi, i mislio sam da je najbolje da ga održavam budnim.

– Kako se to dogodilo, Skote?

Zastenjao je i pogledao me je. – To je moja krivica. Vraćao sam se hodnikom i zaustavio sam se da vežem pertlu. Nije mi palo na pamet da sam pored velikog otvora u zidu i mora da sam bio laka meta. – Kata se vratila s priborom za prvu pomoć, začudo bez saplitanja, i dok sam zamenjivao natopljeni peškir čistim zavojem, Skot me je zbunjeno pogledao. – Ko je to mogao da bude, Dene? Ko bi željeo *mene* da ubije?

Činjenica je da sam imao užasan osećaj kako znam ko je pokušavao da ga ubije, i da je to bila njegova žena. I dalje sam razmišljao da li da mu prenesem vesti kad mi je telefon zazvonio i video sam da je to Virđilio. Odlučio sam da se udaljim od ostalih pre nego što se javim, rekao sam Skotu da se odmah vraćam i izašao sam.

– Zdravo, Virđilio, hvala ti što si se javio. – Ispričao sam mu šta se dogodilo i kako sam, razočaravajuće, uspeo da pustim ubicu da pobegne. Brzo me je razuverio.

– Uradio si pravu stvar, Dene. Ubica je pokazao da se ne boji da ubije. Bog zna šta bi ti se dogodilo da si ga sustigao.

– Ili nju. Ne zaboravi ko je žrtva.

– Da, tako je. Jesi li rekao Skotu?

– Ne, mislio sam da je bolje da sačekamo dok nam se ne javi francuska policija. Nema svrhe da izazivamo bračni razdor dok ne budemo imali dokaze.

– U pravu si. Inočenti i ja dolazimo kod tebe. Trebalo bi da stignemo za petnaestak minuta.

– Sjajno. Ima li novosti o nestaloj ženi?

– Da... ima novih informacija, ali nisam siguran šta znače.

Pre nego što sam ga pitao da mi to objasni, video sam kola hitne pomoći kako se truckaju stazom. Prekinuo sam vezu i pokazao dvojici bolničara put do žrtve. Kad je Skot bio u njihovim sposobnim rukama, izašao sam i seo da se odmorim na jedan veliki, izrezbaren kamen koji je verovatno pao s jednog od ruševnih lukova. Moj zabrinuti pas se svalio kraj mojih nogu i pogledao sam ruševine manastira, čiji mir je bio grubo uništen tog jutra. Mislio sam o tome da iako često mislimo o srednjem veku kao o nasilnom dobu, i dvadeset prvi vek može da bude nasilan. Sedeo sam samo minut ili dva kad sam osetio nečiju ruku na ramenu. Video sam da je to Ana.

– Evo, izgledaš kao da ti je potrebno ovo. – Stavila mi je papirnu šolju jake kafe u ruku. – Hajde. Popij.

Osmehnuo sam joj se i uradio kako mi je rekla, otkrivajući da je neko sipao dosta grape u kafu. Osetio sam kako mi peče grlo, i prijalo mi je. Pomerio sam se u stranu da napravim mesto da ona sedne kraj mene. Osetio sam toplotu kroz rukav tunike i to mi je prijalo. Pokušavajući da popravim raspoloženje, pokazao sam na pocepane helanke i ogrebane noge. – Garderoberi će me mrzeti što sam im uništio dragocene crvene helanke.

Osmehnula mi se. – Primetila sam. To je drugi razlog zbog koga sam te potražila. – Pre nego što sam stigao da se pobunim, kleknula je i otkrio sam da nisam jedina osoba koja ume da koristi pribor za prvu pomoć. Odbacujući zaljubljene nasrtaje mog psa, koji se oduševio što je ona za promenu bila na njegovom nivou, izvadila je makaze i krenula da uklanja pocepane helanke. Dodir njenih prstiju na mojoj koži bio je stimulativan i siguran sam da sam imao tupav osmeh na licu kad je završila čišćenje posekotina i mazanje antiseptikom. Nekoliko njih je bilo dovoljno veliko da zahteva flastere, ali inače su mi noge izgledale mnogo bolje nakon njene intervencije. Izgledalo je da je primetila. Kad je ustala i sela kraj mene, pokazala je naniže.

– A ti si se brinuo zbog svojih nogu. Mislim da izgledaju lepo.

To je bio prvi put u životu da je neko pohvalio moje noge, tako da nisam bio siguran kako da reagujem, ali onda sam se spontano sagnuo i poljubio je u obraz. – Hvala ti. Baš si ljubazna.

Malo me je stegla za podlakticu, ali dalju intimnost prekinuo je poznati zvuk policijskih sirena koje se brzo približavaju. Uputio sam joj stidljiv osmeh i skočio na noge. – Bolje da krenem. I hvala još jednom.

Virđilio i Inočenti su stigli odmah iza patrolnih kola s dva uniformisana policajca. Svi su dotrčali i mogao sam da im prenesem dobre vesti da će Skot izgleda biti dobro. Dok su Inočenti i uniformisani policajci istraživali mesto zločina, odveo sam Virđilija napolje i pokazao sam mu mesto gde se strelac skrivao i kuda je pobegao. Dok smo hodali naokolo, opisao sam mu najdetaljnije što sam mogao šta se dogodilo i pokazao stazu kojom je taj muškarac – ili verovatnije žena – pobegao.

– Ne mogu da znam da li je napadač bio muškarac ili žena, jer sam video samo leđa. Ta osoba je prilično visoka i glavu joj je pokrivala kapuljača, tako da je sasvim moguće da je *on* bio *ona*. Znaš li kad bi francuska policija mogla da javi nešto za suprugu Skota Norisa, olimpijsku streličarku?

– Obećali su mi da će me pozvati jutros da potvrde da li je i dalje u Francuskoj. Proverili smo i izgleda da je ona visoka, snažna žena, tako da je možda to osoba koju si progonio. Međutim, ako je i dalje u Francuskoj, mislim da imamo još jednog kandidata za našeg strelca. – Zaustavio se kad smo stigli do starog kamenog zida i naslonio se na njega, okrećući se ka meni. – Ali postoji još nešto, Dene. – Zvučao je ozbiljno. – Pitao si ima li nekih novosti u slučaju nestale žene. Pa, *bilo* je. Dekanka američkog univerziteta poslala mi je nekoliko Nerovih fotografija s tog prolećnog koktela, i poslali smo ih svim stanicama. Problem je... postoji druga fotografija na kojoj je nešto zanimljivo.

– Stvarno, šta?

Izvadio je telefon, pretražio fotografije i dodao mi ga. – Pogledaj sâm.

Okrenuo sam leđa suncu kako bih bolje pogledao fotografiju. Na njoj je bilo petoro ljudi, svi otmeno odeveni. Nero je bio jasno prepoznatljiv na osnovu fotografije iz pasoša, viši od svih ostalih, delujući da mu je nelagodno u tesnom smokingu, ali nije bio najzanimljivija osoba na fotografiji. Uz njega je bila poznata figura u vrlo otmenoj večernjoj haljini. Zumirao sam da je bolje pogledam, ali nije bilo sumnje.

Ta žena je bila Ana.

Virđiliov glas je prekinuo sve zbunjujuće misli koje su mi prolazile kroz glavu. – Dobro, to je možda samo slučajnost. Uostalom, oboje su profesori – izgleda da je i on predavao istoriju – i verovatno je taj američki univerzitet pozvao profesore iz drugih škola na svoj koktel. Ali postoji još nešto zbog čega je sve to sumnjivo. Znaš za onaj spisak imena strelaca koji si dobio od stakloresca? Pregledao sam ga ranije i jedno ime je iskočilo: V. A. Nero.

– Opa! – Iznenada mi je bilo drago što sam imao kameni zid da se naslonim na njega. Prva reakcija mi je bila da gubim instinkt. Nekad davno, i ja bih povezao sve to, ali meseci daleko od Skotland jarda i moje poodmakle godine mora da su uzeli danak. – Čestitam ti na tom otkriću. Osećam se postiđeno.

– Ne prekorevaj sebe, Dene. Ima preko stotinu imena na tom spisku, a kad si ga video, nisi znao ko je Nero. Nisi mogao da zapamtiš sva imena sa tog spiska.

– Da razjasnimo nešto: to znači kako je moguće da je Viktor Albert Nero glavni sumnjivac ne samo u slučaju otmice nego je možda i fantomski strelac, odgovoran za ubistvo Lopeza i ranjavanje ostalih? – Pogledao sam ga izbezumljeno. – Da li mi to govoriš?

– Tako izgleda. Bog zna kako ili zašto, ali to je previše slučajnosti da bismo ih ignorisali.

Dok je govorio, ukazao mi se očigledan zaključak te hipoteze. – Sve vreme smo govorili da bi te strele mogle biti delo više od jedne osobe – jedne spolja i jedne iznutra. Pošto znamo da se to dvoje poznaju, mislimo li da je Ana možda ta osoba iznutra? – Mora da sam zvučao potpuno sluđeno jer je moj pas prestao da njuška hrpu zečjeg izmeta i prišao mi da me ohrabrujuće dodirne njuškom, srećom neuprljanom. Zamišljeno sam mu češkao uši dok je Virđilio odgovarao.

– Iskreno ne znam, Dene, ali to *jeste* sumnjivo. Slušaj ovo: ova fotografija ne dokazuje ništa. Samo su stajali jedno kraj drugog uz ostale ljude. Čak i da su prijatelji, glavni problem je pronalaženje motiva. Koji bi motiv Viktor Nero mogao imati da ubije Lopeza i rani ostale? A ako su radili zajedno, šta je, zaboga, moglo da pretvori Anu Galardo u ubicu, ili makar saučesnicu u ubistvu?

– Tako je. Ako su stvarno zajedno u ovome, kakve veze onda ima oteta žena? Da li je nekako bila umešana, ili je možda videla ili čula nešto što nije smela? Da li su je oteli i ubili kako bi je ućutkali? – Sve vreme je moja podsvest vrištala *Ana*? – Ali ne vidim Anu kao ubicu ili čak saučesnika, a ti?

– Iskreno ne, ali događale su se i neobičnije stvari.

Bio je u pravu, naravno. Ako sam išta naučio za trideset godina u policiji, to je da izgled može da zavara i da nije sve onako kako izgleda. Ali Ana...

Duboko sam udahnuo nekoliko puta. – Kako želiš to da izvedeš? Da li želiš da razgovaraš nasamo s njom, ili da budem s tobom? S druge strane, možda je bolje ne odavati ništa zasad, već samo motriti na nju. Šta misliš?

– To drugo, rekao bih. Nećemo pominjati fotografiju i moguću vezu s Nerom, ali ćemo je definitivno motriti.

Intenzivno sam razmišljao. – Da li je moguće da ponovo pogledam Nerov stan? Kad smo ranije bili tamo, tražili smo vezu s nestalom ženom. Ako postoje izgledi da je umešan u strele i Lopezovu smrt, voleo bih ponovo da pregledam njegove stvari, za slučaj da uočim nešto što mi je promaklo prvi put.

– Naravno. Pozvaću policajce koji čuvaju kuću i reći im da dolaziš.

– Postoji samo još jedna stvar... možda bi trebalo da ostanem ovde i pružim podršku i zaštitu filmskoj ekipi? Mada im dosad nisam mnogo pomogao.

– Samo idi. Ne brini, Inočenti i ja ćemo biti ovde sa ostalim policajcima najmanje još dva sata, a uskoro će stići i forenzičari, tako da nećeš biti potreban. Pored toga, mislim da je sasvim sigurno da je napadač – ko god da je – odavno otišao.

23.

Nedelja ujutro

Na putu do Nerovog stana nisam mogao da izbacim Anu iz glave. Da li je moguće da je stvarno povezana sa ubistvom i pokušajima ubistva, i možda čak s otmicom te žene? Pre manje od pola sata poljubio sam je nežno i nisam sumnjao da se moja osećanja prema toj inteligentnoj, brižnoj i privlačnoj ženi brzo razvijaju. Ta fotografija je bila šok, a sad nisam znao šta da mislim.

Parkirao sam malo dalje od Nerovog stana i krenuo sa Oskarom stazom prema njemu. Kad sam se približio stambenoj zgradi, jedan od uniformisanih policajaca se pojavio iz obližnjeg dvorišta i došao da me pusti u stan. Nije mi promakao širok osmeh na njegovom licu kad je osmotrio moj kostim – i moja kvrgava kolena – ali dosad sam se navikao na to i, osim toga, imao sam važnije stvari na umu. Policajac je nosio jedan od onih opakih malih *glok* automatskih pušaka od kojih sam se ježio. Pomisao da pritiskanjem obarača možeš da ubiješ sobu punu ljudi za nekoliko sekundi uvek me je užasavala. Nikad nisam bio ljubitelj vatrenog oružja, mada sam završio nekoliko kurseva za njegovo korišćenje tokom godina. Podsećam vas, pored ubice na slobodi, nisam mogao da krivim tog policajca. Bolje je biti spreman.

Počeo sam od kuhinje, nameravajući da obiđem svaku sobu, i gotovo odmah sam došao do prvog otkrića. Malo ranije, jedan od policajaca je pretražio kuću i ispraznio sadržaj kante za smeće na plastičnu foliju na kuhinjskom stolu i rasprostro smeće, pregledajući ga i tražeći dokaze. Uradio sam isto, i dok sam to radio iznenada sam ugledao gomilu perja, koje je prethodni istražiteljski tim sigurno odbacio kao ostatke kokoške koju je Neri ispekao. Ono što mi je privuklo pažnju kad sam ga pogledao bio je način na koji je neko isekao komadiće pera – što je čudno za kuvara, ali je upravo ono što bi uradio neko ko pravi pera za strele.

Kao da to nije bilo dovoljno, dobio sam dodatnu potvrdu šta je Nero radio kad sam pronašao praznu tubu lepka zaguranu u truli leš nesrećne kokoške, malo dalje na stolu. Iz nekoliko desetina drečavih narandžastih plastičnih pera, uredno odsečenih sa strele kako bi se napravilo mesto za prava pera. Nije bilo sumnje: Nero je bio naš strelac. Sledeće pitanje je zašto?

Pregledao sam ostatak kuhinjskog otpada i onda otišao u dnevnu sobu. Odatle sam otišao u spavaću sobu, metodično proveravajući sve na šta sam naišao, dok nisam stigao do radne sobe, a gotovo na samom kraju pretresa pronašao sam najveće otkriće. Stajao sam tamo, razmišljajući da pozovem Virđilija i kažem mu za pera, kad sam uočio nešto neobično.

Na polici za knjige bilo je svega nekoliko desetina knjiga i sad sam, prvi put, shvatio da polovina njih izgleda kao duplikati, a crvene rikne mekih poveza bile su istovetne. Otišao sam tamo i izvadio ih s police. Naravno, bilo je to šest besprekornih primeraka iste knjige, napisane na engleskom. Naslov knjiga bio je *Potraga za moći*, a ime pisca odštampano na dnu bilo je V. A. Nero.

Seo sam na ivicu stola i prelistao jedan primerak. Nije mi bilo potrebno mnogo vremena da shvatim kako su sadržaj knjige i zaplet filma izuzetno slični – definitivno dovoljno slični da ubede nekog sudiju da je reč o plagijatu. Paralele su bile očigledne.

Bila je to knjiga u dva vremenska toka, delimično triler, delimično istorijski roman, a radnja se odvijala u Londonu, a ne u Los Anđelesu, ali neka poglavlja su bila smeštena u Firencu u vreme renesanse. Istorijski deo govorio je o Lorencu Veličanstvenom i bavio se, ni manje ni više, zaverom Pacijevih. Sad mi je bilo jasno zašto je Martin Tejlor izbegavao da pomene tu porodicu u svom scenariju: zbog toga bi bilo suviše očigledno da je kopirao ideje V. A. Nera. A onda, da mi odagna eventualne sumnje da je taj čovek ubica, datum na stranici bio mi je vrlo poznat. Zavera Pacijevih odigrala se dvadeset šestog aprila 1478. Kad Amerikanci pišu datume, uvek stavljaju prvo mesec, tako da je korisničko ime tajanstvenog čoveka koji je na *Tviteru* optužio Tejlora za plagiranje, a sećao sam ga se kao *@autor4261478*, bilo numerički prikaz tog ozloglašenog datuma.

Sad je bilo jasno da je Nero ubica s lukom i da je gotovo sigurno gađao Martina Tejlora sve vreme. Siroti Doni Lopez je bio dovoljno nesrećan da bude na pogrešnom mestu u pogrešno vreme i ubijen je zbog zamene identiteta. Emi i Skot su pogođeni jer je, zbog daljine i činjenice da svi nose iste kostime, ubica ili promašio željenu metu, ili ih je zamenio za Tejlora, a tabla na kamionu s hranom je pogođena umesto Tejlora zbog malo češanja žice na ogradi. Zasad je bilo nepoznato gde je nestala žena, ali Nerova krivica za slučaj sa strelama izgledala je potvrđeno. Uzeo sam telefon i pozvao Virđilija.

– Jesi li i dalje u manastiru? Da li su svi i dalje tamo?

– Da, reditelj mi je rekao da će završiti snimanje još nekoliko scena bez Norisa ovog popodneva, i onda će završiti. Sutra će snimiti poslednju scenu u enterijeru i spakovati se, i većina glumaca i saradnika će otići u Sjedinjene Države.

– Ne puštaj iz vidokruga Martina Tejlora, scenaristu. – Ispričao sam Virđiliju šta sam otkrio, nakon čega sam uzeo primerak knjige, istrčao iz stana i otišao do svojih kola. Razgovor s Tejlorom je nešto što nisam nikako želeo da propustim.

Usput mi je zazvonio telefon, i video sam da je to ponovo Virđilio.

– *Ciao*, Dene. Pogodi šta se dogodilo: francuska policija je upravo javila da je supruga Skota Norisa ne samo u Parizu nego je čak odsela u *Ricu*, i boravi u vrlo skupom apartmanu sa svojim ljubavnikom. Izgleda da ima isti opušteni stav prema braku kao njen muž.

– Toliko o ljubomornoj ženi koja je uzela luk i strele i došla da se osveti. Pa, makar sad znamo ko je pravi počinilac.

Razgovor s Martinom Tejlorom odigrao se na mestu koje je izgledalo kao manastirska konjušnica ili možda štala. Sad je sve što je ostalo od prethodnih stanara bilo nekoliko zarđalih metalnih prstenova u zidovima, crvljivi stubovi koji su virili iz zemljanog poda i kameno korito kraj suprotnog zida, gotovo potpuno prekriveno paučinom. Dva policajca su postavila sklopivi sto i stolice i Virđilio i ja smo seli s jedne strane stola, a Tejlor naspram nas, sa zabrinutim izrazom na licu. Njegova zabrinutost se pretvorila u strah kad sam gurnuo knjigu preko stola ka njemu. Krv mu je napustila obraze, i na trenutak je izgledalo da će mu se slošiti.

– Jeste li videli to ranije, gospodine Tejlore?

Uzeo je knjigu kao da će ga ujesti i prelistao stranice. Napravio je jadan pokušaj da porekne svako saznanje o tome pre nego što je konačno popustio. Svalio se na sto, s glavom u šakama, i po načinu na koji su mu se ramena tresla izgledalo je da jeca. Obično sam tokom ispitivanja davao priliku sagovorniku da se pribere pre nego što nastavim, ali osećao sam kako bes raste u meni i nisam bio raspoložen da ga štedim.

– Gospodine Tejlore, shvatate li da je, zbog vas, jedna osoba mrtva a druge dve su vrlo srećne što su samo ranjene? Shvatate li?

Virđilio mora da je čuo rastući bes u mom glasu, tako da je nastavio. – Zašto nam niste rekli? Da smo znali da neko progoni vas, mogli smo da vam ponudimo zaštitu, i verovatno niko ne bi bio povređen. Korišćenjem policijskih resursa verovatno bismo bili u stanju da ga identifikujemo na vreme, i mogli smo da ga uhapsimo pre nego što je ikoga ubio. Shvatate li da je sve ovo moglo da se izbegne? Šta imate da kažete na to?

Čekali smo čitav minut pre nego što je odgovorio.

– Nikad ranije nisam video tu knjigu. – Tejlor je podigao pogled sa stola i zagledao se suznim očima u nas. – To je istina. – Pogledao je knjigu. – Izgleda kao samizdat. Nisam iznenađen. Montagju mi je rekao da je užasno loše napisana. Kazao je da je nijedan izdavač koji drži do sebe ne bi ni pipnuo.

– Montagju?

– Moj agent u Londonu.

– Vaš agent? – Virđiliju nije bilo jasno mada sam ja znao na šta je Tejlor mislio.

Tejlor je objasnio zbog Virđilija. – Književni agent koji se bavi mojim knjigama i scenarijima.

– On vam je pokazao taj rukopis?

Tejlor je odmahnuo glavom. – Ne, samo mi ga je pomenuo. Večerali smo zajedno prošle godine i rekao sam mu kako nemam ideje. Rekao mi je za taj haotični rukopis koji mu je poslao neki nepoznati Amerikanac. Kazao je da je toliko pun slovnih grešaka i toliko zbunjujući da je gotovo nečitljiv, ali da mu se svidela osnovna ideja. Verovatno mu je bilo potrebno nekoliko minuta da mi prepriča tu priču, i svidela mi se. Nije mi rekao piščevo ime niti naslov knjige mada je, kad razmislim o tome, kad je pročitao moju verziju nekoliko meseci kasnije, on bio taj koji je predložio *Žudnja za moći*.

– Izgledao je istinski snuždeno. – Kad sad mislim o tome, to zvuči prilično slično, zar ne?

Ponovo sam preuzeo ispitivanje. – Takođe zvuči prilično neprofesionalno od vašeg agenta. Zašto nam to niste rekli ranije? Mora da ste shvatili da postoji problem kad vas je na *Tviteru* napao neko čije je korisničko ime bilo datum zavere Pacijevih. Nije ni čudo što ste ga se odmah setili.

– Znam da je trebalo da budem iskren, ali moj ugled zavisi od toga. Znao sam da će me, ako se sazna da taj scenario nije moje delo, advokati filmske kompanije satrti. Znate kakvi su u Sjedinjene Države. Oterali bi me u bankrot.

– Nadam se da hoće. Nadam se da će vam uzeti svaku paru. – Prezrivo sam ga pogledao. – Sad, predlažem vam da razgovarate s Gabrijelom Lajonsom, ili, kad bolje razmislim, možete pokušati da se izvinite Emiju i Skotu. Šteta je što ne možete da se izvinite Doniju Lopezu, zar ne?

Izašao je iz zgrade kao slomljen čovek, ali nismo imali ni trunke saosećanja za njega. Dvoličnost i ponos su mu došli glave, ali to nije pomagalo sirotom Doniju Lopezu.

– Sad sigurno znamo ko je ubica. Nero je naš čovek, bez ikakve sumnje, i moramo da ga pronađemo što pre možemo. – Virđilio se okrenuo prema meni i pogledao me u oči. – Bojim se da je naredna osoba s kojom moram da razgovaram Ana Galardo. Ako ne želiš da učestvuješ, razumeću te. Razgovaraćemo na italijanskom, pa mogu da pozovem Inočentija da zauzme tvoje mesto.

– Ne, moram da čujem to. A svakako dovedi Inočentija. Sedeću sa strane, a ti postavljaj pitanja. – Ali nisam se radovao tome.

Ana je pozvana i stigla je izgledajući radoznalo ali opušteno. Virđilio nije gubio vreme. Dodao joj je svoj telefon, s fotografijom sa univerzitetskog koktela na ekranu. Svi smo pažljivo gledali njenu reakciju kad ga je uzela i gledala neko vreme. Osetio sam olakšanje kad sam video samo nehajno interesovanje na njenom licu, uz sve veću radoznalost. Ponovo nas je pogledala.

– Videla sam ovu fotografiju ranije. Snimljena je na koktelu u jednom od američkih univerziteta u Firenci. Šta je tako posebno u vezi s njom?

– Možete li nam reći imena ljudi na fotografiji pored vas, molim vas?

– Dvoje pored mene su Džon i Marina Grindejl; on predaje rimsku i etrursku istoriju, a njegova žena je šefica katedre za italijanski jezik na našem univerzitetu. Iza njih, mislim da dugokosi tip predaje engleski na Britanskom institutu, a krupni tip s druge strane je profesor istorije na američkom univerzitetu koji je organizovao koktel – ili je makar bio dok nisam čula da su ga otpustili pre nekoliko nedelja. Nisam iznenađena. Bio je uvrnut. – Zvučala je savršeno normalno kad je govorila o Neru i osetio sam se obodreno. Izgleda da je moj instinkt koji je govorio da nema nikakve veze sa ubistvom bio ispravan.

– A kako mu je ime? – Virđilio je prihvatio prijateljski, ohrabrujući ton, ali znao sam da to ne znači ništa. Čuo sam ga da koristi istu taktiku na krivcima i često je delovala.

Razmišljala je nekoliko trenutaka. – Nero, Vik Nero.

– Možete li mi reći zašto je dobio otkaz?

– Čula sam to od prijateljice koja predaje na njegovom univerzitetu, tako da ne znam sve pojedinosti, ali rekla mi je da su mesecima očekivali da se to dogodi. Izgleda da je postajao sve nezainteresovaniji – nije ocenjivao zadatke, kasnio je, takve stvari. Kazala je da je uvek imao kratak fitilj, ali postalo je nepodnošljivo i pričalo se da je šakom ili nogom napravio rupu u zidu ili tako nešto. Ako vas zanima nešto više, mogu vam dati broj svoje prijateljice, ili njene šefice, dekanke. Srela sam je nekoliko puta. Ona je ljubazna dama i sigurno zna sve što se tamo događa.

– Hvala vam, ali već smo razgovarali s njom. Ona nam je dala tu fotografiju.

– Dakle, to znači da vas zanima Nero? – Ana je iznenada zaćutala i lupila šakom u sto, razrogačeno gledajući. – Streličarstvo! O, dragi bože, nemojte mi reći da je on ubica. Ne verujem. – Ako je to bila gluma, sjajno je izvedena. Obodrio sam se jer sam smatrao da je to dodatna potvrda da Ana nije uključena.

– Znate da ga zanima streličarstvo?

– To je jedino o čemu je pričao te večeri. Očigledno mu je bilo važno. Hvalio se kako je učestvovao na takmičenjima, osvajao nagrade i tako to. Stalno je pričao o tome; i o svojoj kući na selu.

– Kakvoj kući?

Ana je zastala da razmisli. – Mislim da je rekao kako ju je kupio zimus i provodio je tamo svaki vikend uređujući je, pokušavajući da je učini useljivom.

– Kuću ili stan?

– Kuću, prilično sam sigurna da je to bila neka oronula kuća.

Virđilio je okrenuo glavu i pogledao me je. Nerov stan se nije uklapao u taj opis, i bio sam podjednako zbunjen. Mada sam rekao da neću govoriti, ipak sam odlučio da se uključim.

– Znači da nije useljiva?

– Bože, ne. Pokazao nam je fotografije. Bio je toliko ponosan na nju, ali bila je tek malo više od ruševine. Kazao je da nije imala krov do pre nekoliko meseci.

– Dakle, on ne živi tamo?

– Sumnjam u to. Izgledalo je kao gradilište. Mislim da se sećam da je Barbara – ta moja prijateljica koja radi... koja je radila s njim – kazala da je iznajmio neki stan.

Dakle, Nero je kupio kuću. Da li je tamo otišao, i da li tamo možda drži nestalu ženu? Osetio sam nalet optimizma. Možda konačno imamo trag koji možemo da pratimo. – A gde se nalazi ta kuća koju je kupio? Da li ti je rekao?

Odmahnula je glavom, i dva detektiva i ja smo uzdahnuli razočarano. – Žao mi je, nije rekao, osim da se nalazi Bogu iza leđa. Ne, čekajte, kazao je da je nije daleko od San Điminjana, ali to ne znači ništa. Ali kao što sam rekla, mogu vam dati Barbarin telefon. Ona će znati više.

Setio sam se još jednog pitanja. – Da li ti je Barbara rekla zašto je počeo da gubi zanimanje, da kasni na posao i tako to?

– Verujem da je rekla kako je pričao o nekoj ženi, nešto o tome da ga je zaludela neka sirotica koja nije želela da ima nikakve veze s njim.

– Zašto kažeš „sirotica"?

– Jer ne mogu da zamislim da se neka žena zaljubi u njega. Provela sam pola sata u njegovom društvu i jedva sam čekala da odem. On je trapava grdosija s ponašanjem gorile. – Uputila mi je osmejak. – Morala sam da ga odgurnem... stvarno, počeo je da me prepipava usred koktela. Kasnije mi je Barbara rekla da je pre ili kasnije spopadao svaku koleginicu, a što se tiče studentkinja... Na osnovu onog što je rekla, verujem da su ga na kraju otpustili zbog žalbi studentkinja.

– Možete li nam dati telefon svoje prijateljice, molim vas, a mi ćemo je pozvati? – Nakon što je zapisao broj, Virđilio je nastavio sa ispitivanjem. – Možete li da se setite još nečeg u vezi s lokacijom te kuće? Znate li ko bi mogao da nam pomogne?

– Žao mi je, ali to je sve čega se sećam. Da budem iskrena, isključila sam se nakon nekog vremena i samo sam smišljala učtiv način da se udaljim. Kao što sam rekla, bio je jeziv tip. Ali sigurna sam da će vam Barbara reći više.

– Hvala vam, odmah ćemo je pozvati. I hvala vam na informacijama koje ste nam dali. Koristiće nam.

– Imate li još pitanja ili je to to?

Virđilio i ja smo razmenili poglede i video sam isti izraz zadovoljstva i olakšanja na njegovom licu, a i ja sam se osećao tako. Na osnovu onog što smo videli i čuli, izgledalo je prilično jasno da Ana nije bila Nerova saučesnica. Osmehnuo joj se.

– Mislim da je to sve zasad. Hvala vam.

Ustala je, a onda sam ustao i ja. – Poći ću s tobom, Ana. Prijalo bi mi piće.

Otišli smo do kamiona s pićem i naručio sam espreso za nju i pivo za sebe. Dok smo pijuckali pića, ispričao sam joj kako sam pronašao pera i odsečena plastična perca, kao i knjige koje su ukazivale na Nera. Sad je bilo jasno da je on ubica Donija Lopeza, i ispričao sam joj kako je Martin Tejlor sad u ozbiljnom problemu, i što se mene tiče, zaslуживao je sve ono što će mu se dogoditi. Pogledao sam na sat i iznenadio se kad sam video da je gotovo jedan. Iznenada sam se setio nečeg: Virđilio i ja trebalo je da igramo tenis u dva, ali moraćemo da otkažemo nakon ovoga. Ana i ja smo stajali i razgovarali nekoliko minuta pre nego što sam osetio da treba da se vratim kod Virđilija i kažem mu kako treba da otkažemo tenis i odlučimo šta ćemo dalje da radimo.

Međutim, pre nego što sam pošao, rekao sam nešto krajnje glupo.

– Ne možeš da zamisliš koliko mi je laknulo kad sam čuo da nemaš nikakve veze sa smrću Donija Lopeza i pokušajima ubistva. Uplašio sam se kad sam te video na fotografiji s Nerom.

Ana se ispravila i pogledala me zaprepašćeno, a osmeh joj je nestao s lica. – Mislio si da sam *ja* umešana u ubistvo? Ja, ubica? – Ogorčeno je podigla glas, i dao sam sve od sebe da se iskopam iz rupe u koju me je bacila nepromišljena primedba.

– Ne, naravno da nisam. Ne ubica, ali možda nekako povezana sa onim što se dogodilo... – Trudio sam se da pronađem prave reči. – Samo smo morali da budemo sigurni... – Slika moje bivše žene sa izrazom neverice na licu zbog moje krajnje gluposti iznenada mi se pojavila pred očima. Šta je ono Ana maločas rekla o tome da se neko „ponaša kao gorila“? Nijedan gorila koji poštuje sebe ne bi napravio grešku kakvu sam ja upravo napravio. Čak sam video izraz neverice na licu svog psa. I dalje sam očajnički tražio reči kad se Ana odmakla dva koraka.

– Morao si da budeš siguran da nisam spremna da ubijem nekog? Misliš da sam neko čudovište? – Zgužvala je papirnu čašu i otišla do crne kese za smeće pored kamiona i ubacila je tamo. Ne osvrćući se, nastavila je da hoda, i nestala kroz vrata manastira. Stajao sam tamo bespomoćno, razmišljajući da li da krenem za njom ili bi to samo pogoršalo situaciju. Misli mi je prekinuo poznat glas iza.

– Dene, stari moj, žene nisu baš moja jača strana, ali čak i *ja* znam da ste upali u duboku kakicu. – Bio je to Dagi Ogilvi, sa saosećajnim osmehom na licu. – Ali snaći ćete se, ne sumnjam.

– Voleo bih da delim vaš optimizam, Dagi.

– Biće sve u redu; samo sačekajte i videćete. Upravo sam čuo vesti. Zar nije divno što ste pronašli ko je stajao iza tih groznih strela? Toliko mi je drago što to nije neko do nas. Svi smo uvrnuti na svoj način, ali drago mi je što niko od nas nije pribegao ubistvu. – Prijateljski me je potapšao po laktu. – *Amor vincit omnia*; zapamtite to. Nisu vam potrebni Rimljani da vam kažu kako će ljubav pobediti.

24.

Nedelja popodne

Kad sam se vratio u konjušnicu, Virđilio i Inočenti su bili za-
uzeti. Uspeli su da stupe u kontakt sa Aninom prijateljicom Bar-
barom, koja je dodala neke informacije o Viktoru Neru, ali ništa
tako precizno kao što je lokacija njegove seoske kuće. Začudo, pošto
je bila nedelja, Inočenti je uspeo da pronađe gradonačelnika San
Điminjana, koji ga je uputio na gospođu zaduženu za katastar. Lju-
bazno je obećala da će otići u kancelariju, iako je bilo vreme ručka
na njen slobodan dan, da proveri gde bi mogla da se nalazi kuća
koju je Nero kupio. U međuvremenu, Virđilio je bio u kontaktu s
kvesturom u Firenci i lokalnim karabinijerima, i naoružana policija
se već pripremala, spremna da uhapsi osumnjičenog čim se otkrije
adresa kuće.

Otkako sam došao u Toskanu i uz Virđiliovu pomoć uspeo
sam da shvatim obilje različitih – i često suprotstavljenih – organa
sprovođenja zakona u Italiji. Postojala je *polizia*, kojoj su pripada-
li Virđilio i njegovo odeljenje za ubistva, i koja je bila najsličnija
britanskoj policiji, i bavila se većinom stvari od krađe do serijskih
ubistava. Zatim su tu bili *carabinieri*, koji su bili deo vojske i koji su
živeli u kasarnama i pojavljivali se na raznim mestima, uglavnom
u selima, na aerodromima, ili su čuvali vladine zgrade. Pored njih
su postojale i druge službe kao što su *Guardia di Finanza*, specija-
lizovana za neplaćanje poreza i druge finansijske prekršaje, *Polizia
Stradale*, koja je kontrolisala saobraćaj, i lokalna *Polizia Municipale*.

Jedno je bilo sigurno, danas će ta jedinica biti naoružana do
zuba, i to me je brinulo. Pošto je ubica naoružan, oružje je razuman

izbor, ali problem je bio što smo morali da radimo na osnovu pretpostavke da je nestala žena živa i da je talac u Nerovoj kući. Nisam mogao da razmišljam o tome da ćemo je pronaći živu, samo da bi kasnije stradala u razmeni vatre. Kad dođe vreme, moraćemo vrlo pažljivo da razmislimo o tome kako da postupimo, ali zasad prvo treba da pronađemo tu kuću, a Virđilio to još nije uspeo.

– Naravno, možda je kupio nekretninu van područja San Điminjana. – Popio je još jedan jak espreso i naslonio se na zid konjušnice. – Ana je upravo rekla da nije daleko od San Điminjana. Koliko znamo, to je možda u drugoj opštini.

– Postoji li još neko koga možemo da pitamo? Šta je s nestalom ženom? – Sunce je sad sijalo punom snagom. Vazduh se zagrejao i Inočenti i ja smo pili hladnu mineralnu vodu, a vlasnik kamiona s hranom ljubazno je dao činiju vode Oskaru, koji je uobičajeno glasno laptao kraj mojih nogu. – Rekao si da je njena porodica s juga, ali šta je s njenim prijateljima i kolegama odavde? Možda im je rekla za čudaka koji je uhodi? Nikad se ne zna; možda joj je rekao da ima kuću na selu, ili je čak vodio tamo. Gde je ona radila... gde radi?

– Radi u jednoj tekstilnoj kompaniji u Pratu.

– Šta radi?

– Sekretarica direktora.

Zvonce je zazvonilo u mojoj glavi. Da li je moguće? – A kako se zove ta kompanija?

Inočenti je pogledao u svoju beležnicu. – *OD tekstil.*

Nisam mogao da poverujem svojim ušima. – To znači da se ona zove Đuzepina Napolitano.

Oba detektiva su me pogledala kao da sam izašao iz letećeg tanjira.

– A njen šef je Osvaldo Dante. – Još više su razrogačili oči. – U tom slučaju mogu da otkrijem nešto što vam verovatno niko nije rekao: ona i njen šef su bili ljubavnici. Čak imam fotografije koje to dokazuju. – Nije bilo vremena za gubljenje i zato sam odbio da odgovorim na njihova pitanja. – Objasniću vam kasnije. To samo znači da je osoba koja ju je najbolje poznavala gospodin Dante. Imate li njegov broj? Pozovite ga. Njegova žena je možda podnela zahtev za razvod, tako da se neće iznenaditi što svi znaju za to, ali ovo je istraga mogućeg ubistva. Njegova osećanja nisu bitna.

Inočenti je pozvao svoje kolege u kvesturi i zatražio Danteov broj, a nekoliko trenutaka kasnije, Virđilio je razgovarao s njim. Uključio je zvučnik tako da smo svi slušali.

– Gospodin Dante, Osvaldo Dante? Ovde *commisario* Pizano iz odeljenja za ubistva iz Firence. Moram da razgovaram s vama.

– Da, naravno. – Dante je zvučao zbunjeno, ali poziv iz odeljenja za ubistva ume da zbuni ljude. – Samo trenutak. – Čuli smo tanjire i čaše kako zveče u pozadini tako da je verovatno bio na ručku i sad se udaljavao od stola. Nekoliko trenutaka kasnije, pozadinska buka se utišala, i ponovo je progovorio. – Da, *commisario*, kako mogu da vam pomognem?

Virđilio nije gubio vreme. – Slušajte, gospodine Dante, znamo da ste imali vanbračnu vezu sa svojom sekretaricom, Đuzepinom Napolitano. Ne tiče me se kako živite svoj život, ali *tiče* me se prava opasnost u kojoj se ona sad nalazi. Kao što znate, oteta je pre tri dana. Sad znamo ime otmičara, i verujemo da je drži u nekoj seoskoj kući blizu San Điminjana. Da li vam je ikad rekla nešto što može pomoći da je pronađemo?

– O, bože... – Na trenutak je zvučalo kao da će se Dante rasplakati, ali Virđiliju nije bilo do glumatanja.

– Dobro razmislite, gospodine Dante, život vaše ljubavnice mogao bi da zavisi od toga što ćete nam reći. Da li je pominjala nekog drugog muškarca?

Usledila je bremenita pauza pre nego što je Dante progovorio. – Da, pomenula je nekog muškarca koji je uhodi. – Zvučao je pomireno sa sudbinom. – Neki Amerikanac, kazala je. Znam da je trebalo da vam kažem ranije, ali trudio sam se da spasem svoj brak.

Osetio sam kako mi se diže kosa na glavi. I zato je odabrao da ugrozi ljubavnicu skrivajući potencijalno važnu informaciju. Bio sam na korak od toga da mu kažem šta mislim o njemu, ali godine obuke značile su da sam se uzdržao, kao i Virđilio.

– Kažite nam nešto više o tom Amerikancu. – Koristio je umirujući, utešni glas, ali znao sam ga dovoljno dobro da osetim bes ispod površine.

Usledila je još jedna duga pauza pre nego što je Dante odgovorio. – Ne znam mnogo. Kazala mi je da ga je upoznala na nekoj zabavi u Firenci. Nije hteo da je ostavi na miru, i čak ju je pratio do kuće. Kazala mi je da je ogroman čovek, i bila je stvarno uplašena.

– Dobro razmislite, gospodine Dante: da li je ikad pričala o tome da on ima kuću u selu?

– Kad bolje razmislim, čini mi se da se sećam kako ju je nagovarao da vidi njegovu kuću blizu Čertalda. Da, siguran sam da je rekla Čertaldo. Odbila je da ide na selo s njim, ali bio je vrlo uporan i, kao što sam rekao, kazala mi je da se bojala. Rekao sam joj da ode u policiju, ali kazala je da će se sama pobrinuti za njega.

Izgleda da je to bilo sve što je Dante znao, i Virđilio je uskoro završio poziv. Inočenti je već držao telefon u ruci. – Ja ću, šefe. Dajte mi nekoliko minuta da pozovem Čertaldo.

Posetio sam Čertaldo jednom. Bio je to gradić s neupadljivim modernim delom i predivnom srednjovekovnom starom četvrti na brdu iznad. Nije bio daleko od San Điminjana, ali bio je dovoljno veliki da ima svoju lokalnu upravu. Nadao sam se da će Inočenti uspeti da ubedi ili zastraši gradske vlasti da provere katastar. Bili smo udaljeni petnaest ili dvadeset minuta vožnje od Čertalda, a pošto je vreme bilo ključno, izneo sam predlog.

– Ako vam nisam potreban ovde, mislim da ću se odvesti do Čertalda. Uzeću sendvič kad stignem tamo i čekaću da mi javite lokaciju Nerove kuće.

Virđilio je klimnuo glavom. – Dobra ideja. Kazaću svojim ljudima i karabinijerima da urade isto. Mislim da će im trebati pola sata ili više da stignu tamo iz Firence, tako da ima smisla da već budu u toj oblasti što pre – pod pretpostavkom da je Dante u pravu i da dobijemo informacije iz opštine Čertaldo. Pošalji mi poruku kad stigneš tamo, a Inočenti i ja ćemo doći i pridružiti ti se. Ovde smo skoro završili. – Pogledao me je u oči. – Uzgred, jesam li to video Anu Galardo kako besni, pre nekoliko minuta?

Tužno sam klimnuo glavom. – Bojim se da je tako. Vidiš, za slučaj da to nisi znao, ja sam idiot. – Kratko sam mu ispričao šta sam rekao i kako je Ana reagovala, i on me je, kao Dagi Ogilvi, ohrabrujuće potapšao po ruci.

– Sredićeš to. Ne brini. Vidim da ti se sviđa i, ako to nešto znači, vidim da se ti sviđaš njoj.

– Bojim se da je to gotovo. Imam osećaj da sam joj se sviđao, ali više ne.

Otišao sam da potražim Gabrijela Lajonsa i da vidim ima li nešto protiv mog odlaska u Čeraldo, i zatekao sam ga u razgovoru sa Emijem, dok je Kata nešto zapisivala. Zaustavio sam se kad sam video da imaju sastanak, ali producent mi je mahnuo da priđem.

– Dene, dođite. – To je bio prvi put. Mislim da mi se nikad nije obratio nezvanično, i sigurno me nije pozvao po imenu. – Mislim da zaslužujete čestitke. Ne možete zamisliti koliko nam je laknulo kad ste otkrili ubicu.

– Nisam uradio mnogo osim što sam pocepao helanke. – Video sam da sve troje gledaju moja ogrebana kolena i osmejak se pojavio na Katinom licu.

– Lepe noge, Dene.

– Ne budite skromni – ne govorim o vašim nogama – Ana nam je rekla da ste vi otkrili ko je ubica. – Gabrijel Lajons je izgledao i zvučao kao druga osoba. – Ponovo smo bezbedni, i mnogo hvala vama i policajcima.

– Samo sam radio svoj posao. Šta nameravate? Da li i dalje želite da završite sve danas ili sutra, ili ćete ostati sad kad ćemo uhvatiti počinioca? – Mogao sam da dodam „ako ga *uopšte* uhvatimo", ali nisam želeo da uznemirim producenta.

– Upravo smo razgovarali o tome i odlučili smo da završimo ovde danas popodne i obavimo poslednje snimanje u enterijeru sutra u Firenci, i onda je to sve. Bolničari su nam rekli da će Skotova posekotina morati da se zašije, ali trebalo bi da može da radi sutra, tako da danas snimamo scene bez njega.

– To su sjajne vesti. Želite li da dođem sutra, ili da vam predam svoj obračun danas i uštedim vam malo love?

– Dajte Kati svoj obračun danas, svakako, ali uključite i sutrašnji dan. Vi ste sad deo tima i želimo da budete s nama do kraja. – Nikad ga nisam video tako darežljivog.

– Šta će se dogoditi s Martinom Tejlorom?

Smrknuo se. – Prepustiću to našim advokatima. Kako mi se čini, Tejlor je odgovoran za sve što se dogodilo. Dobro, nije mogao znati da će taj ludak početi da ubija ljude, ali gadno je zeznuo i stvorio niz pravnih noćnih mora za nas i za sebe. Upravo sam ga otpustio i rekao sam mu da mi se gubi s očiju.

– Nije vam potreban za sutrašnje završne scene?

Emi je odgovorio. – Ne, sutra je ceremonijalni bal s mnogo sjaja i raskoši, ali vrlo malo dijaloga. Vratićemo se u vilu u kojoj smo snimali pre neki dan. Imaju balsku dvoranu koju možemo da upotrebimo, a Kata je pronašla pravi renesansni orkestar. Mislim da će biti spektakularno. – Osmehnuo mi se. – Ponesite cipele za ples.

Pominjanje cipela me je podsetilo da moram da svučem renesansni kostim pre nego što odem u Čertaldo. Prugaste pantalone i flasteri nisu baš privlačni.

25.

Nedelja popodne

Virđilio me je pozvao četrdeset minuta kasnije. Sedeo sam ispred jednog kafića u modernom delu Čeralda, upravo završavajući prilično dobar sendvič u fokači s grilovanim plavim paradajzom i kozjim sirom. Dan je bio topao, mada su oblaci visoko gore počeli da zaklanjaju sunce. Možda ćemo konačno videti početak prave jeseni.

Telefonski poziv bio je ohrabrujući.

– Sigurno je Čertaldo. Adresa je Ulica čempresa četrdeset osam, a gradonačelnik je rekao da je malo dalje od grada. Inočenti i ja bi trebalo da stignemo za petnaest minuta. Prvo ćemo se sastati sa specijalcima, a onda ćemo krenuti prema kući.

– Šta želiš da uradim?

– Ništa glupo, Dene. Zapamti, taj tip ima smrtonosno oružje, a ti samo psa.

Pominjanje Oskara mi je dalo ideju. – Kako bi bilo da odem tamo, ostavim kola podalje od kuće i onda postanem samo tip koji je poveo psa u šetnju? Mogao bih da osmotrim to mesto i vidim da li je Nero tamo pre nego što stigneš s konjicom.

– Zar te neće prepoznati?

– Video me je samo u renesansnom kostimu, obukao sam bermude i majicu. Staviću kačket i naočari za sunce i nema šanse da me prepozna.

– Dobro, u tom slučaju, idi i uradi to. To će nam koristiti. Držaćemo se podalje dok nam se ne javiš. Ako nam budeš dao detaljan opis lokacije i misliš da su on i ta žena tamo, to će biti sjajno. Ali, Dene, samo budi oprezan, u redu?

Barmen mi je objasnio kako da stignem do Ulice čempresa, za koju se ispostavilo da je sporedan put koji se brzo pretvorio u prašnjavu, neravnu stazu koja vijuga uzbrdo, prvo kroz maslinjake i vinograde, a onda kroz neobrađena polja. Svud okolo je bilo žbunje bambusa, oleandera i sirka, a pejzaž je bio istačkan borovima i čempresima. Malo dalje u dolini nalazila se gušća šuma, bez sumnje puna skupljača pečuraka u ovo doba godine.

Gledao sam kućne brojeve dok sam prolazio: neparne s leve strane i parne s desne. Nakon što sam stigao prilično brzo do broja trideset šest, video sam kako zgrade postaju ređe i brojevi su s nekih oronulih štala ili koliba bili uklonjeni ili nečitki. Nastavio sam da se polako vozim uzbrdo dok nisam stigao do prilično lepe *casa colonica* – velike seoske kuće – koja je izgledala kao da je nedavno obnovljena. Najvažnije od svega bilo je što se na metalnoj kapiji, jasno i nepogrešivo, video broj pedeset. Prošao sam kraj Nerove kuće.

Vozio sam se još stotinak metara napred dok nisam pronašao mesto gde mogu da parkiram auto i izašao sam da pustim Oskara. Dok sam to radio, razmišljao sam. Poslednja kuća pored koje sam prošao pre renovirane kuće nalazila se stotinak metara nizbrdo. Koliko sam se sećao, bila je to kamena kućica, udaljena pedesetak metara od puta. Verovatno je to bio broj četrdeset osam, ali sam, da bih bio siguran pre nego što pozovem specijalce, otišao nizbrdo, pored renovirane kuće gde se pojavio veliki nemački ovčar i započeo nadmetanje u lajanju sa Oskarom. Prišao sam i uhvatio svog uzbuđenog psa za kragnu i odvukao ga odatle. Nastavili smo nizbrdo i ostali smo na stazi. Sad se sa obe strane nalazilo neobrađeno zemljište s niskim trnovitim žbunjem, kupinama, i verovatno zmijama. Nisam veliki ljubitelj gmizavaca i sigurno nisam želeo da izložim svog psa ujedu otrovne guje. Nisam znao ima li otrovnih zmija u ovoj oblasti, ali nisam imao nameru da saznam.

Kad sam stigao do Nerove kuće, pažljivo sam je pogledao, ali diskretno, za slučaj da me posmatra. Kao da mi čita misli, Oskar se zaustavio kraj jednog posebno zanimljivog čempresa i podigao nogu kraj njega, dozvoljavajući mi da zastanem kao da ga čekam i pogledam u smeru kuće dok on vrši nuždu. Nadao sam se da ostavljam utisak slučajnog prolaznika koji vodi psa u šetnju. Kuća je izgledala kao koliba nekog radnika, a hrpa šuta i otpada ispred vrata ukazivala je na to da je renoviranje u toku. Nije bilo nikakvog znaka života, a posebno nije bilo ni traga belom tojota kamione-tu. Kad sam stigao do susedne kuće i pogledao njen broj – gotovo skriven ispod lišća nekoliko vekova stare smokve – četrdeset šest, izvadio sam telefon i pozvao Virđilija.

– *Ciao*, Dene. Ovde smo i spremni smo. Kakva je situacija?

Dao sam mu kratak opis lokacije i jasne pojedinosti koja kuća pripada Neru. Kad sam mu preneo vesti da ni on niti automobil nisu tu, doneo je odluku.

– Dobro. Dolazimo. Drži se podalje za slučaj da dođe do oruža-nog obračuna. Nadajmo se da je žena tu a Nero nije.

– Srećno.

Nedaleko od mesta na kojem sam stajao, uska staza vodila je na jednu stranu i krenuo sam njom kako bih se udaljio od policijske operacije, ali i kako bih obišao Nerovu kuću i zauzeo mesto s druge strane, za slučaj da je tamo i pokuša da pobegne kad vidi policiju. Ta staza se ulivala u znatno širi put na kojem sam video sveže tragove guma. Da nije Nero imao drugi način da dođe do svoje kuće? Ako je tako, to možda znači da je već unutra? Izvadio sam telefon i brzo upozorio Virđilija, a onda potrčao stazom. Upravo sam prolazio iza kuće kad je oblak prašine na glavnom putu najavio dolazak specija-laca, i stajao sam i gledao iz skrovišta među borovima.

Ukupno je stiglo pet vozila. Na čelu kolone bio je landrover karabinijera, koji je skrenuo na kratak prilaz ispred Nerove kuće i naglo zakočio ispred ulaznih vrata. Iza njega, iz dva kombija se iskrcalo desetak karabinijera i policajaca, naoružanih do zuba i u pancirnim prslucima. Iza njih je bila Virđiliova alfa i još jedna poli-cijska kola. Kad su policajci počeli da opkoljavaju kuću, karabinijeri su doneli težak ovan za razbijanje vrata iz landrovera i brzo razbili ulazna vrata. Sa oružjem na gotovs, ušli su u kuću, i čekao sam na zvuk hitaca, ali kako su sekunde prolazile a nisam ništa čuo, počelo je da izgleda kao da Nero nije tu. Da li je Đuzepina Napolitano i dalje živa, i jesu li je pronašli?

Misli mi je prekinuo neki zvuk na stazi ispred mene i okrenuo sam se na vreme da vidim krupnu priliku u tamnozelenoj dukserici s kapuljačom kako se pojavljuje iz smera kuće, i nestaje na još jednoj stazi kroz gustu šumu. U rukama je imala luk. Izvadio sam telefon i pozvao Virđilija dok sam kretao u poteru.

– Upravo sam ga video. Nalazi se prekoputa kuće, prema glavnoj stazi. Otrčao je u šumu.

– Dolazimo odmah.

Gurnuo sam telefon u džep i usredsredio se da krenem istom stazom kao Nero. Nisam imao nameru da ga pustim da mi pobegne dvaput u jednom danu. Staza se blago spuštala nizbrdo, i trčao sam toliko brzo da sam preskakao korenje i pomalo proklizavao. Jedno od tih proklizavanja verovatno mi je spaslo život. Skrenuo sam iza krivine i gotovo pao, izvrnuvši zglob pritom. Dok sam to radio, strela mi je prozujala kraj uva i udarila u drvo iza mene. Pogledao sam i video sam Nera tridesetak metara dalje. Okrenuo se i stajao nasred staze, uzimajući još jednu strelu. Pre nego što ju je stavio u luk, bacio sam se u žbunje sa strane i sklonio sa staze na šakama i kolenima, dok se nisam sakrio iza prilično debelog hrasta. Gledao sam izbezumljeno oko sebe i, na veliko olakšanje, video sam Oskara iza sebe, kako žestoko maše repom kao da se ludo zabavljamo. Uhvatio sam ga za ogrlicu i čučnuo, trudeći se da dišem što tiše mogu, dok sam pažljivo osluškivao.

Sve je bilo tiho nekoliko sekundi pre nego što su glasovi i zvižduk nagovestili skori dolazak policije iza mene. Istovremeno, jasno sam čuo pucanje grančice i korake koji se udaljavaju ispred mene. Skočio sam na noge i krenuo za Nerom, usporen zbog vrlo bolnog zgloba. Oskar nije imao taj problem, i radosno je trčao ispred mene, mašući repom. Nakon pedesetak metara, šuma se proredila i video sam dnevnu svetlost iznad. Usporio sam i oprezno izašao iz senke šume i dočekao me je jeziv prizor.

Tamo se, desetak metara ispred mene, nalazila nepogrešivo poznata prilika krupnog Amerikanca, a između mene i njega bio je moj srećni pas, koji je i dalje mahao repom. Nero je spremio još jednu strelu i uperio ju je u Oskara.

– Okreni se i idi. Sad! – Američki naglasak bio je prepoznatljiv. – Imaš tri sekunde ili ću ti ubiti psa. Jedan... dva...

– Dobro, dobro, idem. Samo nemoj da povrediš psa.

Onda su se istovremeno dogodile dve stvari. Otvorio sam usta da pozovem Oskara i, u tom trenutku, začula se salva hitaca. Nero se okrenuo i uperio strelu u mene, kad sam čuo Virđiliov glas, iz šume iza.

– Spustite luk, Nero. Sve je gotovo. Ako ponovo zapucamo, to neće biti u vazduh. – Govorio je engleski i uprkos okolnostima, bio sam zadivljen koliko je tečno zvučao.

– Ubiću ovog tipa ako se približite. Ozbiljan sam. Povucite se ili ću odapeti strelu.

Bio sam dovoljno blizu da vidim znoj na čelu krupnog muškarca i čujem da je zadihan. Takođe sam bio dovoljno blizu da vidim vrh strele kako se blista na maglovitom suncu. Bio je okrenut tačno ka meni, i osetio sam jezu u stomaku. Bio je tako blizu da sam znao kako nema izgleda da izbegnem strelu ako odluči da je odapne. Polako i oprezno, podigao sam ruke i obratio mu se direktno.

– Neće vam pomoći ako me ubijete. Tamo se nalazi dvanaest policijskih strelaca i svi vas drže na nišanu. – Dok sam govorio, video sam dve crvene tačkice na Nerovim grudima. Policajci su ga držali na nišanu. Problem je bio to što će, ako ga pogode, on neizostavno odapeti strelu, i postojali su veliki izgledi da me pogodi. Nisam imao dilemu oko toga šta će biti sa mnom ako se to dogodi. Kad sam ga video kako zvera na sve strane, sa izbezumljenim izrazom na licu, odlučio sam se za drugačiji pristup. – Pročitao sam vašu knjigu i mislim da je stvarno dobra.

Ponovo se okrenuo ka meni. – Šta *vi* znate? – U očima mu se video bes i prezir. Glas mu je postao piskaviji, i shvatio sam svoju grešku. Probudio sam zver. – Svi ste vi prokletnici! Ukrali ste mi knjigu! Ukrali ste je!

Stajao sam nepomično, gledajući vrh strele koja se sad tresla u njegovim rukama kako se sve više nervirao. Napetost u vazduhu bila je opipljiva i nije nigde bilo ni zvuka, čak ni pesme ptica. Oskar, i dalje između mene i Nera, mora da je to primetio jer je iznenada podigao njušku prema nebu i ispustio vučji urlik. Dok je to radio, Nerove oči na trenutak nisu gledale u mene nego u psa. Istovremeno sam se bacio u stranu i otkotrljao, nejasno svestan pucnjave iza sebe.

Zaustavio sam se kraj jednog panja i ležao mirno neko vreme, proveravajući da li sam živ i nepovređen, pre nego što mi je jedna vlažna i hladna njuška dodirnula uvo i pogledao sam dlakavo lice svog psa, koji je nesigurno mahao repom. Oslonio sam se na laktove i pogledao prema čistini iza Oskara, i uočio telo krupnog Amerikanca. Ležao je na leđima, s lukom u rukama, nepomično. Bog zna gde je završila ta strela, ali meni je najvažnije bilo što nije završila u meni.

– Dene, jesi li dobro? – Bio je to Inočenti, i dalje s pištoljem u ruci. Iza njega su naoružani policajci izlazili iz šume.

Seo sam i pregledao sebe. Na svoje iznenađenje, shvatio sam da sam dobro osim nekoliko posekotina i ogrebotina na golim nogama, i pogledao sam u njega. – Dobro sam. Šta je s Nerom?

Kad je vratio pištolj u futrolu ispod pazuha, sagnuo se i pomogao mi da ustanem.

– Mrtav.

Pre nego što sam ustao, zagrlio sam Oskara. – Ne znam šta bih bez tebe, kuče.

Odgovorio je pokušajem da me poljubi, ali sklonio sam se na vreme. Pažnja je divna stvar, ali labradorov poljubac nije tako romantičan kao što zvuči. Uhvatio sam Inočentija za ruku i dozvolio mu da mi pomogne da ustanem baš kad je Virđilio prišao i mahnuo kažiprstom. – Dene, šta sam ti rekao o glupiranju?

– Zvučiš kao moja bivša žena. – Osmehnuo sam mu se, ali osećao sam kako sam obliven hladnim znojem.

Lice mu se razvuklo u osmeh. – Bilo kako bilo, drago mi je što si dobro i hvala ti još jednom što si pratio Nera. Rekao bih da je načisto mrtav. Više neće gađati ljude strelama.

– Šta je sa ženom? Đuzepinom Napolitano? Jeste li je pronašli? Da li je...

– Živa je. U teškom je stanju – vezao ju je za zid – ali je živa i oporaviće se... makar fizički. – Pogledao je na sat. – I bolje je što smo otkazali teniski meč, zar ne?

– Sad sam se setio, pozvao sam tebe i Linu na roštilj večeras. Da li ste i dalje za to?

– Uvek sam za hranu, ali možda je bolje da odložimo to za dan ili dva. Sad kad smo konačno rešili slučaj, moraću da se bavim gomilom birokratskih stvari, da ne pominjem to što je počinilac upucan i što je bio Amerikanac. Ambasada je već na nogama zbog ubistva Lopeza, tako da mogu da zamislim da će mi kvestore biti za vratom zbog ovoga. Pored toga, zar nisi rekao da ćeš pozvati Anu večeras? Prema načinu na koji je odjurila ranije, nisam siguran da će prihvatiti tvoj poziv.

– Bojim se da si u pravu. Poslaću joj poruku, i reći joj da je večera otkazana. Tako ćemo oboje imati vremena da razmislimo. Možda ću joj biti draži sutra ujutro.

– Siguran sam da hoćeš.

Nisam odgovorio. Nisam delio njegov optimizam.

26.

Ponedeljak

Zora sledećeg dana bila je siva i vlažna, ali sigurno ne hladna. Nisam dobro spavao, preturao sam po glavi jučerašnje događaje. A najvažniji među njima bio je moj susret sa smrću. Samo jednom dotad je neko uperio oružje u mene u besu, iz neposredne blizine, i nikom ne bih preporučio taj osećaj. Još jedna stvar koja mi se motala po glavi bila je Đuzepina Napolitano, umotana u ćebe, koja hoda uz podršku dva bolničara, dok je odvode u bolnicu. Izašla je iz Nerove kuće bleda i ispijena, zamršene kose; daleko od zanosne sirene koju sam video s gospodinom Danteom pre manje od dve nedelje. Jedno je bilo sigurno: kad je čula kako je njen bivši ljubavnik, Osvaldo Dante, sakrio dokaze koji su mogli da dovedu do njenog oslobađanja, nisam video budućnost te veze.

Druga slika koja mi nije dala da zaspim bila je Anino lice na onaj moj glupi komentar. Na licu su joj se videli iznenađenje i bes, ali bio sam siguran da je tu bilo i tuge, ili makar razočaranja. Da li je to značilo da smo se zbližili, a ja sam onda uništio sve svojom tupavom opaskom? Dok sam razmišljao o tome da sam je možda izgubio, shvatio sam još jasnije da sam razvio prava osećanja prema njoj, iako sam je kratko poznavao. A sad sam sve uništio.

Kao da to nije bilo dovoljno, probudio sam se sa otečenim desnim gležnjem i teško sam hodao. Izvadio sam zgnječenu tubu kreme – s davno isteklim rokom – iz svoje teniske torbe i naneo je na gležanj, a kad sam se vratio iz neuobičajeno kratke jutarnje šetnje sa Oskarom, gležanj se dovoljno oporavio da sam mogao da hodam, ne normalno, ali oprezno.

Obukao sam običnu odeću i spakovao ostatke pocepanog kostima da ga odnesem Kati. Dok sam gledao jarkocrvene i žute pruge, morao sam da razmišljam o tome kako je sve ovo bilo besmisleno. Jedan pisac je kopirao drugog pisca, a posledica su bile dve smrti i dva ranjavanja, koja su takođe mogla da se završe smrću. I zbog čega? Zbog povređenog ponosa i, kao i uvek, novca. Sad kad je Viktor Nero bio mrtav, nema sumnje da će filmska kompanija zaboraviti da pomene kako je film zasnovan na ukradenim idejama i da će zaraditi milione zbog privlačnosti glavnih glumaca, talentovanog reditelja i zavere Pacijevih pod drugim imenom.

Odvezao sam se do Firence i izašao ponovo na put prema Fijesoleu. Kad sam stigao do kapije vile, uočio sam Velikog Džima kako stoji ispred sa spiskom u ruci. Pozdravio me je ne samo osmehom nego i snažnim stiskom ruke kroz otvoren prozor kola, i gotovo mi je iščupao ruku iz ramena.

– Zdravo, Dene, drago mi je što ste dobro! To je sjajno, čoveče. Policija je pozvala sinoć i rekla nam sve o tome. Da li je istina da te je zamalo ubio strelom, ali te je pas spasao?

Uhvatio sam sebe kako se osmehujem. Zvučalo je kao da Radio Mileva radi punom parom. Bez sumnje će do ručka krenuti priča kako je lično Oskar upucao Nera. Uverio sam Džima da sam dobro, i da će Oskar kasnije deliti autograme. Taj prizor se ponovio uz manje izmene nekoliko puta kad sam naletao na poznata lica u vili, dok nisam ugledao Katu i prišao da joj vratim kostim. Na moje iznenađenje, zagrlila me je oko vrata i poljubila me u obraze ne jednom, ne dvaput, već pet-šest puta.

– Dene, junačino. Tako ste hrabri.

Iskobeljao sam se iz njenog zagrljaja i osmehnuo joj se. – Ne znam s kim ste razgovarali, ali junak je bio Oskar. Ja sam samo stajao tamo i trudio se da ne budem ubijen.

Kleknula je i srdačno zagrlila mog srećnog labradora. – Ko je dobar pas, Oskare! Dobro, vrlo mi je drago što niste ubijeni, Dene. To mora da je bilo grozno!

Pokušao sam da joj predam ostatke svog kostima, ali ona je samo odmahnula rukom. – Ne pomišljajte na to. Nameravala sam da pitam želite li da ga zadržite... znate, kao suvenir. Garderoberi su pronašli par novih crvenih helanki tako da možete danas da se pridružite sceni bala. Emi je rekao da je red da budete tu na kraju.

– Bojim se da me boli gležanj, tako da neću moći da plešem. – To će makar ukloniti potrebu da me stručnjaci za postprodukciju kasnije izbacuju iz filma. Nikad nisam bio poznat po plesačkim veštinama... pitajte moju bivšu ženu.

– Ne brinite. Sigurna sam da će Emi pronaći prikladnu ulogu za ranjenog junaka.

Uzeo sam crvene helanke od nje. – Bojim se da će ovaj ranjeni junak morati negde da se presvuče.

Pokazala je na vrata malo dalje niz mermerom popločan hodnik. – Idite tamo. Razgovaraću sa Oskarom dok se presvlačite.

Garderoba je bila velika kao moja spavaća soba, i otmenija nego ijedno kupatilo koje sam video u životu. Uznemirujuće, u njemu se nalazilo čak sedam ogledala – izbrojao sam ih dok sam gledao svoj odraz. Uz prosedu kosu na slepoočnicama i sve veću zbirku bora, da ne pominjem par crvenih helanki dopola navučenih, nisam izgledao kao muškarčina. Počeo sam da shvatam zašto bi Ana želela da se kloni stare budale poput mene. Ipak, predstava, kako kažu, mora da se nastavi, tako da sam se obukao u renesansnu odeću poslednji put i izašao da ostavim normalnu odeću u kola. Kad sam se vratio, zatekao sam Katu i Oskara u strastvenom zagrljaju na sofi u stilu Luja XVI koja je, ako je prava, verovatno vredela mnogo više nego moja kola. To me je podsetilo na nešto što sam želeo da joj kažem.

– Kato, slobodno mi kažite da gledam svoja posla, ali pitao sam se da li se možda nešto događa između vas i Čarlsa. Jesam li dobro shvatio?

Na moje iznenađenje, zakikotala se. – Mene i Čarlsa? Nema šanse. Dobro, da ste rekli mene i Loredane, možda biste bili u pravu. – Kikotanje se pretvorilo u smeh. – A ja sam mislila da ste nekakav superdetektiv.

Dao sam sve od sebe da obradim tu novu informaciju. – Očigledno treba još da učim. Bilo kako bilo, drago mi je zbog vas, jer sam hteo da vas upozorim da Čarls voli da švrlja.

Uozbiljila se. – Čarls ume da bude prijatan, ali ponaša se prema ženama kao prema smeću. A tužno je što ne shvata da to radi. Ali ne pobeđuje uvek. Rekao mi je da se nabacivao Seleni i ona ga je nazvala „klipanom" i rekla mu da „odraste". Mislim da mu je to povredilo muški ponos i da je dobio šta je zaslužio.

Današnje scene trebalo je da se odigraju u balskoj dvorani u zadnjem delu vile. Ostavio sam Oskara s novom najboljom prijateljicom i pratio ostale kroz kuću do spektakularne balske dvorane. To je bila ogromna prostorija s veoma visokom tavanicom, prepunom blistavih lustera. Niska pozornica nalazila se na suprotnom kraju, a na njoj je bio renesansni orkestar u autentičnim kostimima, s instrumentima kao što su hapsikord, nekoliko lauta i daira i neobični izuvijani duvački instrument koji je podsećao na zmiju. Setio sam se da sam pročitao kako su gajde bile popularne u petnaestom veku, i bilo mi je drago što ih ne vidim na pozornici. Prema mom iskustvu, gajde zahtevaju ispijanje velike količine viskija pre nego što postanu podnošljive... mada sam siguran da se mnogi Škoti ne bi saglasili.

Iznenadio sam se kad sam video da je napravljen takav raspored da je sredina i desna strana bila uređena u duhu perioda, a na levoj su se nalazile kamere, rasveta i sva filmska oprema, uključujući Emijevu stolicu. Čekao sam da uđem sa ostalim glumcima i članovima ekipe u kostimima, i uočio sam Anu, lepu kao i uvek, zadubljenu u razgovor s Katom i Emijem. Pričao sam sa svojim prijateljem Henkom, asistentom šefa rasvete, i bio je oduševljen što je pretnja koja se nadvijala nad produkcijom uklonjena, kao i svi ostali koje sam sreo. Bilo je lepo biti u dobrim odnosima s tim ljudima iz druge branše, i poželeo sam im sve najbolje za završetak filma u Sjedinjenim Državama.

Video sam sekretaricu Donija Lopeza, Loredanu, koja je izgledala fenomenalno kao i obično, i setio sam se kako sam pogrešno protumačio znakove kad sam video Katu i Čarlsa zajedno. Verovatno je išao kod Kate da joj se požali na to što ga je Selena odbila, i ona mu je ponudila saosećajno – ali nezainteresovano – uvo. Selena je izgledala kao superzvezda, što je nesumnjivo bila, i bio sam pod jakim utiskom kad je prišla, pružila ruke ka meni, poljubila me u obraze i čvrsto me zagrlila.

– Dene, uspeli ste! Spasli ste nas.

– Da budem iskren, to je zasluga policije. Ja sam samo slučajno završio ispred strele.

– Nisam tako čula. Dobro, da li vam je Gabrijel rekao kako će vas nagraditi?

– Platio mi je pošteno za obavljeni posao. Ne treba mi ništa više.

Odmahnula je rukom. – Naravno da treba. Razgovarala sam s njim i pozvaće vas na premijeru. To će verovatno biti u januaru ili februaru sledeće godine. Kompanija će vam platiti avionsku kartu i smestiti vas u dobar hotel. To je najmanje što možemo da uradimo. A dok ste tamo, pozvaću vas i Anu kod sebe na večeru. – Naknadno se setila nečeg. – I ne zaboravite da ponesete nekoliko primeraka svoje nove knjige. Videćemo šta možemo da uradimo s njom.

– To je vrlo ljubazno od gospodina Lajonsa i posebno od vas, ali nekako ne mislim da će Ana ikad više želeti da večera sa mnom.

– Ne budite ludi, naravno da hoće. – Nestašno mi se osmehnula. – Verujte mi, znam šta govorim.

Nisam bio tako siguran, ali znao sam da moram da idem kod producenta. – Mnogo vam hvala. Moram da se zahvalim gospodinu Lajonsu. – Nešto mi je palo na pamet pre nego što sam napustio Selenu. – Smem li da vas zamolim za uslugu? Moj kolega i prijatelj iz Skotland jarda je jedan od vaših najvećih obožavalaca. Da li bih mogao da se slikam s vama i pošaljem mu sliku? – Izvadio sam telefon iz pantalona i dao ga Henku, koji je napravio pet-šest fotografija dok me je jedna od najlepših žena na svetu naizmenično grlila i ljubila. Moram da priznam da mi je to prijalo, i znao sam da će Pol pozeleneti od zavisti.

Pre nego što sam mogao da potražim Gabrijela Lajonsa i zahvalim mu se, pozvali su me da se pridružim grupi ljudi koji kliču dok Skot, odnosno Lorenco Veličanstveni, ulazi u prostoriju. Izgledao je prikladno impresivno i izuzetno opušteno nakon jučerašnjih muka, mada sam primetio kako ima viši okovratnik nego prethodnih dana, bez sumnje da bi prikrio previjenu ranu. Pitao sam se da li je rekao svojoj ženi da je zamalo izbegao smrt, i da li su se ona i njen ljubavnik u Parizu potresli zbog toga. Pitao sam se kako napreduju stvari između Skota i Selene i ponovo se čudio opuštenom stavu s kojim neki ljudi shvataju bračne zavete.

Nakon što smo klicali tri ili četiri puta, dok Emi nije bio zadovoljan, krenuo sam da potražim producenta. Zatekao sam ga zadubljenog u razgovor sa šefom rasvete, ali čim me je video, prišao je i, na moje iznenađenje, uhvatio me u medveđi zagrljaj.

– Dene, bili ste sjajni! Fenomenalni. Tako sam zahvalan. – Onda mi je ispričao ono što mi je Selena već rekla o pozivu na premijeru i prvo sam se mlako pobunio, pa onda zahvalno prihvatio. Svaki dalji razgovor prekinuo je orkestar.

Profesionalni koreograf je unajmljen da organizuje ples, i bilo mi je drago zbog bolnog gležnja – koji me sad i nije toliko mučio – jer je to značilo da imam uverljiv izgovor da se povučem pozadi i posmatram. Kad je neverovatno melodična muzika počela da odjekuje kroz balsku dvoranu, ljudi su pronašli partnere i lekcije su počele. Na osnovu onog što sam video i čuo, ta uputstva su bila prilično složena, a plesovi tehnički zahtevni, i bio sam dvostruko zahvalan što nisam učestvovao.

Zanimljivo, u jednoj sceni je Čarlsu rečeno da ode na drugi kraj prostorije i uzme partnerku za ples iz grupe posmatrača. To je bilo zanimljivo jer mu je rečeno da odabere Anu. Dok su se njih dvoje vrteli na plesnom podijumu, osetio sam ono što se moglo opisati kao peckanje – dobro, više od peckanja – ljubomore.

Pošto nisam bio potreban neko vreme, i da bih se poštedeo muka gledanja Ane u naručju zgodnog i navodno napaljenog mladog glumca, izašao sam da vidim kako se Oskaru sviđa život u Katinoj prikolici. Nimalo iznenađujuće, uživao je. Ovog puta sam ga zatekao na Katinom krilu dok je ona nekako uspevala da radi na laptopu nesigurno oslonjenom na labradora. Naspram njih je bio Dagi Ogilvi s čašom viskija u ruci. Sat na zidu mi je rekao da je dvanaest i jedan minut, tako da je počeo rano... ako je uopšte i prestajao. Sve troje su me pogledali kad sam ušao, ali nijedno nije ustalo: Oskar jer mu je bilo previše udobno, Kata jer je imala trideset kilograma psećih kostiju i mišića preko sebe, a Dagi jer ga je više zanimalo piće. On mi se, međutim, obratio.

– Zdravo, Dene, kako ide u balskoj dvorani?

– Ide dobro, koliko sam video. Kako to da niste tamo?

– To je zato što sam negativac. Uhvatili su me nakon što sam izdao Lorenca neprijateljima i trenutno visim s kuke u tamnici ispod Palate dela Sinjorija, skraćen za nekoliko visećih delova.

– Zvuči neudobno.

Široko se osmehnuo, protegnuo, i popio malo viskija. – Bivalo mi je i gore.

Kata je prestala da piše na laptopu. – Jeste li imali svoju veliku scenu, Dene?

– Veliku scenu? Kakvu veliku scenu?

– Emi ju je smislio posebno za vas. Bolje da se vratite tamo jer će vas tražiti.

Pozvali su me deset minuta kasnije. Kad sam se vratio u balsku dvoranu, muzika je i dalje svirala, ali znatno tiše, i shvatio sam prvi put da je ranije sigurno bila pojačana. Emi me je pozvao da istupim, i osetio sam se nesigurno kad me je izveo na prazan plesni podijum. Da bih se zaštitio, primetno sam hramao za slučaj da želi da plešem.

– Dobro, Dene, ovo je krupan plan. Ne brinite se, ne morate da plešete. Čarlsov lik će upravo otkriti da dama na koju je bacio oko pripada drugom muškarcu. Samo želim da stanete kod Apolonove statue, kao da se krijete iza nje s pomenutom damom. Samo je zagrlite i poljubite je. Reći ću vam kad da počnete i kad da prestanete. Ne brinite se, ne morate ništa da kažete ili radite. Samo stanite tamo i poljubite je, u redu?

Nežno me je gurnuo i othramao sam teatralno do statue, potpuno svestan desetina očiju koje me posmatraju. Kad sam stigao do statue, otkrio sam da je žena koja stoji tamo niko drugi do Ana, rumenih obraza, i postiđenog izgleda kao i ja. Pogledao sam Emija i video ga kako se nestašno osmehuje. Očigledno, ovo je bila nameštaljka.

– Zdravo, Dene. – Anin ton nije bio hladan, ali ni previše nežan.

– *Ciao*, Ana. – Izbezumljeno sam pogledao oko sebe. – Slušaj, ne moramo da radimo ovo. Siguran sam da mogu zamoliti Emija da pronađe nekog drugog da te poljubi. – Ali reditelj se već okrenuo na drugu stranu.

Sprečavajući dalji razgovor, Emijev glas je zagrmeo iz megafona. – Dobro, jesu li svi spremni? Dene, Ana, znate šta treba da radite. I... akcija.

Očajnički sam se okrenuo prema Ani dok mi je ona obavijala ruke oko vrata, privlačeći me k sebi. – Ne smemo da razočaramo Emija. – I nežno me je poljubila u usne. Dve sekunde kasnije, dok su mi glava i srce i dalje zujali od emocija, čuo sam rediteljev glas.

– Stop, stop, stop. Rekao sam da je poljubiš, Dene, ne da trljate noseve. Samo je poljubi kako treba, hoćeš li? Potrebna mi je prava strast. Dobro, jesu li svi spremni? Dobro... i, akcija.

Nagnuo sam se i ponovo poljubio Anu, ovog puta strastvenije, i osetio sam kako se privija uza me. Uzvratila mi je poljubac i svideo mi se svaki trenutak toga. Bio sam nejasno svestan metalnog glasa koji je negde iza mene viknuo „Stop" nekoliko trenutaka kasnije, ali nijedno od nas nije želelo da se taj poljubac završi. Na kraju smo se odvojili i pogledao sam izbliza u njene oči.

– To je bilo lepo. – Nisam znao šta još da kažem. Bio sam potpuno zbunjen.

Osmehnula mi se. – To je bilo *vrlo* lepo. Drago mi je što nisi povređen juče.

– I meni, ali znam da sam povredio tebe, i stvarno mi je žao, Ana. Ja sam budala.

Ponovo me je nežno poljubila u usne i osmehnula se, srdačnim, zaljubljenim osmehom. – Znam, ali ti si moja budala.

Zahvalnice

Najsrdačnije se zahvaljujem svojoj urednici, Emili Raston, i svima u *Boldvudu*, svojoj divnoj izdavačkoj kući. Hvala Su Smit i Emili Rider na lekturi i korekturi ove knjige, i Sajmonu Mataksu, koji je pročitao audio verziju ove knjige onako kako sam zamišljao da bi Den zvučao i što ga je oživeo. Na kraju se zahvaljujem labradoru Merlinu, najboljem psu na svetu, čiju uspomenu čuva Oskar.

Beleška o autoru

T. A. Vilijams je napisao preko dvadeset ljubavnih bestselera i sad se posvetio opuštenim krimićima, smeštenim u njegovu voljenu Italiju. Glavni junak te serije je bivši glavni inspektor Armstrong, sada privatni istražitelj, i njegov labrador Oskar. Trevor živi u Devonu, sa suprugom Italijankom.

Knjige T. A. Vilijamsa u izdanju Izdavačke kuće TEA BOOKS d.o.o. (digitalna i/ili štampana izdanja)

Serijal Armstrong i Oskar